異形再生
付『絶滅動物図録』

The Resurrectionist

The Lost Work
of
Dr. Spencer Black

By Eric Hudspeth

原書房

異形再生　目次

スペンサー・ブラック博士の生涯

『絶滅動物図録』

Resurrectionist

1.死体を墓から盗む人、死体盗掘人

2.再生させる人、蘇らせる人

出版社からの言葉

私たちは、フィラデルフィア医学博物館の尽力と惜しみない経済的支援により、本書を上梓することができた。

この一五年間、フィラデルフィア医学博物館の学芸員は、スペンサー・ブラック博士の散逸した日記や書簡、スケッチを探すために、アメリカおよびヨーロッパ各国の収集家を訪ねまわった。スペンサー・ブラック博士は、西洋史上の希代の医者であり、異端の科学者のひとりである。

医者や医学生の間では広く知られているが、一九世紀後半、ブラック博士は奇形を持つ人びとに関する、他に類を見ない研究を行って名声を得た。そしてそれと同時に悪名を轟かせた。ブラック博士が正真正銘の天才であることは論を俟たない。二一歳の時にはすでに、名声が世界に鳴り響いていた。しかし、博士への称賛は長くは続かなかった。ブラック博士が後年行った研究は、今でも議論を引き起こしている。また、その研究にまつわる様ざまな風説が流れ、冒瀆的な噂がまことしやかに囁かれている。博士の研究は、博士が生きていた時代に流行していたゴシック小説よりも、はるかに人びとの恐怖を呼び起こすものだったということが、本書に収められた資料から分かるだろう。

本書の書簡やスケッチの多くは、ブラック博士の令兄であるバーナード氏の遺品から寄贈されたものである。これらの遺筆は、一九三八年に開催された現代科学世界大会において展示された。ところが世間から批判を受けてすぐに展示中止となり、その後再び公開されることはなかった。その他の書簡や日記、スケッチは匿名で寄贈を受けたものであり、本書が初めて公にする。これらの遺筆によって、博士の驚くべき生涯と研究について知ることができる。

本書の前半は、西洋史上最も物議を醸した医者の詳しい伝記である。後半部分は、ブラック博士の傑作である『絶滅動物図録』を完全に近い形で複製したものだ。

この二部から成る『異形再生』は、スペンサー・ブラック博士の実像に迫る決定版と言えるだろう。

スペンサー・ブラック博士の生涯

子供時代

1851年〜1868年

子供の頃、僕は、神がいつも僕の前で、怒りの腕を構えているのではないかと思っていた。

——スペンサー・ブラック博士

スペンサー・ブラック博士は、一八五一年、マサチューセッツ州ボストンに生まれた。兄のバーナードは、一八四八年に生まれた。父親のグレゴリー・ブラックは、著名な外科医だった。母親のメレディス・ブラックは、ブラック博士を出産した時に亡くなった。母親がいなかったため、兄弟は、子供の頃にたいへん寂しい思いをしていたようだ。

グレゴリー・ブラックは、ボストン医療技術大学の解剖学教授でもあり、人びとから尊敬を受けていた。大学では、医学生のために解剖学講義を行っていた。当時、合法的に解剖に使うことができる死体の数は非常に少なかった。そのため解剖学者は、死体盗掘人から死体を購入しなければならなかった。グレゴリーは、気に入った死体には保存処置を施し、服を着せ、研究室に立てていた。その死体の列は不気味だった。グレゴリーは、ボストンでも指折りの教授だったので、彼のもとで学ぶ学生の数は年々増えた。そのためグレゴリーは、他の解剖学者よりも多くの死体を死体盗掘人から購入するようになった。しかし、それでも足りないので、自分でも盗掘を行うようになった。グレゴリーは、ふたりの息子に、死体を掘り出す作業を手伝わせていた。ブラック博士は、死体掘りについて次のように日記に綴っている。

父の手伝いを始めた時、僕はまだ一一歳だった。最初の晩のことは、とくによく覚えている。僕は、三つ年上の兄、バーナードに続いて急いでベッドから出た。バーナードはいつも僕より先に起き、馬を荷車につないだりして支度を手伝っていた。

夜明けまではまだ数時間あった。冷たい夜気の中、僕たちは家から川の方へ向かって歩いた。川に架かる橋を渡ると、人目につかない道に入る。僕たちにとっては好都合で、墓地は、その道の奥にひっそりと存在した。

僕たちはみんな黙っていた。人に気づかれてはならないからだ。少し前まで雨が降っていたので、夜気は湿気を帯び、雨の残り香が漂っていた。僕たちはそろそろと橋を渡った。でも、荷馬車の車輪は軋んだり、がたがたと鳴ったりした。大きな音を立てれば、近くの住人が目を覚まし、何事かと思って出てくるおそれもあった。老馬の体からは湯気が立ち上っていた。彼女が吐く白い息を見ると、心が慰められた。彼女は優しい生き物だったが、僕たちの共犯者でもあった。橋の下の小川は暗くて見えなかったが、水がちょろちょろ流れる音は聞こえた。橋をゆっくり渡って少し進むと、墓地に入った。墓地の地面は苔に覆われていたので、荷馬車の車輪の音が小さくなった。墓地に着くと父は安心したらしく、表情を緩め、落ち着いた様子で僕たちを真新しい墓の前へ連れて行った。僕たちは、墓から死体を盗む、世に言う死体盗掘人だった。

子供の頃は今とは違い、神の存在を信じていなかったわけではない。父は信心深い人間ではなかったが、祖父母は信仰心が厚く、僕はその祖父母から厳格な神学教育を受けた。僕は、僕たちが夜中に行っている、死体を盗むという行為は、人間が犯す大きな罪の中でもとりわけ大きな罪なのではないかと思っていた。子供の頃、僕は、神がいつも僕の前で、怒りの腕を構えているのではないかと思っていた。ただ、僕は神を畏怖していたが、それ以上に、父に対して畏怖の念を抱いていた。

父は、何も恐がることはないのだよ、と僕たちに言った。その夜、父はその言葉を何度も繰り返した。土を掘り進めるうちに、死体の腐敗した臭いが漂ってきた。やがて、ジャスパー・アール・ワージーが眠る木棺が現れた。木棺は湿気を含んで柔らかくなっていた。棺が少し開くと、死体のおぞましい腐臭がさらに立ち昇った。僕はシャベルを置いた。父は蓋をねじり取り、死体を取り出した。ありがたいことに、この作業は手伝わずにすんだ。ジャスパーの顔面は凹んでおり、皮膚の色は灰色で、腐ったオレンジの皮のようだった。僕はこうした手伝いをしながら、父の仕事のことを理解するようになった。

ブラック博士は後日の日記に、「恐ろしい光景」と題する短い詩を綴っている。おそらく、盗掘を行った経験から生まれた詩だろう。博士が書いた詩は他には見つかっていない。博士は多くのスケッチを衝動に駆られて描いているが、この詩も、同じように衝動的に書いたのだろう。

恐ろしい光景

ある楽しい夜に僕は眠りに就き
明くる朝、恐ろしい光景を目にした
僕の愛する人が死んでいた
彼女は棺に入り
静かで穏やかな土の中で安らかに眠る
主も来たり給う
しかし、墓を訪れた僕は悲しみの涙を流す

見よ、愛する人の体は運び去られた
彼女が行くべき天国ではなく
墓から医者の部屋へ

一八六八年の冬、ブラック博士の父親、グレゴリーは天然痘に罹って亡くなった。もっと用心していたら、グレゴリーは死なずにすんだのではないか、と言う者もいる。父親の葬儀の後、ブラック博士は医者になると宣言した。博士は、死について色々と書き残しているが、その内容は観念的であり、死は「生者に起こる現象」と表現されている。父親が亡くなった時には、悲しみよりも、死に対する好奇心を強く抱いたようだ。

父を地中に下ろし、上から土を被せ、芝生を張った。何もかもが穏やかだった。僕は長い間待っていた。僕に告げたり、示唆したり、僕を挑発したりする声が聞こえるのではないかと思い、待っていた。それによって、死が僕から何を奪ったのかを知ることができると思ったからだ。でも、そうした声は聞こえてこなかった。

グレゴリーが亡くなった週のバーナードの日記には、次のように記されている。バーナードは、彼が行方不明になる一九〇八年まで、ずっと日記をつけている。日記には、日々の暮らしや自然科学分野における研究について綴られている。バーナードの妻であるエマは、自身の著書『アメリカの自然主義者との旅』に、バーナードの日記の一部を収録している。

父が死に、私は悲しくて胸が張り裂けそうだった。スペンサーは、気持ちがひどく高揚している様子だった。父を埋葬する時、スペンサーは、墓の中に死が隠れているのではないかと思ったらしく、真剣な表情で父の墓の中に飛び込み、死を探していた。

父親が亡くなった後の一八六九年の秋、ブラック博士とバーナードはフィラデルフィアに移り、叔父のザカリアと叔母のイザドアのもとで暮らし始めた。父親の葬式にはたいへんお金がかかった。グレゴリーは、ある程度のお金を自分の葬式用に取っていたのだが、それだけでは賄うことができなかった。足りない分は、かなりの金額だったようだが、ザカリアとイザドアが貯金から出した。当時も、今と変わらず、きちんとした葬式を行うには金がかかったのだ。

医学院

1869年

　今は実証主義の時代だから、世の中に事実というものはほとんど存在しない。太陽の裏側は表側と同じように明るいということを、いったいどうすれば証明できるというのだろうか？　私はそれを証明できないから、それは事実ではないと言うしかないのだろうか？

——サー・ヴィンセント・ホームズ　生物学者　医学院創立者

フィラデルフィアへ移る前、バーナードは三年間、ブラック博士は一年間、ボストン医療技術大学で学んだ。そして、ふたりは勉強を続けるためにフィラデルフィア医学院に入学した。医学院に入学した年、ブラック博士は日記をつけ始めた。

一八六九年九月

僕は人として生まれた。なんという奇跡だろう！　僕はこれから、生まれ故郷ではないこのフィラデルフィアでの生活や、医学院での研究、経験について日記に書いていこうと思う。僕は医学の道を歩み始めたが、これは僕が自分で決めたことではなく、運命か天命か宿命だったのだ。何らかの力によって定められたことだったのだ。

今は亡き僕の両親は、善良で教養のある人間だった。母は僕を産んでいる途中に亡くなった。出産に立ち会っていた父は、片方の腕に生まれたばかりの僕を抱き、もう片方の腕に息絶えた母を抱いたという。父は母のことをあまり話さなかった。

父は、僕が一六歳の時の冬に天然痘に罹った。父が死んだ時、僕は悲しかった。でも涙は出なかった。父は墓に入っていたが、僕は、父が自ら外へ出てくるのではないかと思っていた。墓から出てきた父を、男たちが襤褸布で包む。暗いので、その男たちが誰なのか分からないが、顔が煤か灰で汚れているように見える。父は墓地の通路を引きずられて行き、荷車に載せられる。それからしばらくして手綱がぴしりと鳴り、馬が走り出し、父は運び去られる。父は有名で尊敬を受ける医者であり、解剖学者だった。父はたくさんの死体を購入して研究を続け、科学に貢献した。僕はその父が、死後再び科学に貢献するのではないかと思っていたのだ。

人は死ぬと、天国へ昇るわけではなく、地獄へ落ちるわけでもない。ただ、病や死の苦しみから解放される。体がなくなれば意識もなくなる。僕たちの体はとても不思議だ。僕は医者として、人の体の研究に真剣に取り組むつもりだ。体は大切なものであり、僕はそれに深くメスを入れる。メスを握る時はいつも敬虔な気持ちでいたいと思っている。

ブラック博士は、医学院において傑出した存在だった。学生や教授からは、間違いなく医者になるだろうと思われていた。ブラック博士はたいへん真面目な若者で、屈指の俊才として知られ、将来を嘱望されていた。一方、バーナードは自然科学や化石、歴史に興味を持ち、それらの研究に専念するようになった。

医学院の教授たちは、ブラック博士に大きな影響を与えた。そのひとりであるジョセフ・ウォーレン・デンケル博士は、スコットランド系移民で、最初はボストン医療技術大学で学んだ。同じ時期、ブラック博士の父親がこの大学で学んでいる。ふたりは友人だった。南北戦争の時は外科医として従軍し、何百もの切断手術を手掛けた。ただ、患者の多くは感染症に罹って亡くなっている。デンケル博士は、フィラデルフィア医学院においてカリスマ的な存在だった。また、職員や患者によく冗談を飛ばし、夜は、賭け事に興じたり陽気に騒いだりすることもあった。デンケル博士はブラック博士の良き友人でもあった。

ブラック博士が医学院で学んでいた頃、アメリカをはじめ世界各国の医療の世界で、いくつかの劇的な変化が起こった。まず、医者の衛生観念が向上した。微生物が感染症を引き起こすという事実を医者が理解するようになり、手術時の手洗いや、石灰酸を使った手の消毒が習慣化した。医者の手に付着して乾燥した血液は感染を防ぐ役割を果たすという考えや、衛生と感染に相関関係はないという考えは、過去の遺物となった。それから、手術の時に麻酔を行うようになったので、患者が痛みを感じることがなくなり、医者は手術に時間をかけることができるようになった。ブラック博士はこうした進歩を歓迎し、さらなる進歩のために積極的に提案を行った。

一八六九年、医学院に入ったブラック博士は、突然変異により生まれた人びと、つまり奇形を持つ人びとについての研究を始めた。とくに、他に例を見ない不思議な奇形や、致死性の奇形を持つ人びとが研究の対象となった。しかし、そうした奇形を持つ人は夭死する場合が多く、また、ほとんどの人は隔離されていたから探すのは容易ではなかった。フィラデルフィアのダウンタウンにあるグロッセミア博物館のコレクションは、博士の研究にとても役立った。コレクションの中には、非常に珍しい有名な骨格標本があった。それは、側部結合二腕二頭体である結合双生児の骨格標本だった。この骨格標本は、エラとエミリーという名の女児のもので、ふたりは死産だった。博士の最初の論文は、この不幸な症例に関するものだった。論文は高く評価された。しかし、奇形の研究よりも、感染症の研究や効果的な治療方法の開発、麻酔技術の改善などに取り組む方がずっと有益だと言う者もいた。あの若者は時間を無駄にしている、と言う者も多かった。博士はこうした声に苛立ちを覚えた。

僕は今、奇形について熱心に研究している。デンケル博士は協力してくれている。他の教授は僕の研究を「不要で無駄な研究」だと言っている。そんな風に言われていることをデンケルは知っているが、僕に協力してくれる。彼は僕の研究に心底興味を持っているようだ。

生き物は不思議だ。なぜ生き物の体は奇形になるのだろう。僕はその理由を知りたい。デンケルと僕は、この春に新しい論文を発表するつもりだ。その論文によって奇形に対する理解が深まるだろう。

ブラック博士は医学院に入ると、研究対象のスケッチを描くようになった。医者がスケッチを描くのは珍しいことではなかったが、ブラック博士はとても熱心で、他の学者のために夜中までスケッチを描くこともあった。とくに、有名な植物学者で旅行家のジーン・ディレインのために多くのスケッチを描いている。

ブロードシャー大学のアトリウムに、ディレインの標本のコレクションが置かれていた。博士は、そのコレクションの中の数百にのぼる標本を、数年にわたって断続的にスケッチしている。

スケッチの腕はめきめき上達している。僕は時々、文字とにらめっこするのをやめ、講義も聴かずにスケッチに専念する。スケッチすると対象をより深く理解することができるし、ひとりになってスケッチしていると心身が解きほぐれる。

ブラック博士は、様ざまな種類の昆虫や植物の研究も行っていた。とくに、変態を行う昆虫に興味を持っていた。博士は、蟬が変化する姿をしばしばスケッチしている。また、日記や書簡にも蟬の変態について綴っている。

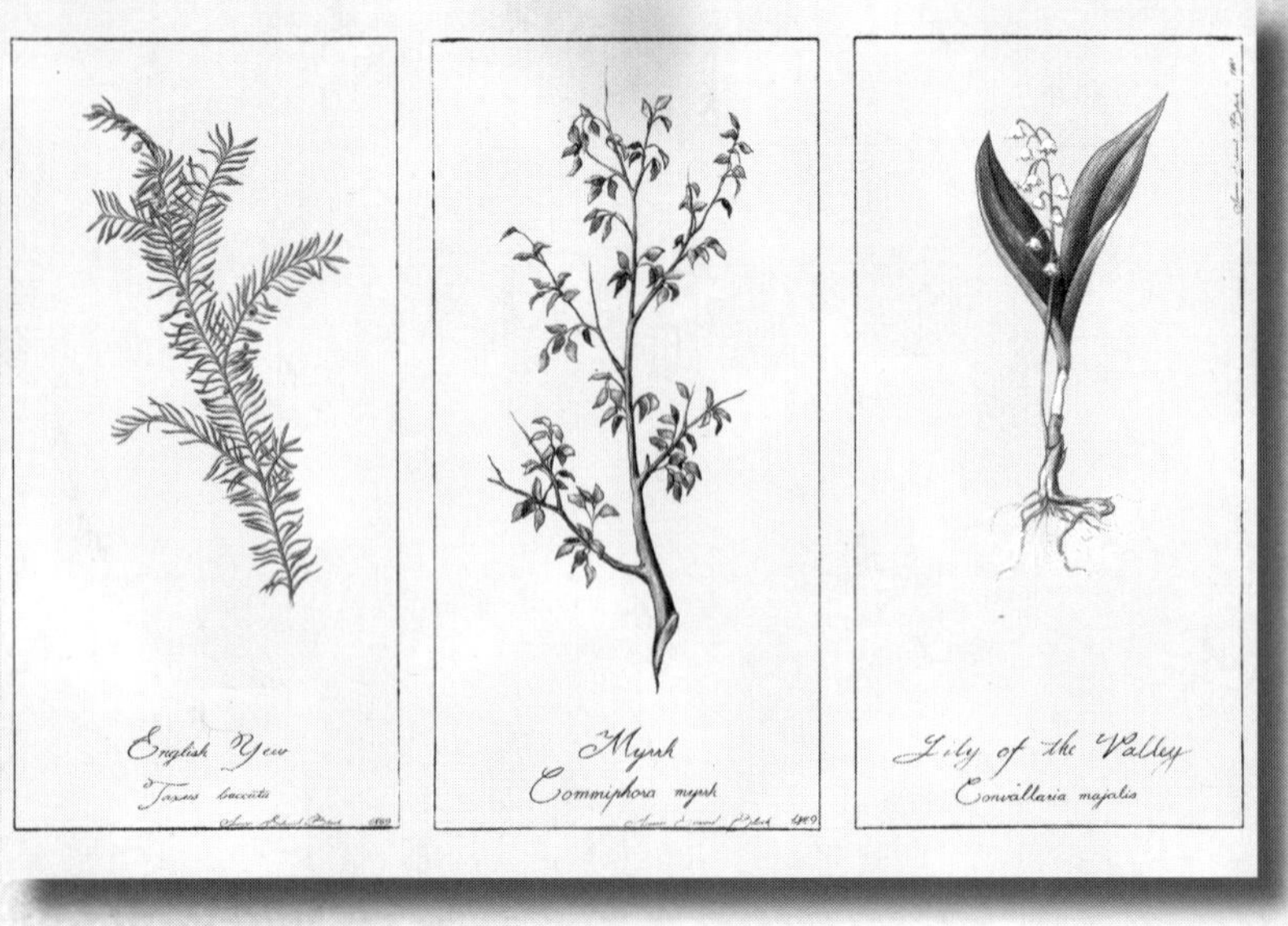

スペンサー・ブラック博士のスケッチ。植物学者ジーン・ディレインのために描いたもの。この3つの植物はそれぞれ大きな特徴を持ち、人びとによく知られている。

【左】ヨーロッパイチイ。種は猛毒を含む。2000年以上生きることができ、樹齢9000年といわれる老木も存在する。寿命が長いため、一部のスピリチュアル系団体は、死を超越した存在として称えている。また、様ざまな文化圏の人びとが、復活と永遠の命の象徴として崇めている。

【中】ミルラノキ（没薬樹）。この木から採れる赤褐色のゴム樹脂が、香料として有名なミルラ（没薬）である。ミルラは、赤子のイエスへ捧げられた3つの贈り物のひとつ。そのためミルラは、キリスト教徒にとって馴染み深い。ミルラは芳香剤の他、薬としても利用されている。

【右】スズラン。猛毒を持つ。スズランにまつわる言い伝えや伝説は数多い。イエス・キリストが磔刑に処せられた時に、聖母マリアが落とした涙からスズランが生まれたという伝説から、「聖母マリアの涙」とも呼ばれている。より良い未来への希望を与えてくれる植物でもあり、「幸福の再来」や「イエス・キリストの降臨」の象徴である。

図1　アクティアス・ルナ（雄）　ルナ・モス（オオミズアオ）
図2　パピリオ・マカオン　スワローテイル・バタフライ（キアゲハ）
図3　パルナシウス・アポロ　アポロ（マウンテン・アポロ）・バタフライ（アポロウスバシロチョウ）
図4　ポンポニア・インペラトリア　エンプレス・シカダ（テイオウゼミ）

一八六九年一一月二三日

夏、蟬は土の中から出てきて、羽を持った成虫へと変態し、鳴き、交尾し、卵を産み、その後すぐに死ぬ。木の中に産み付けられた卵が孵り、孵化した幼虫は地面に落ち、地中に深く潜り、そこで一〇年以上暮らす。

成虫の寿命は儚い。蟬は土の中で長い間暮らした後、地上に出て羽化する。殻から出て、新しい姿に生まれ変わるのだ。でもすぐにこの世を去る。蟬は、蝶や蛾のように姿が劇的に変化するわけではないが、僕は蟬の方により興味をそそられる。暗い地中から出た後、ほんの少ししか生きることができない生き物だからだ。

＊＊＊

一八六九年一二月一日

僕は今、ジーン・ディレイン教授からの依頼で、小さな珍しい昆虫の標本をスケッチしている。教授は、執筆中の本に僕のスケッチを載せるらしい。昆虫は入れ物の中にぎっしりと並べられ、ピンで丁寧に留めてある。ギニアやマレー諸島など、アフリカやアジアの各地から集められたものらしい。どの昆虫も独特の姿をしていて、眺めていると興奮してくる。人間は驚くべき能力を持っているが、昆虫も特有の驚異的な能力を持っている。

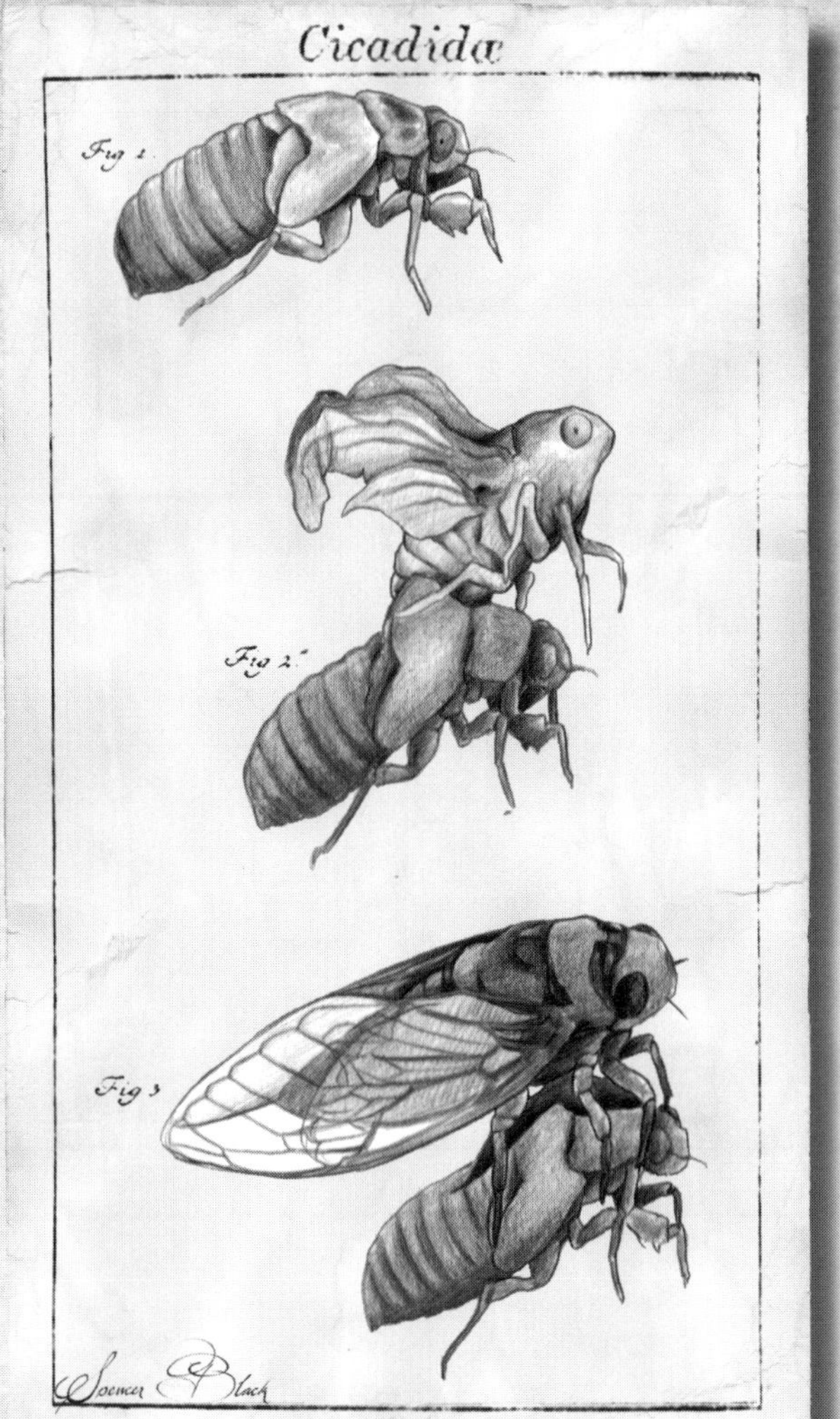

図 1　地中から出て来た幼虫。
図 2　殻から抜け出たばかりの、新しい姿に変わった成虫。しばらく動かず、力を蓄える。
図 3　完全な成虫。飛び、鳴き、交尾することができる。この営みが繰り返される。

研究室C

1870年

確かな科学的事実は、客観的な観察者の観察から導き出される。他人の受け売りをする学者の言葉から導き出されることはない。

——スペンサー・ブラック博士

医学院に入って二年ほど経った頃から、ブラック博士は人体の研究に専念するようになった。医学院や近隣の医療機関が開催する解剖講義には可能な限り参加した。博士は、自分でも密かに解剖を行っていたようだ。盗掘を行っていたとも言われている。子供の頃に父親から教わった通りに、新しい墓を探して新しい死体を掘り出していたらしい。しかし、この事について博士は何も書き残していない。

同じ頃、バーナードはすでに医学院での研究を終えており、ニューヨークへ移っていた。バーナードはニューヨーク科学協会において活躍していた。しかし、やがてブラック博士がバーナードを凌ぐ活躍を見せることになる。博士はアメリカ屈指の俊英と言われていたが、一九歳の時には、その評価は確固たるものになっていた。一八七〇年の日記には、研究に対する博士の意欲や情熱が表れている。

一八七〇年二月

僕は今、休みなく研究を行っているが、まだ何も得られていない。人の体についてもっと深く学ばなければならない。なぜ、胎児が発育、成長する過程で奇形が生じるのだろう。今のところ、奇形が生じる原因、きっかけが何なのかは分からない。奇形についてみんなに理解してもらうためにはまず、奇形が生じる理由をはっきりと説明する必要がある。奇形は神の定めによるものだとか、奇形を持つ人は化け物だとかいう馬鹿げた考えに惑わされることなく、科学者として、医者として、学者として、論理的に考えなければならない。

人は歩き、話し、攻撃し、攻撃をかわす。人はその他にも色々な驚くべきことを行う。でも、中にはそうしたことができない人もいる。

いったいなぜ、腕のない子供が生まれ、体の一部が結合している双子が生まれ、手や足の指が五本以上生え、または、指が全く生えないのだろう。なぜ、人の体はこのような構造をしているのだろう？　なぜ違う構造ではないのだろう？　こうした疑問が解ければ、先に進めるだろう。

指が五本生える理由が分かれば、指が六本生える理由も分かるだろう。

奇形が生まれる理由はまだ分からないが、神の定めだと思ったことはない。人の体については、いくつか確かなことがあると思う。そのひとつは、体の各部分はそれぞれ独自の機能を担っていて、どの部分も人体という有機体に欠かせないということだ。でも、独自の役割を持つ部分が成長しない場合がある。その代わりを務めることができる部分は他にないのに。奇形のことを「欠陥」や「病気」などと呼ぶだけで、軽視したり無視したりするべきではない。治療は不可能だと決め付けてはならない。僕は奇形を持つ人たちに新しい人生を与えたい。そのためには、まず、僕を悩ませ続ける疑問を解かなければならない。なぜ、奇形が生まれるのだろうか？

一八七〇年の春、ブラック博士は、医学院において特別な取り組みを始めた。それは、奇形を持つ人の手術と研究を行い、治療法の開発を目指すという前例のない取り組みだった。博士には、奇形を持つ人を助けたいという思いがあった。また、奇形の発生を未然に防ぐことも可能なのではないかと考えていた。ブラック博士の師のひとりであるジョセフ・ウォーレン・デンケル博士が、手術を監督することになった。アメリカ人外科医のヨアブ・A・ホレース博士も研究チームに加わった。ホレース博士は、結合双生児などの奇形を持つ胎児の研究を行っていた。ブラック博士は、ホレース博士の講義を受けた時に、とても感銘を受けたようだ。一八七〇年五月の日記には次のように記されている。

僕は、何度かホレース博士の講義に参加したことがあるが、滔々と雄弁を振るう博士の姿が印象に残っている。博士の話はとても深遠で、理路整然としていた。たぶん博士は、前の夜に自分の考えをきちんとまとめていたのだろう。博士は、金持ちの男が、不要な小銭を貧乏人に投げ与えるかのように、自分の知識を惜しげもなく僕たちに与えてくれた。博士からは多くを学ぶことができる。

ブラック博士らの研究チームは、医学院の許可を得て、三階の手術室を使用していた。そこは日の光がよく入る、独立した広い手術室だった。この部屋はやがて、研究室Cと呼ばれるようになった。研究室Cには、新しく開発された顕微鏡や化学薬品、医療器具が揃っており、世界の最先端を行く科学研究所として有名になった。研究室Cは、確かに特別な場所だった。

研究チームは、デンケル博士（研究室Cの管理者）、ふたりの外科医（ブラック博士とホレース博士）、人体の奇形の研究に携わるふたりの専門家から成っていた。最初の手術は、一八七〇年六月三日に行われた。患者は欠指症の青年だった。欠指症の人の手は、その形から「ロブスターのハサミ」と呼ばれることもあった。手術は比較的簡単で、無事に成功した。夏の終わりには、右腕を二本持つ少女の手術が行われた。少女の体には、肩から指先まである一本の右腕が、もう一本の右腕の上部から生えていた。前腕の部分は、一見すると一本の太い腕のようだった。そしてその先に、二本の親指とその他の八本の指が生えていた。数時間におよぶ手術によって、寄生するかのように生えていた右腕が取り除かれた。術後の経過は順調だった。手術の成功は、アメリカの医学雑誌や、世界各国の新聞によって伝えられた。研究室Cにおける取り組みは注目を集め、ブラック博士は世界的に有名になった。

一八七〇年の秋、ブラック博士は「完璧な人間」と題する論文を発表したが、この論文は議論を引き起こした。論文の中で、博士は次のような主張を展開した。「人は、様々な部位の組み合わせでできている。そして進化の過程で、その組み合わせが異なる多様な種が生まれた。現在の人の体よりも部位が多い種や、逆に、部位が少ない種が生まれた」。博士は人類の進化について、自然選択説に基づく一般的な考えとは異なる考えを示したのである。そして、奇形の人の姿は、はるか昔に存在したそれらの種の姿であると主張した。博士は、このように考えれば、なぜ奇形が生まれるのかという、奇形学（先天異常、奇形について研究する学問）における謎が解けると思った。博士は次のように述べている。「奇形の人の体は昔の姿を覚えていたのではないだろうか？　その記憶に従って成長したのではないだろうか」

博士の主張の中でとりわけ物議を醸したのは、伝説の動物の多くは実在した、というものだった。さらに博士は、奇形を持つ人の中には、伝説の動物の遺伝子を持つ人がいる、という考えも示した。研究チームの仲間であるホレース博士は、博士の主張を真っ向から否定した。この後、ふたりは激しく対立するようになった。

ブラック博士は否定的な評価を受けながらも、さらにふたつの論文を発表した。そのひとつは、血液や胆汁、血漿と奇形との関係について述べたものだった。もうひとつは、奇形を持つ子供の成長期の体の変化について調査し、まとめたものである。ふたつの論文にはスケッチが添えられていた。

研究室Cにおける新しい取り組みは、わずか数か月で世界の医学界に知れ渡った。研究チームのもとには、講演を依頼する手紙が世界各地から届くようになった。そして、研究室Cで中心的役割を果たし、数々の手術を成功に導いたブラック博士は、活躍の舞台を大きく広げることになった。

結婚と変化

1871年～1877年

医者は神ではない。しかし、僕たちは神の仕事を行う。
——スペンサー・ブラック博士

ブラック博士は、最優等で学業を終えた。弱冠二〇歳で世界的な名声を獲得していた博士は、フィラデルフィアのエリートたちからも大きな期待を寄せられる存在だった。

ブラック博士は、医学院においてエリーゼ・シャルデルと出会った。人類学を学んでいたエリーゼは、進化論や自然選択説について調べるために、医学院に通っていた。エリーゼがどんな女性だったのかはほとんど分かっていないが、博士の記録によると、エリーゼはシカゴの裕福な家庭に生まれて、きちんとした教育を受けた、魅力的な女性だったようだ。ふたりはたちまち恋に落ち、わずか三か月間の交際を経て、一八七一年六月に結婚した。

心の準備もできていないのに、僕は思わず結婚を申し込んでしまった。何とも言えずすばらしい気持ちだ。

ブラック博士は、研究室Cでの取り組みを続けた。そして高額な給料を貰うようになり、結婚すると、医学院の近くに建つ大きな家を購入した。一八七二年の春には、エリーゼが健康な男の子を出産した。その子はアルフォンスと名づけられた。アルフォンスは後に、父親の研究を引き継ぐことになる。

一八七二年三月一日、つまり、僕たちが結婚した日から、九か月より四日少ない日数が過ぎた日、そしてある種の蟬が鳴き始める頃、息子アルフォンスが生まれた。

医学界の者だけでなく、国中の多くの者が、研究室Cでの取り組みによって示される可能性に胸を躍らせ、期待を寄せた。医学院に対する評価は瞬く間に上がり、医学院で学びたいという者が増えた。そのため医学院は、カリキュラムと入学者受入れ方針を変更しなければならなくなった。一八七三年には、何万通もの入学願書が医学院に届いた。

研究室Cにおける取り組みは順調に進んでいた。そんなある日、メレディス・アン・ヒースという名の九歳の少女が、研究室Cへやって来た。少女は寄生性双生児で、四本の脚を持ち、一本の腕が腹部から生えていた。少女は手術を受けるために、家族とともにコロラド州から旅してきたのだ。ところが、手術が始まってからわずか数分後に問題が起こり、その後の手術は困難を極め、四五分後にメレディスは死亡した。手術後、ホレース博士は自分たちに落ち度があったと認めた。しかし、医学院の委員会は、治療が不可能な症例だったとの見解を示した。また、今回の悲劇を避けることは不可能だったし、不測の事態は起こるものである、とも述べた。一方、ブラック博士は罪悪感を抱いた。

一八七三年三月一二日

僕は執刀医ではなかった。でもほら、僕たちはみんな、少女の死に関わっているだろう？　なぜ死を防ぐことができなかったのだろう。少女の体を切ると、たくさんの血が流れ出した。まさかこんなことになるなんて。僕は少女を救いたかったのに、死へ追いやってしまった。少女の両親ときょうだいは家に帰る。少女は衣に包まれて、あるいは棺に入れられて運び去られるだろう。少し汚れた棺でもいいか

エリーゼ・シャルデル、1871 年。この肖像画の裏には、次のような言葉が記されている。「愛するエリーゼ。太陽が沈んだ今、僕は君への言葉を綴ります。僕の心は、君への愛と、君と共に歩む未来への希望でいっぱいです。僕は君のかたわらで、君のことを心から愛し続けます。僕は永遠に君のものです。スペンサー」

ら、棺を用意するお金を家族が持っていればよいのだが。僕はこれから医者としてどう進むべきなのだろう。これからどれほど多くの死と向き合わなければならないのだろう?

少女の死は、ブラック博士にとって大きな衝撃だった。そして少女の死をきっかけに、博士と研究チームの仲間との関係が揺らぎ始めた。また、博士は、指導者であるヨアブ・A・ホレース博士といっそう対立するようになった。

ホレース博士は、医学に対して厳しく一途だ。その姿勢はよいと思う。でも、医学雑誌はもっと気軽な読み物であるべきだ。読みたい時に簡単に読むことができて、読者が重たいと感じないものがよいのだ。

やがてブラック博士は、少女が死亡したのはホレース博士らのせいだと言って、研究チームの仲間を責めるようになった。その理由は定かではない。また、博士が仲間を責めるようになったことと関連があるのかどうかは分からないが、この頃、博士は悪夢に悩まされており、その悪夢の内容や不安な気持ちを日記にたびたび綴っている。

昨夜、また夢を見た。解剖室にひとつの死体が運び込まれ、死体を覆っていた布が外された。それは父の死体で、父の顔は凹んでいた。何人かの人が前掛けを着け、父の体を切ったり、体の一部を取り除いたりした。それが終わると彼らは解剖室から出て行った。父を見ると、父は死んでいるはずなのに、

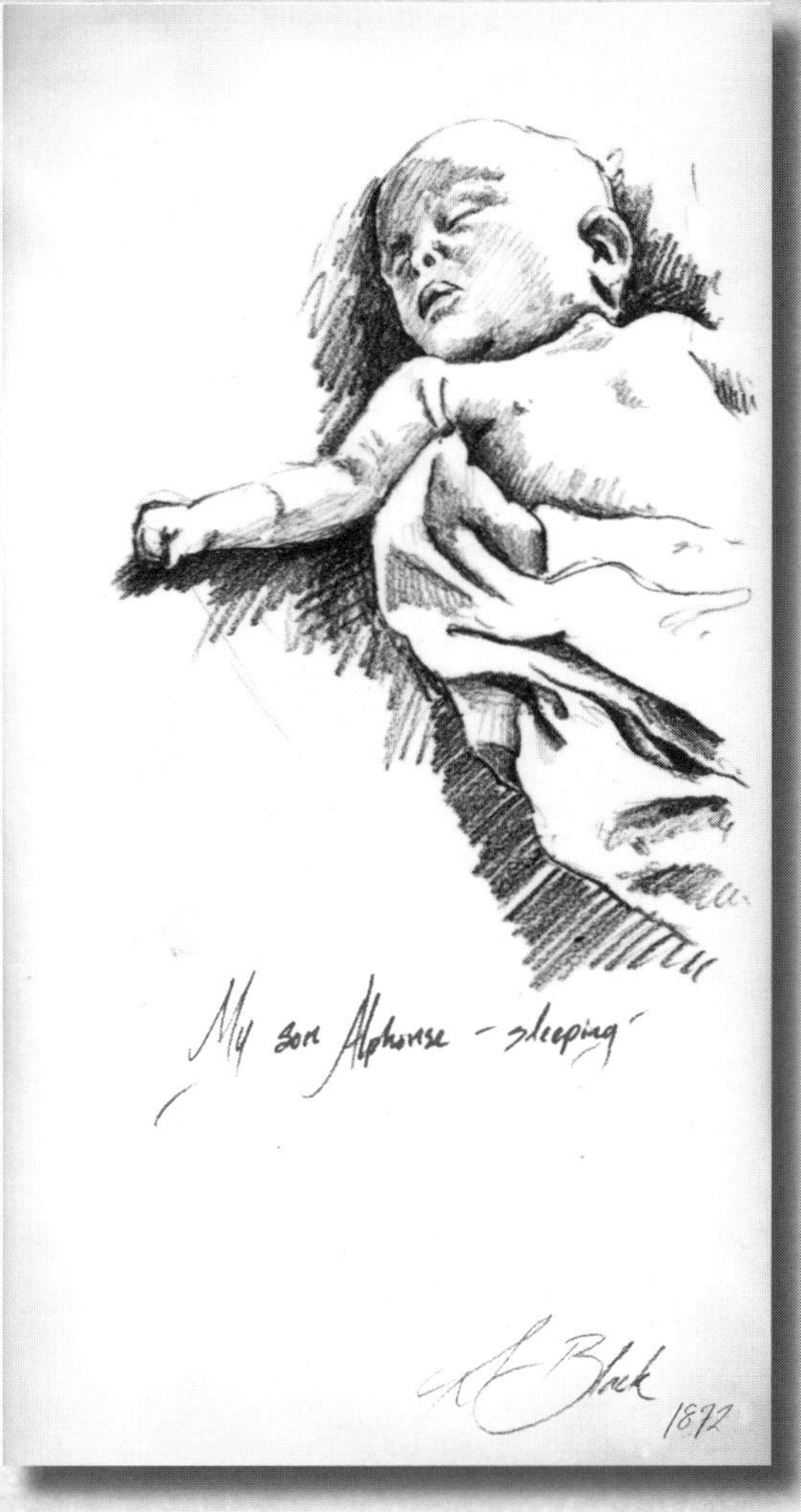

アルフォンス・エドワード・ブラック。アルフォンスの肖像画は他には見つかっていない。「僕の息子アルフォンスが眠っているところ　S・ブラック　1872年」と記されている。

内臓が動いていた。心臓は力強く鼓動し、腎臓は液体を排出していた。そこで僕は目を覚ました。

一八七四年の秋、ブラック博士は再び死に接し、苦しみを味わうことになった。その死は家庭にやって来た。その秋、妻のエリーゼが女の子を出産した。その子はエリザベスと名づけられた。しかし、悲しいことに、エリザベスは生まれてからわずか数日後、臓器不全を発症して亡くなった。博士は、わが子を失った悲しみに打ちひしがれていたという。

しかし、博士は研究室Cでの仕事は休むことなく続けた。博士が研究チームにとって欠かせない存在であることに変わりはなかった。博士は一八七四年から一八七八年までの四年間に、数々の革新的な移植手術や矯正手術、生体解剖を行った。それによって医学院は極めて高い評価を受けるようになった。

医療機関は、楽観的に構えて気安く約束する。そしてその約束を果たさない場合が少なくない。しかし、フィラデルフィア医学院は約束を果たす。フィラデルフィア医学院の門を潜れば、若者は、役に立つ適切な教育を受けることができるだろう。　アルフレッド・J・J・ストロング医学博士　ニューヨーク

一八七六年の冬、エリーゼが男の子を出産した。その子はヴィクターと名づけられた。ブラック博士は、ヴィクターの誕生については日記にほとんど記していない。ヴィクターが生まれたのは博士が二五歳の時だったが、この頃から、博士の様子が変わり始めた。まず、潑剌さが消えた。そして、気難しく、冷笑的になった。また、奇妙で突飛な行動をとって周囲の者を困らせ、自分の意見とは異なる意見をぶつけられると痛

癪を起こすようになった。博士は強い信念を持っていたから、わずか数年で成功を収めたのだが、強い信念を持っていたから、人と対立することも多かった。医学院における博士の評価も落ちた。そして、博士が医学院で仕事をする時間がしだいに減っていった。博士は、医学院の仕事も、友人や家族のことも二の次にして、個人的な研究に打ち込むようになった。

もうすぐ秋の霜が消えて、冬の嵐が来る。僕は心を穏やかに保つことができない。考えてみると、僕は子供の頃から辛い仕事を行ってきた。今が、じめじめとした灰色の世界が広がる死の季節ではなく、暖かな春だったらよいのに。春の太陽の光が降りそそぐ部屋で研究をしたい。僕が毎日見る顔が、灰色の死者の顔ではないならば、僕は元気になるかもしれない。

一八七七年に入ると、研究室Cで仕事をする時間はますます減り、個人的な研究の方にさらに情熱を傾けるようになった。ブラック博士は進化に関する新しい説を唱えていたが、それは奇説と見なされ、科学界から完全に異端視されていた。「人が自然選択を繰り返しながら進化する過程で、現在の人の姿とは異なる姿をした多様な種が生まれた。そして、その種の系統を引くのが、奇形を持つ人びとである」。博士はこうした自身の考えや理論を、二六歳の時にまとめて書き残している。

博士は、人は様ざまな姿に進化したのだと考えていた。人の中には伝説の動物の血を引く人が存在する、とも主張していた。そして、いくつかの無名の集団が、伝説の動物が実在したことを示す科学的証拠を隠し、分類学者が残した調査記録を破棄し、星座に関する記録を改竄し、伝説を書き換えたと考えていた。博士は、人の進化についての真実を隠すための、この壮大な陰謀に加わっていた人物のひとり（あるいは複数人）を特定していたようだが、それが誰なのかは明かさなかった。

ブラック博士は、研究室Cにおける成功や名声など取るに足りないものだと思うようになった。それと同時に、まだ何も成し遂げてはいないのだという気持ちが強くなった。そして、まずは、世に受け入れられていない、奇形についての自説を証明しようと決心したのだが、次の日記を書いた時はまだ、五里霧中の状態だった。しかし、ある見世物小屋で、自説を証明する手がかりとなる、あるものと出会うことになるのである。

一八七七年七月

偉大な真実を知るために、沈んだ気持ちや腐った心は道のかたわらに置き、頑張って前へ進もう。無益な手術はもう行わない。僕はもっと人の役に立ちたい。そのために、さらに調査し、研究し、成長するのだ。

為すべき事が山ほどある。あの研究室では、僕たちはただ、人を殺したり切ったりしているだけだ。人を救ってはいない。僕は、人の命を奪わずにすむように、何かよい方法を見つけたい。生き物の命は、この世で最も神秘的で尊いものだ。良心を持つ医者なら、そのことをよく分かっているはずだ。そして生き物の命は、すべて同じように儚い。植物が人の踵で踏まれて命を絶たれるように、人も簡単に命を絶たれるのだ。

山羊少年

1878年

アルフォンスは、春の植物のようにぐんぐん成長している。なんという奇跡だろう。なんとすばらしい肉体だろう。生まれてきたわが子は健康であり、そのことへの感謝の気持ちは深まるばかりだ。

——スペンサー・ブラック博士

ブラック博士は、ある見世物小屋を訪れたことがきっかけで、仕事を変え、大きな目標に向かって進むことになった。見世物小屋の名称は分かっていないが、見世物小屋の呼び物は、大男や曲芸、その他の「驚異的なもの」、解剖博物館などだった。解剖博物館には、珍しい医療器具や生物標本が展示されていた。「珍品陳列室」と同じく、珍しい物を集めた解剖博物館は数百年前から人気があった。昔の解剖博物館のコレクションの中には、現在も公開されているものもある。ブラック博士が訪れた見世物小屋の解剖博物館は、ショーを行っていた。そのショーを観た後、天才と謳われていたブラック博士が、どんな科学者も行ったことがないような、世にも奇怪な研究に邁進することになった。

奇形を持つ人が出演するショーは何度も観ているが、そういうショーは非文明的で、非人間的で、倫理観が欠如している。出演者はしばしば笑い者になり、屈辱を受ける。彼らは僕の患者になることもある。よい生活をしたい、それが無理でもせめて人間らしい生活を送りたい、と願って僕たちの研究室へやって来るのだ。

ショーには奇形を持つ人びとが出演していた。その中には珍しい奇形を持つ人も何人かいた。頭蓋骨が結合した結合双生児の骨格標本、瓶に入った奇形の豚の胎児の標本、南太平洋の人魚（猿と鱒を縫い合わせたもの）なども登場した。これらの標本の奇形は、科学者や医者には見慣れたものだった。しかし、「山羊少年」の奇形は極めて珍しかった。山羊少年の膝の部分は、通常とは違う方向に曲がっており、脚全体が毛で覆われていた。頭蓋骨のてっぺんには、骨かカルシウムの塊と思われる突起があった。それは小さな角のように見えた。山羊少年は、アルコールを満たした大きなガラス瓶に入っていた。

ブラック博士は、伝説の動物の遺伝子を持つ人が存在すると考えていたが、山羊少年を調べれば、その説を立証できると思った。ブラック博士は見つける必要のない答えを見つけようとしている、と言う者もいたが、博士は気にしていなかった。博士は、山羊少年を研究すれば、奇形を持つ人を救う方法も見つかるのではないかと思った。その方法を見つけることが博士の究極の目的だった。ショーを観た後、博士は一般的な手術は行わなくなった。

博士は二〇〇ドルという大金をはたいて、山羊少年の標本を興行主から買った。そして、それを家に持って帰り、屋根裏部屋で密かに解剖を始めた。山羊少年の解剖のことは、それが終了するまで家族も知らなかった。

博士は、山羊少年のことを単なる奇形を持つ少年だとは思っていなかった。博士の記録を読むと、山羊少年は伝説の動物の血を引いている、ということを信じていたことが分かる。また、博士は、山羊少年の解剖を進めるうちに、解剖や医療に対する姿勢が大きく変わったようだ。

一八七八年八月一四日

山羊少年は、サテュロスの血を引いているのではないだろうか。これまでの解剖の結果、それを否定する証拠は見つかっていない。僕は、一般的な小型の家畜山羊を屋根裏部屋へ運び、山羊少年と比べてみた。山羊少年が山羊の形質を持っているのは確かだが、家畜山羊の形質ではなかった。脚や角などの大きさや色は、それぞれ異なる種類の山羊のものと似ている。ある部分は、山羊の原種のひとつであるアイベックスのものに似ているが、毛の質は、カシミア山羊の毛の質と似ている。

内臓は人の内臓に似ている。山羊などの反芻動物の胃は四つの部屋に分かれており、胃の中には胃石が入っているが、山羊少年の胃は人の胃に限りなく近く、胃石も入っていなかった。

この一か月間、山羊少年について、理性的かつ論理的に考えるよう心がけてきた。僕は、解剖台の上の罪のない山羊少年を、粗雑に扱ってはならないと思っている。毎日、疲労や吐き気と戦っている。解剖によって真実を知ることができるのかどうか分からず、不安が重く心にのしかかる。神経がすり減ってしまいそうだ。でも、矛盾するようだが、僕は解剖を行うことで精神的な糧を得てもいる。僕は、考えたり食べたりしている時、眠っている時、笑ったり怒ったりしている時、解剖を行いたいという恐ろしいほどの強い衝動を覚える。皮膚を剝がれた山羊少年は、屋根裏部屋で静かに僕を待っている。剝がれた皮膚はピンで留めてあり、取り出された内臓は、瓶の中の有毒な液体に浮かんでいる。山羊少年は、徹底的に破壊された体のスケッチと記録のかたわらで待っている。

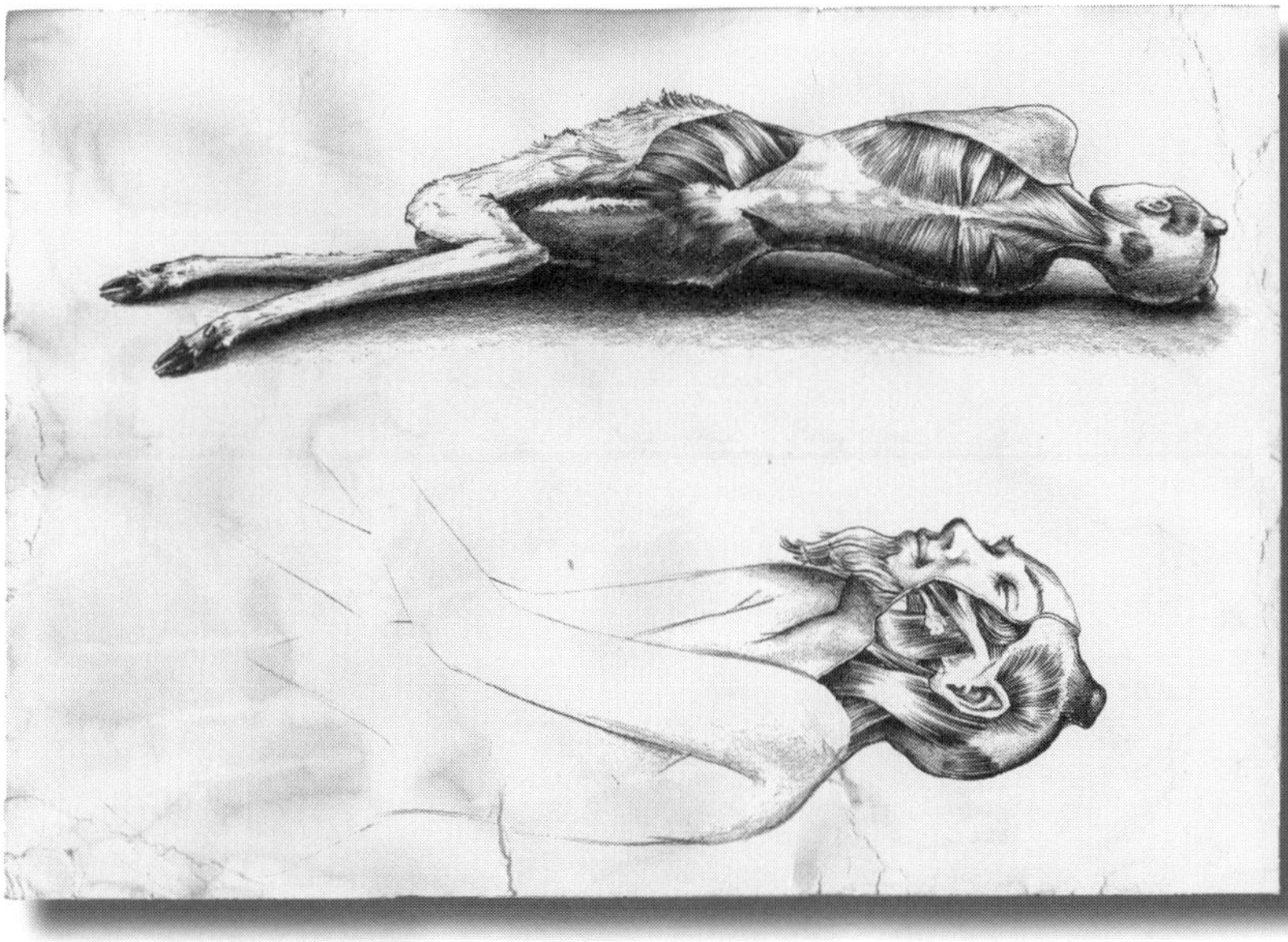

山羊少年の解剖図。スペンサー・ブラック博士が、解剖の最初の段階で作成したもの。
フィラデルフィア　1878 年

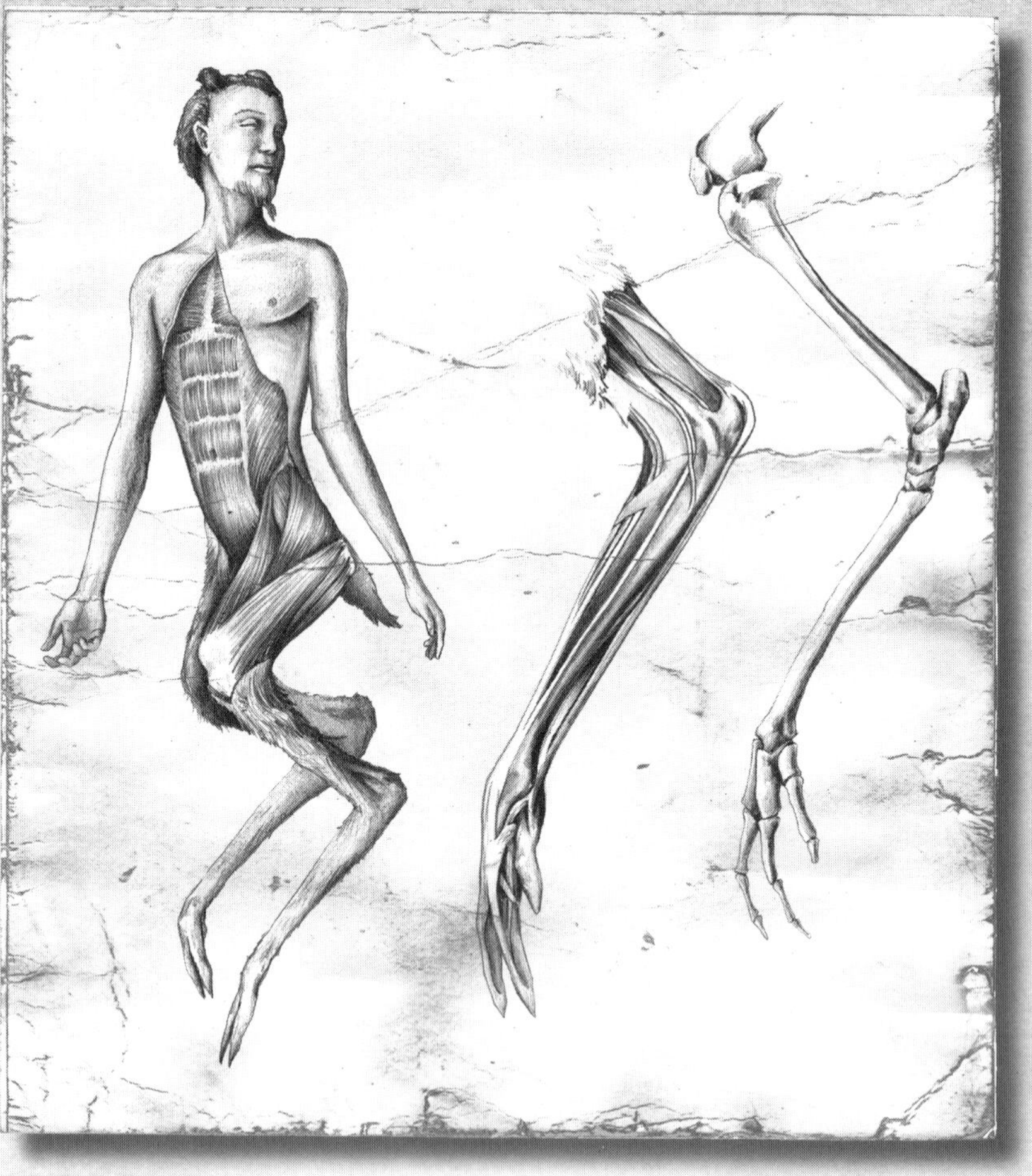

山羊少年の解剖図。奇形の部分がより詳しく描かれている。19 世紀の人と同様に、現代の人もこの少年に非常に興味を抱くが、それも当然だろう。ブラック博士は、解剖記録の中で次のように述べている。「僕はまず、山羊少年の体を横にし、上体だけを仰向けにした。それから、解剖の初めの段階を記録するために、小さな机と帳面を用意した。僕は慎重に解剖を進めるつもりだ。そして、気づいたことは残らず書き留めようと思う。副鼻腔も、裂いたり切り刻んだりした組織も、すべて精細に観察して描こうと思う。解剖によって、山羊少年の体はどんどん破壊されていく。だから、こまめに記録する必要がある。解剖中は、目に汗が入ることや、緊張で指が硬直することがあるだろう。そんな時、しくじりをしたり、大切なものを見落としたりして、謎が解けなくなるのではないかと心配している」

アメリカン・カーニヴァル

1879年～1887年

僕はたくさんの人を殺めてきた。その人たちに罪はなく、解剖台の上では誰もが平等だった。そして誰もが美しく、醜かった。

——スペンサー・ブラック博士

山羊少年の解剖が終了すると、ブラック博士は、解剖結果を論文にまとめて発表することにした。解剖によって分かったことを広く知ってもらい、人びとのために役立てたいと思ったからだ。博士の論文は常軌を逸していると見なされ、名声も将来も台無しになるおそれがあったが、博士は医学院に論文を提出した。「伝説の動物であるサテュロスは実在した。山羊の形質を持つ山羊少年は、サテュロスが実在したことを示す証拠である」。論文の中で博士はこう主張していた。しかし、医学院はその主張を認めなかった。

博士は、シカゴやボストン、ニューヨーク、ロンドンなどの一二の大学にも論文を送ったが、どの大学も博士の主張を認めなかった。

その後間もなく、医学院は博士への資金援助をやめた。博士が医学院の仕事を蔑ろにしていることが明らかだったからだ。博士は、山羊少年の研究に明け暮れていたのだ。科学界における博士の評価も、あっという間に落ちた。また、博士は新聞紙上で叩かれ、街に出れば非難の言葉を浴びせられた。攻撃的な言葉が書き連ねられた手紙が送りつけられることもあった。

ブラック博士の説は荒唐無稽だ。子供の空想と同程度であり、およそ現代の科学者のものとは思えない……博士の説は、小説の題材にはもってこいだろう。小説の読者というのは、怪物の類いが出てくると興奮して大喜びするものだ。　ヨアブ・A・ホレース博士

ブラック博士は名声を失った。医学院での仕事もなくなり、借金を抱えるようになった。それでも博士は

研究を続けた。博士は、自分の研究が、人類学史上最大の発見につながると固く信じていた。

一八八〇年、ブラック博士は「アメリカン・カーニヴァル」と称する見世物小屋と一緒に旅回りを始めた。当時は、何百もの見世物小屋やサーカス団が、アメリカやヨーロッパの各地をまわって興行していた。アメリカン・カーニヴァルはそれほど大きな見世物小屋ではなく、一五台ほどの幌馬車で各地をまわっていた。博士は解剖博物館を開き、医療機器や標本を展示した。また、何年にもわたる研究で得た知識を、訪れる客に教えた。

奇形体の骨格標本には、奇形についての説明文を添えた。骨格標本の一部は台の上に直接置き、その他は箱に入れた状態で展示した。小さな医療器具はテントの垂木から吊り下げた。博士はショーも開催した。ショーでは、奇形を持つ人と伝説の動物の関係などについて、観客に話して聞かせた。ショーの宣伝チラシのひとつには、次のような文が載っている。「腕がない子供は、ハルピュイアの血を引いているのではないだろうか。遺伝子が働かなかったため、ハルピュイアの翼が生えなかったのではないだろうか」

天才医師と謳われたブラック博士は、見世物師に転身した。そして、博士と家族はそれまでとはまるで異なる生活を送ることになった。見世物小屋との旅暮らしはとても辛いものだった。しかし、博士の妻と息子たちは新しい生活にうまく順応した。すでに述べたように、エリーゼは裕福で教育熱心な家庭に育った。だから、息子たちを連れてシカゴに戻り、両親やきょうだいと一緒に生活しようと考えても不思議はなかったのだが、エリーゼは夫について行った。エリーゼはアメリカン・カーニヴァルにとって、なくてはならない存在だった。エリーゼは一座に加わると、すぐにみんなと仲良くなり、みんなからたいへん慕われるようになった。そして一座の世話係を務めることになり、いつしか「エルお母さん」と呼ばれるようになった。

ブラック博士の方は少し複雑だった。次のふたつの日記には、研究と一座のことについて綴られているが、四か月ほどの間に心境の変化があったことが窺える。

一八八〇年九月

僕は仕事に精力を傾けているが、一緒に仕事をしているのは、嘘つきや犯罪者や殺人者だ。彼らは無学だ。彼らは互いに食い合うことはないが、それはただ単に、お互いが不味いからだ。まったく、僕はじつに結構な仲間に囲まれている。僕は、酔狂なことばかりやる一座の一員だ。僕は町の人たちを相手に講演を行っているが、彼らは、ジャングルから連れて来られたという、いわゆる蜥蜴女の方に興味を示す。蜥蜴女は、デトロイトからやって来た、魚鱗癬を患っているだけのただの女なのに。やはり僕は、大学の研究室で研究を続ける方がよいのではないだろうか。大学にいれば学生に話をすることもできる。学生は僕の話に熱心に耳を傾けるだろう。

でも、今はこの仕事を続けるしかない。軽蔑すべき客を相手に話をしなければならないが、生計を立てる道は他にはない。選択の余地はないのだ。

＊＊＊

一八八一年二月

僕はこの国の州境を越えて、僕の話を熱心に聞いてくれる人を探すことができる。僕がひとつの州、ひとつの場所に留まることはない。人びとが僕のもとへ来ないのなら、僕が人びとのもとへ行く。人びとの家の前の階段を上り、扉を叩くのだ。

ブラック博士はしだいに旅暮らしに慣れ、見世物師として活躍するようになった。一座の者は、博士の見世物師としての手腕を褒めた。博士のショーのことを痛烈に批判する新聞もあったが、好奇心からショーに足を運ぶ者も多く、観客は増えていった。そのため収益が上がり、博士は安心して家族を養えるようになった。また、博士は新しく幌馬車を購入した。当時、アメリカの見世物小屋やサーカス団は、幌馬車で移動するのが普通だった。新しい幌馬車はそれほど大きなものではなかったが、一台増えたおかげで、見世物小屋が興行を休む冬期でも、各地をまわれるようになった。

ブラック博士は、自分の話を疑う観客がいると、ショーの最中でも率直に意見を戦わせた。一八八一年、博士はニューヨーク州マリス郡において、ウィリアム・キャサウェイ・ジュニアという名の牧師と討論を行った。牧師は、博士のショーは良識に反する冒瀆的なものだと批判した。「旧約聖書に描かれたアダムとイヴの姿とは大きく異なる姿をした人の種が存在した」と博士が主張すると、牧師は烈火の如く怒った。牧師と博士の討論は白熱し、それに他の観客も加わって喧々囂々の騒ぎとなり、ついには牧師と博士が逮捕されるという事態となった。しかし、博士だけが騒乱罪で告訴された。幸い、博士は無罪判決を受けたが、その後は、ショーの最中に度々妨害を受けるようになった。また、社会の平穏を乱す要注意人物として警察当局から目をつけられ、何度も逮捕された。町から追い出されてしまうこともあった。そして、窃盗罪や詐欺罪、公然わいせつ罪（わいせつな物を陳列する罪、公然とわいせつな行為をする罪）などで何十回も告訴された。

ただし、すべて無罪判決を受けている。

僕が観客に話をしようとすると、それを阻止しようとする連中が動き出す。一介の科学者が行っていることを、なぜこれほど恐れるのだろう？

観客は、ブラック博士がどんなに説明しても、伝説の動物が実在したということや、その血を引く人がいるということを信じなかった。そこで博士は、伝説の動物を作り、それを人びとに見せて理解を促そうと考えた。博士は奇形を持つ人を治療する技術を持っていた。その技術を用いれば、伝説の動物を作ることができると思った。

博士は数か月間ショーを休み、伝説の動物作りに取り組んだ。作業は幌馬車の中で密かに行った。この動物作りでは小動物の体を使った。様々な小動物の体の部位を、伝説の動物の姿になるように組み合わせるのだ。一八八二年の夏の間、博士は息子のアルフォンスを連れて頻繁に狩りに出かけた。父と息子は小動物を捕まえると幌馬車に持ち帰り、体の各部位を切断した。幌馬車は、フィラデルフィアから北に四〇マイルほど離れた牧草地に置いていた。博士が最初に作り上げたのは、小さなハルピュイアだった。ハルピュイアの首から下の部分は七面鳥の体だった。七面鳥の頸部は硬い皮膚が露出しているので、博士はその部分に柔らかい羽毛を付けた。頭は人の子供の頭で、子供の死体から取ったものだった。博士は、ハルピュイアにイヴという名をつけた。

イヴを作った後は、生理学や解剖学の知識を生かして、もっと複雑な伝説の動物を作った。博士は、伝説

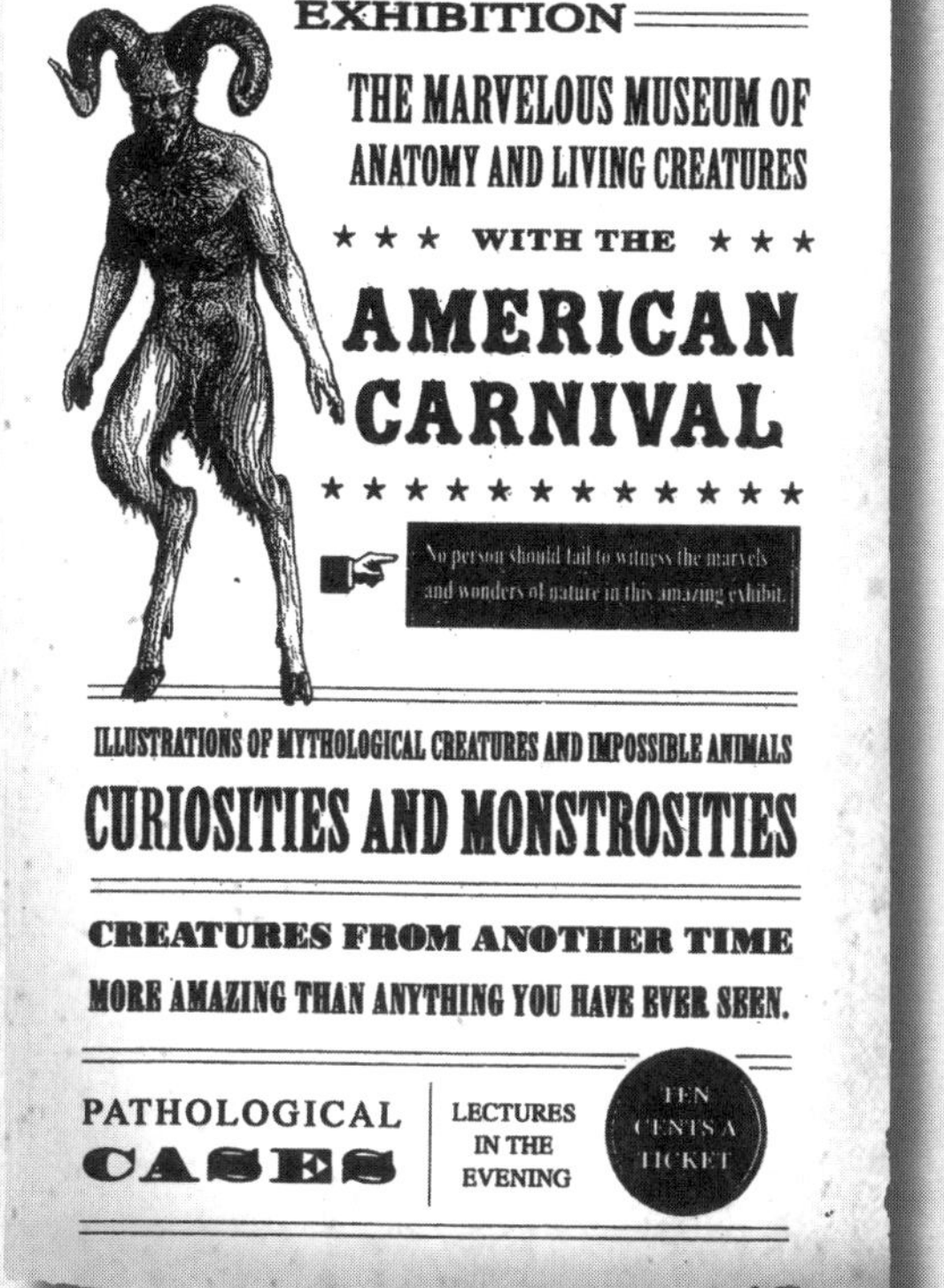

ブラック博士のショーの宣伝チラシ。とても大きなショーであるかのような印象を受けるが、ブラック博士のショーは、アメリカン・カーニヴァルのショーのほんの一部に過ぎなかった。見世物師が誇大に宣伝するのはごく普通のことであり、おそらくこの宣伝チラシは博士が自ら製作したのだろう。伝説の動物がショーに登場することや、夕方からブラック博士の講演が行われることなどを伝えている。

の動物の一部はまだ生きていると信じていた。一八八三年には、何種類かの伝説の動物が完成した。どれも驚くべき珍品だった。伝説の動物作りにおいて使用された人の死体は、おそらく博士とアルフォンスが墓から盗み出したものである。

一八八四年の春から、博士はエリーゼとふたりの息子とともに各地をまわり、伝説の動物が登場する新しいショーを開いた。どこへ行っても相変わらず地元警察から妨害を受けたが、ショーはたいへんな盛況ぶりだった。

一八八三年五月九日

観客が、害虫か何かのようにうじゃうじゃ集まっていた。ひそひそと話す人もいれば、混乱している人もいた。いかにも胡散臭そうな表情を浮かべていたのに、僕が作った動物を見ているうちに僕の話を信じるようになる人もいた。彼らは生き物の歴史の真実を目の当たりにしたのだ。

観客の中には熱心な者もいれば、怖がったり、怒ったりする者もいた。ある批評記事には次のように書かれている。「ブラック博士が作り出した種々の動物は、見る者の心を掻き乱す。動物たちはまるで生きているようなのだ。ただ眠っているだけで、ちょっと突ついたら目を覚ますのではないかと思えるのだ」

当初、ショーに登場するのは小さなハルピュイアとケルベロス（三つの頭を持つ冥界の番犬）、東洋のドラゴンだけだった。しばらくすると、それにケンタウロスが加わった。ケンタウロスは、人の死体と馬の死体から作られたものだった。舞台に登場したケンタウロスは非常に不気味で、観客は恐怖を覚え、口々に博士を非難した。フィラデルフィアの新聞は、次のように評している。「ブラック博士は唾棄すべき人物であり、品格も倫理観も良識も失ってしまったようだ」

ブラック博士は、批判に屈することなくショーを続けた。科学や医学、世界の人びとのために、人と伝説の動物との関係を明らかにしなければならないという強い思いがあったからだ。博士は、伝説の動物以外にも、不思議な動物たちが存在した可能性があると考えていた。そして、かつては多くの人魚が海や川の中を泳ぎ、ミノタウロスがマケドニアの山々を支配し、スフィンクスがエジプトのカトリーナ山の岩間に棲んでいたと信じていた。

博士は、伝説の動物が実在したことを示す証拠をいくつも持っている、と常々言っていた。それらは世界各地から船で運ばれて来たもので、箱に入れて幌馬車の中で大切に保管しているというのだった。確かに、研究室Cで仕事をしていた頃から、博士のもとには多くの船荷が届いていたが、その中味は、研究用の珍しい奇形体の標本だと考えられていた。解剖博物館に置かれていたひとつの大きな箱には、船荷証券が貼ってあった。それでコンスタンティノープルから届いた荷物だと分かったが、荷主の名前は判読できず、箱の中味についても何も分からなかった。箱の大きさは、大人ふたりがゆっくり入ることができるほど大きかった。どれほどの数の船荷が博士のもとに届けられたのかも不明だ。

ついに、ついに届いた。僕は長い間待っていた。これが到着するのを今か今かと待ち焦がれていた。

ブラック博士の独特な説を批判する者の数はどんどん多くなっていったが、博士の説を支持する者も増えていった。そして、人びとがふたつの陣営に分かれて意見を戦わせるようになった。博士は、騒動が起きても人前に出るのをやめなかった。招待を受けていなくても、社交行事や晩餐会、催し物、政治集会に出かけて行き、持論を展開した。ニュージャージー州の小さな高級社交クラブで催されたある会では、突然、グラスを窓から外に投げ、「人の中には、神の力ではなく自分の力で、あのグラスのように飛べる人がいる」と説明した。博士の行為は会の主催者の怒りを買い、それから大喧嘩が始まり、ダイニングルームがめちゃくちゃになってしまった。

彼らは僕が作った動物を見ると驚き、怒る。恐怖のあまり悲鳴を上げる。僕の話を疑う紳士もいる。彼らは、僕のことを嘘つきだのペテン師だの偽医者だの言う。でも、今と同じように科学的に説明し続ければ、いつか彼らも無知から解放されるだろう。ああ、でも今はどんなに説明しても、頭に血が上った愚か者たちには理解できないのだ。

ブラック博士はどんな批判もものともしなかった。博士の突飛な言動は以前にも増して目立つようになり、批判者は多くなる一方だったが、ショーの観客も増え続けた。しかし、博士はある時期から、自分の考えを本当に理解している者などいないのではないかと思うようになった。また、自分は見世物師ではなく科学者なのだという思いが強くなり、一八八四年の秋にはショーを二回しか行わず、その後はアメリカン・カーニヴァルとの関係を絶った。一八八四年七月に出版されたフィラデルフィアの医学雑誌には、次のような寄稿文が掲載されている。

……ブラック博士は、どこかで発掘された普通の動物の骨、例えば山羊やライオンの骨を私たちに見せ、この骨はスフィンクスの骨だ、とのたまう。博士は、骨の細部まで詳しく調べたのだと言い、スフィンクスの骨だと考える理由を延々と説明する。しかし博士の説明は、私にはちんぷんかんぷんだ。いや、私だけでなく、誰もまるきり理解できないのだ。博士はそこらのペテン師と変わらない。自分で拵えた動物やガラクタを証拠だと言いながら方々を旅している。もし私が動物を縫い合わせて怪物を作ったら、その怪物も実在したことになるのだろうか？　スペンサー・ブラック博士は、戯言をわめき散らす、いかれた男だ。博士は、存在しないものを存在するのだとあくまで言い張る。嘘も言い続ければ真実となるだろう。博士は狂っている！　ヨアブ・A・ホレース博士

一八八四年の終わり頃、ブラック博士は、たいそうな内容の手紙をホレース博士に送っている。

ホレース博士

私は、遅まきながらこの手紙を書いています。あなたに嫌われていることは分かっていました。でも、あなたが私の名声を傷つけるようなことをおっしゃり、容赦なく断固として私を非難なさったことに驚いています。

親愛なる博士、私は空想に耽っているわけではありません。私は、勇気を持って真実を見極めようとしているのです。でも、どうやらあなたには、知らない事を知ろうという気概も勇気もないようですね。

私はあなたにチャンスを差し上げました。もし、あなたがそのチャンスを受け取っていたら、あなたは自分を超え、あなたの小さな世界を超え、科学的な視野を広げることができたでしょう。私と一緒に偉大な発見をすることができたでしょう。その発見は、どんな医者にも想像もできないような、人類学上の大発見です。私は研究を続けていきます。研究を続けることは私にとって喜びです。一方、大切な友人を失うのは悲しいことです。でも、私はあなたに別れを告げます。

スペンサー・ブラック

一八八四年五月三日、ブラック博士とエリーゼの間に元気な男の子が生まれた。その子はサミュエルと名づけられた。しかし、誕生の喜びもつかの間、ふたりは悲劇に見舞われた。次男のヴィクターが腸チフスに罹り、数週間後に亡くなったのだ。サミュエルが生まれてから四か月しか経っていない時のことだった。博士は、一八八四年九月の日記に次のように綴っている。

かわいく愛しい僕の天使……あの子は姉のエリザベスのもとへ行ってしまった。僕はあの子の父であり、保護者なのに、あの子を助けることができなかった。残る子供たちを助けることもできないのだろうか？　あの子たちが病に倒れた時、僕はまたどうすることもできないのだろうか？　僕は今まで努力し、人並み以上の技術と知識を身につけた。それなのに自分の子供すら救うことができないのか？　それでは自分の手で殺めるのと何ら変わらないではないか。

僕はただ死を傍観するしかないのだろうか？　すばらしい人生を子供と分かち合うことはできないの

だろうか？

ショーを開くことをやめ、息子のヴィクターを失った博士は、失意と悲しみの中でただひたすら研究を続けた。やがて博士は、自説を証明して世間に理解してもらうためには、生きている証拠、つまり生きている伝説の動物を作り出すしかないと考えるようになった。

一八八四年の冬、博士はフィラデルフィアの自宅に戻った。そして、家の裏に広がる森の中に建つ小さな物置小屋で、生きている伝説の動物を作り始めた。物置小屋はやがて研究室へと変わった。博士は毎朝、馬に乗って家から森の中の研究室へ行き、動物作りを続けた。博士は非常に頑なになり、とりつかれたように動物作りに熱中した。

死が近づくと、あなたは己の運命を悟る。そしてこの上なく激しく悶え、あがく。しかし、死の声を聞くと、いつの間にかあなたの苦しみは消える。死は、空気に含まれる水のように優しくそっとあなたに近づく。そして、まるで使者が恭しく挨拶するかのように、外交官が中立的な態度で挨拶するかのように、死があなたに挨拶する。だからあなたはほっとし、死を前にして心が穏やかになる。

ブラック博士は二年の間に、生きている小動物を伝説の動物に変えようと何度も試みている。その間、子供や妻と一緒に過ごす時間はどんどん少なくなっていった。博士は悪戦苦闘を重ね、失敗を繰り返した。一年半ほど過ぎた頃、夫が行っていることに耐えられなくなったエリーゼが、義理の兄であるバーナードに来てもらおうと考え、手紙を書いている。

……いくつもの檻の中に血まみれの動物が入っています。死んでいるものもいるし、弱っているものや死にかけているものもいます。もの凄く嫌な臭いが漂っていて、森の動物たちがその臭いに引き寄せられるように集まってきます。その動物たちは夫に捕まえられ、殺されます……私はあなたの弟のために祈ります。どうかあなたも神に祈ってください……。

一八八七年の秋、バーナードはエリーゼを助けるためにフィラデルフィアへ行った。エリーゼと同じく、バーナードも弟の健康や精神状態を心配していた。しかし、ブラック博士はバーナードに対してよそよそしい態度を取り、ろくに口もきかなかった。そしてひたすら動物作りに励んでいた。一日中、小屋に籠っていることもあった。

一八八七年一一月の終わり、最後のショーから数年経った頃、ブラック博士は、ついに成功したから動物を見に来てほしい、とエリーゼとバーナードに頼んだ。その時博士は、自分の取り組みを「現代のルネサンス」と表現した。エリーゼもバーナードも、小屋にどんな動物がいるのか分からないまま中に入った。サミュエルとアルフォンスもエリーゼと一緒に小屋に入った。サミュエルはまだ三歳で、アルフォンスは一五歳になっていた。バーナードは、この時に見た光景と、起こった出来事について日記に記している。

愚かな弟が行った事を目にした時、私は胸が悪くなり、全身の皮膚がぴんと張り詰めた。部屋の中は暗かったが、机の上の小さなランプには火が灯っていた。机の上には記録類と、液体や肉片が入った瓶が載っていた。机の脇にはいくつかの小さな空の檻があり、床には汚物が散乱していた。小屋はじめじめしており、死臭と糞便の臭いが漂っていた。スペンサーは得意げな顔をして、私たちを机の近くまで連れて行った。机の側の床に、一匹の犬が蹲っていた。犬の体からは血が流れ出しており、背中には雄鶏の翼が縫い付けてあった。犬はわずかに動いていたから生きているのは分かったが、もはや虫の息だった。犬の体は歪み、腫れ、傷ついていた。エリーゼは左手を使って、サミュエルをスカートの襞で包み込み、もう一方の手を伸ばしてアルフォンスを探しながら、スペンサーに向けていた視線を犬の方へ移した。その瞬間、彼女は叫び声を上げた。アルフォンスは母親から少し離れた場所に、無表情でじっと立っていた。犬はスペンサーの声を聞くと、体を縮めた。そして立ち上がろうとした時、翼がぱたぱたと動いた。スペンサーはそれを見ると、笑いながら手をたたいた。

奥の暗がりから、大きなうなり声と、がしゃんという音が聞こえた。それで、奥にも檻があり、床の上の哀れな犬以外にも動物がいることが分かった。エリーゼは、サミュエルの手を引いて小屋から走り出た。彼女はアルフォンスも連れ出そうと思って彼を摑んだのだが、アルフォンスは母親の手を力いっぱい振りほどいた。エリーゼがアルフォンスを残して出て行ってしまったので、私は困った甥っ子を引っ摑み、お母さんの所へ行きなさいと命じた。

スペンサーとふたりきりになると、私は怒鳴った。なぜこんな事をするんだ？　いったいどういうつもりなんだ？　スペンサーが行ったことはあまりにも残酷で、私は激しい憤りを覚えた。私にはスペンサーの行為が理解できなかった。僕は伝説の動物を蘇らせたのだ、それは犬の姿を見れば明らかだろう、とスペンサーは言った。その時、犬が狂ったように動き始めた。犬が死にかけていると私は言った。そう言いながら私は泣いてしまいそうになった。辛くて、犬をまともに見ることができなかった。犬は足の爪で床を引っ掻きながら立とうとするのだが、上手くいかなかった。数か所から血と胆汁が流れ出ていた。スペンサーは、一緒に過ごしてきた犬が足元で悶えているのに、心配する様子もなかった。犬は死にかけているのではなく、今まさに蘇ろうとしているのだとスペンサーは言った。私がそれを否定すると、スペンサーは声を荒げた。もの凄い剣幕で、殺気すらも感じた。僕は、兄さんや僕のためではなく、生き物や科学や世界のために研究しているのだ、とスペンサーは言った。そして犬を守ろうとするかのように、犬に体を寄せた。私はもう、スペンサーを説得することも、彼の怒りを静めることもできないと思った。ただ、最後に私の考えを伝えた。

スペンサーは、高徳の裁判官か偉い王様にでもなったつもりか、と吐きすてるように言った。そしてそれきり黙ってしまった。ランプがスペンサーの後ろにあり、顔が影になっていたので、彼の目は見えなかったが、おそらくスペンサーは私をじっと睨み据えていたのだろう。私は小屋を出た。あの時の出来事はすべて鮮明に覚えている。スペンサーの声は今も耳から離れない。あの日以来、私は一度もスペンサーに会っていない。

あの犬を救う力を持つ人などいないだろう。スペンサーは、あの犬を優しく腕に抱いたのだろうか。スペンサーにとってあの犬は、科学の知識のようなものだろう。今も、あの犬をそばに置いているのだろうか。

バーナードの日記によると、バーナードはその日の夜、子供たちと一緒にニューヨークへ発ったようだ。子供たちを連れて行ってほしいとエリーゼに頼まれたからだ。エリーゼも、荷物をまとめたら、すぐにニューヨークへ行くと言っていたようだ。

ブラック博士は大きな問題を抱えていたが、バーナードはほとんど何もしてやれなかった。その代わり、子供たちの面倒を見るつもりでいた。しかし、一五歳になっていたアルフォンスは途中で逃げ出し、父親のもとへ戻ってしまった。バーナードは仕方なく、三歳になるサミュエルだけを連れてニューヨークへ戻った。

一方、エリーゼは、バーナードがニューヨークへ発つと、小屋へ戻った。そして机の上のランプを割り、小屋にあるものをすべて消すために、ランプの火を小屋に放った。続いて、小屋の中の動物たちを小型の銃で撃ち始めた。博士は家にいたが、銃声が聞こえたので急いで小屋へ向かった。近くまで行くと、小屋の中の炎が見えた。博士はこの事件のことを日記に記している。なお、ブラック博士の日記が後に公開されるまで、バーナードも他の誰も、事件の顚末を知らなかった。

僕は急いだ。小屋にいる動物を守りたい一心だった。僕は転げ落ちるように馬からおりた。あの時は一歩間違えたら、落馬して死んでいたかもしれない。小屋に飛び込むと、なんと、僕のエリーゼが銃を構えて立っていた。そして僕に向けて銃を放った。弾は脚に当たった。でも、エリーゼが狙っていたのは僕の心臓だった。それは確かだ。だからもし、エリーゼが天井を狙って撃っていたら、僕は死んでいたかもしれない。エリーゼは次に僕の犬を撃った。そして犬が死ぬと、残りの動物たちを撃ち始めた。でも、すでに小屋全体に火が燃え広がっており、エリーゼは炎に巻き込まれた。僕はエリーゼを外へ引っ張り出した。

エリーゼは瀕死の火傷を負い、失明し、話すことも動くこともできなくなった。感染症に罹って死ぬ危険もあった。しかし、なんとか一命を取りとめた。

ブラック博士は、バーナードにも他の誰にも、エリーゼが火傷を負ったことを知らせなかった。アルフォンスがバーナードと一緒に行かずに家へ戻ってきたので、博士は息子とふたりでエリーゼを幌馬車に乗せ、森に入った。博士は、火傷が自然に治るのを待つのではなく、手術を行うつもりだった。

森の中を北へ進んだ。人家がある場所から数マイル離れた所まで行くと、幌馬車から馬たちを外した。そして彼らが動揺しないように、幌馬車からかなり離れた場所へ連れて行き、そこにつないだ。僕は、人里離れた森の谷間で、手術の準備を整えた。

僕は皮膚移植を試みた。皮膚移植は広く行われている手術ではない。難しいため、成功する医者はほとんどいない。僕はアルフォンスと一緒に、二日にわたり、手術を行った。アルフォンスは恐いと言って嫌がったが、有無を言わせず手伝わせた。麻酔薬が少ししかなく、投与量が不十分だったため、エリーゼは苦しみ悶えた。

薄暗い明かりの中で、エリーゼは絶叫した。僕たちは森の奥深くまで幌馬車で入っていたから、その声を誰かに聞かれる心配はなかった。本当に恐ろしい叫び声だった。エリーゼがあまりにも苦しむので、僕はやむを得ず手術をやめた。続けるのは無理だった。

なぜ、こんなことになってしまったのだろう。あの火事は、神の囁きのようだった。火は容赦なくすべてを焼き尽くし、僕とエリーゼだけが残された。僕の腕の中のエリーゼは、哀れにも無残な姿に成り果てていた。

新聞は、ブラック博士が無責任で、無謀な化学実験を行っていたから火事が起こったのだと書き立てた。エリーゼが瀕死の火傷を負ったことについては、誰も知らなかった。博士はフィラデルフィアを出た。火事のことを誰も知らない土地へ行くつもりだった。エリーゼは、幌馬車から出ることもできず、やがて阿片に頼るようになった。

人間ルネサンス

1888年〜1908年

僕にとって研究室は、木と金属でできているただの冷たい場所ではない。それは鼓動し、脈管が巡る僕の家であり、神殿である。

——スペンサー・ブラック博士

ブラック博士の研究は、家庭に悲劇をもたらした。しかし、博士は研究をやめるつもりはなかった。博士の日記には、バーナードやサミュエルと絶縁状態になり、住み慣れたフィラデルフィアを離れた後の心情が綴られている。

一八八八年四月三〇日

僕たちはシカゴへ向かっている。エリーゼは静かに休んでいる。兄さんと僕は考え方が違う。兄さんと仲直りするのは難しいだろう。あの時、僕の考えをもっときちんと説明すべきだった。そして、兄さんの考えをもっとちゃんと聞くべきだった。でも、あの時は時間がなかったのだ。兄さんに理解してもらうためには、複雑な体の仕組みや奇形が生じる理由について、初めから説明しなければならないだろう。もっと動物を作る必要もある。ただ口で説明するだけでは、あるいは書いて説明するだけでは、理解してもらうのに一〇〇〇年かかるだろうから。それにしても、なぜ兄さんは、あの犬を自分の目で見たのに、何も理解できなかったのだろう?

僕には立ち止まっている暇はない。休んでいる暇も、眠っている暇もない。僕は、自分で始めた研究から逃げたりはしない。単なる好奇心から研究しているわけではないからだ。子供の頃は、死についてまだ何も知らなかった。死は遠い存在だった。でも今は、死の味を知っている。これまで僕には思慮に欠ける所があった。これからは医者として、科学者として思慮深く行動しようと思っている。僕はもう、以前の僕ではない。

今、幌馬車は止まっている。もう朝だ。嬉しいことにとても穏やかな朝だ。背の高い草はそよとも動かない。馬たちも静かにしている。疲れて先へ進めないのだろうか。馬の体からは湯気が出ている。エリーゼは眠っている。さっき眠りについたばかりだから、まだそっとしておこう。愛しい、大切なエリーゼ。僕はこの言葉を一〇〇〇回だって書くことができる。春の花が元気に咲き始めているのに、エリーゼが元気になってくれなかったら、僕は辛い。

シカゴに到着すると、ブラック博士は「生きている証拠」を見せる新しいショーを始めるため、準備に取り掛かった。博士は二年かけて、生きている伝説の動物を作り、一八九〇年、ボストンにおいて「人間ルネサンス」と銘打ったショーを開いた。ショーの宣伝チラシには「翼を持つ女」、「子供の天使」、「蛇娘」、「炎の悪魔」などが登場すると書かれていた。呼び物のひとつである「ダーウィンのビーグル犬」は、背中に翼を移植した犬だった。

観客の中には、それらを奇形の動物だと考える者もいたし、自分の目が錯覚を起こしているのだと思う者や、普通の動物に凝った衣装を着せているのだろうと思う者もいた。色々な動物の体を組み合わせて作った動物だと正しく判断する者もいた。ブラック博士は、ショーに登場する動物の中には、新しく発見された種も含まれていると説明していた。シカゴ科学ジャーナルの一八九一年秋号には、次のような意見が掲載されている。

科学者であれ何であれ、生体解剖技術やその類いの技術を持つ者は、その技術をこのような目的のために用いるべきではない。何人も行ってはならないことを、その技術を用いて行うべきではない。

ウィリアム・J・ゲッティー医学博士　F.R.S.C.（ニューヨーク医科大学解剖学教室教授）

人間ルネサンス・ショーには、ブラック博士が研究室Cで手術を施した患者や、アメリカン・カーニヴァルと旅をしていた頃に手術した患者も出演していた。出演者のひとりに、脚を移植した青年がいた。移植した脚は、青年よりもずっと背が高くて皮膚の色が浅黒い男性のものだった。ローズという名の一七歳の娘は結合双生児として生まれ、心臓や肺、腎臓、脾臓、腕の移植を含む複雑な手術を受けていた。手術後、ローズの両親は、ブラック博士のおかげで娘が以前よりもかわいくなったと言って喜んだという。ただ、双子の片方は手術中に亡くなっている。

奇形を持つ人や、その他の身体的な問題で悩む人にとって、博士は英雄的な存在となっていた。博士は、科学界の主流派からは嘲笑されたが、奇形を持つ人などからは崇められていた。博士がシカゴ科学ジャーナルに寄せた寄稿文には、次のような辛らつな文章が含まれている。

あなた方は、私の研究をでたらめだと仰いますが、はたして、私の研究についてよくよく理解なさった上でそう仰っているのでしょうか。科学者であり、医者である私のことを極悪非道だと仰いますが、神について語りながら私に冒瀆的な言葉を吐く、聖人ぶったあなた方も極悪非道ではありませんか。私は科学者であり、悪魔ではありません。

ブラック博士は、訪れた土地の貧しい人や病気を抱える人に、食べ物や薬、その他の色々な物資を提供していた。現在も、世界各地の見世物小屋が、ブラック博士の名のもとに同様の活動を続けている。博士はショーを行うかたわら、人びとに手術を施し、数々の奇跡を起こした。博士の評判は各地に広がり、その評判を聞きつけて、人びとが遠路はるばるやって来るようになった。命に関わる身体的な問題を抱える子供を連れて、何百マイルも離れている土地からやって来る家族も多かった。博士は、一八九一年一〇月に次のように記している。

両腕と両脚がほとんどない少女が、僕たちのもとへやって来た。僕たちのショーへ、この「天上の地」へやって来た。少女は箱に入れられ、捨てられていた。その哀れな少女のかたわらには手紙が置かれていた。少女の両親は、自分たちの娘のことを恥だと思ったのだ。娘のことを化け物か何かだと思ったのだ。娘の本来の姿を知らなかったのだ。少女は、何かの罰として奇形の体になったわけではないし、呪いをかけられたわけでもない。奇形は不吉の前兆でもない。少女には、本来備わっているべきものが、備わっていないだけなのだ。僕は、それを少女に与えようと思う。

その少女はミリアム・ヘルマーという名で、九歳だった。少女には腕の部分がなく、肩から手だけが生えており、脚が極めて短かったことなどから、ロバーツ症候群だと考えられた。ブラック博士は、少女の肩の部分に翼を移植した。手術後は短期間で治癒し、少女はショーに出演するようになった。博士は少女のこと

THE
NATIONAL JOURNAL OF MEDICINE AND SCIENCE

VOL. 2 NO. 8　PHILADELPHIA, PA. SEPTEMBER, 1891　EST. 1812

New sideshow at traveling carnival. Medical marvel or menace?

Dr. Spencer Edward Black hosts what he calls, "A triumph over the fate of man," in his traveling sideshow with the American Carnival titled, The Human Renaissance. In this performance he showcases the common thrills that are expected at these events: bizarre skeletons, strange creatures in glass jars, and amputated limbs from a variety of imagined animals among many other odd items. What is most interesting, or disturbing to one's senses, is the taxidermy collection of mythical animals such as: the mermaid, the sphinx, the minotaur, and even a pegasus. It is obvious that these are not real creatures, the doctor will tell you so himself; they are instead, "A vision of what may come." Dr. Black purports that the alleged creatures were once real, and can be made to be real again. Yes it's true, an outlandish claim indeed; however, his presentation has lead to a great deal of trouble for him. Angry mobs gather to protest his work, police are reported to have arrested the doctor on a number of occasions, and it is said that he is even estranged from his own family- all but his son who assists him while on the stage.

The Human Renaissance show will be performing in Philadelphia, October 13-25, and though there are many who are curious, there are many more who are outraged. "Why must he come here with that deplorable act, we are a good city with good sensibilities- we have no need for any of that frankenstein nonsense," says, community organizer, Garth Dewint.

Among the attractions of the sideshow must be included Dr. Spencer Black's most impressive and disconcerting exhibit, Darwin's Beagle.

DR. S. BLACK'S
DARWIN'S BEAGLE!

NEW EXHIBITION

ALIVE!

lectures about this amazing creation in the evening

TEN CENTS A TICKET

Pictured above, an event attraction cleverly named, Darwin's Beagle. Only one of many grotesgue animals in Dr. Black's cabinet of curiosity.

It is what appears to be an ordinary beagle with working wings; wings that function so well, the animal needs to be chained to the stage so it doesn't fly away from the patrons. If this is indeed an illusion, which it must certainly be, then a splendid one it is. This novelty is a new act for the doctor, and is anticipated to attract a great number of curious onlookers.

-Article written by: David O'Boyle

Local community man complains of rare skin condition

Local man, George J. Spleate, was under the care of Physician Jaques De'van complaining of an irritation and greenish colored rash on the entire surface of his chest.

全国医学新聞の切り抜き。全国という言葉を冠しているが、フィラデルフィアの地方紙であり、よその地域の情報はほとんど扱っていなかった。また、不特定多数の読者を対象とする新聞であり、医療専門紙ではない。
ブラック博士の人間ルネサンス・ショーに関する記事である。ショーがフィラデルフィアで開催されること、ショーには伝説の動物が登場することなどを伝えている。ショーに興味を持つ者もいたが、ショーの開催を歓迎しない者の方が多かったようだ。ショーの呼び物のひとつは「ダーウィンのビーグル犬」だった。この動物は、どこかに飛んでいってしまわないように、鎖でつながれていたらしい。

を「有翼の少女」と呼んだ。そして、少女には本来、翼が生えるはずだったが、遺伝子が働かなかったため、人間とほとんど変わらない姿になったのだと観客に説明した。ミリアムは一年ほどショーに出演しているが、一八九九年には亡くなっている。死因は不明だ。

ブラック博士は、ミリアム・ヘルマーを例に挙げ、人は「自己再生」するという考えを示した。人に、本来備わっているべき部位を移植すると、遺伝子が刺激されて働きだし、移植した部位が機能し始める。それが「自己再生」である。博士は、『生命の息吹』という本の中で自己再生について書かれた部分を多く引用しているが、この本は博士が著したものだと考えられている。ただ、『生命の息吹』は現在どこにもなく、この本の原稿や似た題名の本、引用文と同様の記述がある本なども、いっさい見つかっていない。

人間ルネサンス・ショーは、一八九二年から一八九三年にかけて行われた。ショーは毎回物議を醸し、しばしば妨害された。暴力沙汰も絶えなかった。宗教指導者らは博士に抗議し、政治家らは博士を指弾した。そして医学関係者の大半が、博士はまともではないと断じた。アメリカ優生学協会は、博士の研究は人類の退歩を招くという考えを示した。

ブラック博士が行っていることは人類に対する攻撃であり、現代の我々の努力が台無しになってしまうだろう。ブラック博士は、彼らの獣のような姿を本来の姿だと言うが、本来の姿であるはずがない。彼らを社会に出すべきではない。我々は、彼らを社会から抹殺しなければならない。

エドワード・スタルツ　アメリカ優生学協会理事

こうした批判を受けながらも、ブラック博士はショーを続けた。博士は、言い争いや喧嘩には慣れっこになっていた。自ら喧嘩を仕掛け、わざと挑発的な態度をとって観客を怒り狂わせることもあった。一八九三年、博士は、シカゴで開催されるコロンビア万国博覧会において、ショーを二か月間行うことになった。ところが、ショーを始めてわずか三日で中止に追い込まれた。博士は舞台に立つたびにからかわれ、嘲りを受けた。野次を飛ばす観客はどんどん増え、三日目のショーでは、大勢の観客が舞台に駆け上がり、動物たちを殺し、ショーで使われていた器具を手当たり次第に燃やした。そして博士は、会場から追い出された。この時ばかりは、さすがの博士も精神的に打ちのめされてしまった。

一八九三年七月

バーナードへ

あなたはもう、僕がショーをやめたことを喜ぶ人たちの笑い声を聞きましたか。伝令役のヘルメスは、その笑い声をあなたに伝えましたか。それともまだあなたは聞いていませんか。僕は、国際博覧会であるコロンビア博覧会でショーを開きました。そこで僕は誇りを受け、ばかにされ、唾を吐きかけられました。客は、僕に危害を加えようともしました。彼らはもはや病気です。僕は医者として、彼らの病気を治すべきでしょうか？　病んだ彼らを救う方法を見つけるべきでしょうか？

彼らは哀れです。でも、彼らもいずれ理解するでしょう。僕は人を救おうとしているのです。親愛なる兄さん、僕は誓って断言します。僕は今、人を救おうとしているのです。

兄さん、そのことを忘れないでください。

シカゴでの一件があってから、ブラック博士は公の場に姿を見せなくなった。そして、ごく少人数の観客を相手にショーを開くようになった。宣伝は行わない場合がほとんどだった。この頃のショーの観客や内容についてはほとんど分かっていないが、博士の旅日記には、一週間に三つか四つの町をまわってショーを開いたと記されており、精力的に活動していたことが分かる。

ひとつの町に一日か二日しか滞在しなかったのだろう。また、個人宅や劇場でショーを開く場合もあったが、町外れの寂しい空き地などで開くことの方が多かったようだ。ペンシルベニア州ハリスバーグのヒルズ・キャピタル・ビルディングでショーが開催されているが、その建物はショーが開催された日の翌日、火事で全焼している。ショーを観た人の記録や日記を読むと、観客がショーの内容や出演者に「邪悪さ」を感じていたことが分かる。

ブラック博士はアメリカ各地をまわった。一八九五年の冬には、エリーゼとアルフォンス、六、七人の演者と助手を連れて、ニューヨークの北にある町へ向かった。冬の寒さを避けるために南へ行きたかったのだが、その町に住むアレクサンダー・ゲーテからショーの依頼を受けていたのだ。ゲーテは、大金持ちの風変わりな博物学者だった。博士は、宮殿のように豪奢なゲーテの屋敷でショーを行った。

ゲーテの屋敷には、いくつかの「珍品陳列室」があった。一九世紀後半には、多くの貴族が屋敷に珍品陳列室を作っていた。ゲーテの珍品陳列室のコレクションは、並々ならぬ労力をかけて集められたもので、そのコレクションは「世界の新たな驚異」と呼ばれることもあった。コレクションは膨大な量に上るため、別棟全体が珍品陳列室になっていた。コレクションの中には、西ゴート族の戦士の乾燥した皮膚やマヤ人の武器、防腐処置が施されたエジプトの神官の体などがあったようだ。セイレンの腕やスフィンクスの胴体といった怪しげな品も、数多く含まれていたらしい。ゲーテの話によると、彼はインド洋でセイレンの腕を釣り上げたらしい。獲物が非常に激しく引くので、スパルタの戦士でも掛かったのだろうかと思いながら引き上げたところ、セイレンの腕だけが針に掛かっていたのだという。スフィンクスの胴体は、ナイル川のほとりで見つけたそうだ。野獣のしわざなのか、スフィンクスの体はばらばらに引きちぎられていたという。

一八九六年春

僕は、偶然知り合ったある人物を通じて、かの有名なアレクサンダー・ゲーテと会うことになった。ゲーテは探検家であり、収集家であり、博識家である。彼は僕が想像していたような人物ではなかった。じつに愚かで不愉快な男で、背骨は一方に曲がり、脚は極端に短く、顔には人を蔑むような表情がつねに浮かんでいた。

ゲーテは、阿片の煙よりも甘い香りがする煙に包まれていた。睡蓮の蜜から抽出したものを吸っているんだよ、と煙の中から彼は言った。私しか知らない方法で抽出したものは長く吸うことができるんだよ、とも言った。それから、彼の案内でコレクションを見てまわった。比類なくすばらしいコレクションだった。僕は、コレクションの品々について、いっさい口外しないと約束した。日記などにも書かないとゲーテに誓ったから詳しいことは書けないが、彼のコレクションは、確かに、世界の驚異だった。

ゲーテの珍稀なコレクションの目録などは残っていないし、コレクションの大部分は、一九〇二年に火事で焼失している。いくつかの品が焼け跡から回収されたが、それらはさほど珍しい品ではなく、価値がある品は残っていなかったようだ。アレクサンダー・ゲーテは一八九七年に詐欺罪と窃盗罪で逮捕され、一九一二年に獄中で亡くなっている。

二〇世紀に入ると、ブラック博士は海外で人間ルネサンス・ショーを開くようになった。海外での活動は順調に進んだ。博士は、ブリテン諸島やその他のヨーロッパ地域、現在トルコやシリア、イスラエルの領土となっている南部地域をまわっている。これらの地域の博物館には、ショーに関する資料が保管されている。魔法のナイフを操る奇術師として、博士のことが語り継がれている地域もあるし、博士の手術を受けて救われたという人びとの証言も伝えられている。

海外でショーを開くようになってから、博士は、死者を蘇らせることや、人に永遠の命を与えることができると主張するようになった。性を変えることや若返らせることができるとも言っていたようだ。博士は舞台の上で手術を行うこともあった。ショーには不気味な雰囲気が漂っていたことだろう。次の文は、ふたりの観客が書き残したものだ。ふたりの名は不明である。

ブラック博士のショーの宣伝チラシ。1893 年に開催されたコロンビア万国博覧会（国際博覧会）の時のもの。中央に描かれている、人間の顔を持つ鳥（ハルピュイア）は、ブラック博士が初期に作った動物のひとつ。ある観客は次のように述べている。「その獣は舞台の上を動きまわり、雄鶏のように鳴いたり、唸ったりした。でも、本当に生きていたわけではないだろう。もちろん神がつくりたもうた生き物ではない。それは得体の知れない不気味なものだった」。ブラック博士のショーはいんちきで、錯覚を利用した奇術を用いているだけだと考える者が多かった。

一九〇〇年五月三日

ブラック博士は、観客に向かって滔々と話し続けた。博士の話は理解し難いものだった。一見もっともらしい話なのだが、実はむちゃくちゃでわけが分からないのだ。博士は、舞台の幕の後ろからゲストのひとりを登場させた。ゲストは男性で、脚がなかった。感染症に罹ったので脚を切断したのだと博士が説明した。助手が男性を台の上に載せると、博士はすぐに手術に取りかかった。不思議なことに、男性は少しも痛みを感じていない様子だった。私は以前、奇術を用いるショーを観たことがあり、博士のショーもその類いだろうと思っていた。でも、男性の体から流れ出している血は本物だった。私はすぐ近くに座っていたからそれが分かった。博士は、死者のものだという二本の脚を取り出し、男性の体に縫い付けた。そして、「移植を行う時は、極々新しい死体のものを使わないと成功しません」と言った。それを聞いた瞬間、私はショーを観るのが嫌になった。でも、出て行かなかった。会場はしんと静まり返っており、出て行けるような雰囲気ではなかったのだ……わずか一時間後、男性は歩けるようになった。観客は拍手喝采した。でも、私は喝采を送ることなどできなかった。どうしてそんなことができるのだろう？　舞台の上で行われたことは、悪魔的だった。誰もがそれを見たのだ。博士は、悪魔に仕える医者なのではないだろうか……。

＊＊＊

一九〇一年六月一二日

私は、判断力と理性と科学的知識を持っている。しかし、ブラック博士が作った動物を見た時、私はそれらが生きているのではないかと思った。防腐処置が施された動物は、宣伝チラシに描かれたとおりの姿だった。その姿はとても自然で、器官や毛、筋肉などもすべて自然だった……。

もし、あのような動物を作れと言われても、私には到底できない。博士のことをペテン師や詐欺師と呼ぶ人もいるが、博士が並外れた技術を持っているのは確かだ。博士は、超自然的な力も持っているのかもしれない。いや、超自然的な力などあるはずがない。でも、博士の動物は本当によくできているから、超自然的な力を用いて作ったのではないかと思ってしまうのだ。博士が神と観客の前に登場させる動物は、私の理解を超えるものだ。

ブラック博士は数多くのショーを開いて一財産を築いたが、一方で、稀代のペテン師として名を馳せることにもなった。評論家からは、「ブラック博士はケチな奇術師にすぎない。あるいは詐欺師である」、「ブラック博士は、あなたのお金と正常な判断力を奪うためにここへやって来た」などと言われ続けた。ただ、博士のことを批判した評論家たちが、実際にショーを観たのかどうかは定かではない。

伝えられるところによると、博士は息子のアルフォンスに手術を施し、アルフォンスの体を「不老不死」の体に作り変えたという。そしてアルフォンスに洗礼を受けさせ、「永遠に眠らない男」と名づけたようだ。博士は、日記に次のように綴っている。

僕は死を阻止することができる。若返りの泉に手を入れ、その泉の水を掬うことができる。人に永遠の命を与え、人を死から蘇えらせ、破滅から救うことができる。永遠に眠らない男は、若返りの泉の水を飲むことができる。僕の研究と他の人の研究を比べれば、後者が取るに足りない、何の価値もないものだということが分かるだろう。それは子供でも理解できるだろう。

科学者には無神論者が多い。でも彼らは、本当は神の存在を信じているのだろう。ただ、科学者というのは自然の摂理の方を信じるべきだから、立場上、神の存在を信じる人の世界に入っていないだけなのだ。驚くことに、医者の中にも、科学者と同じくらい神の存在を信じている人がいる。そしてその人たちは、自然の摂理を理解していない。それは彼らが話すことを聞けば明白だ。

僕の研究の成果を目にすることができるのは、選ばれた人だけだ。そして、その人を選ぶのは僕だ。判断を下すことができるのは僕だけなのだ。

一九〇一年の秋、海外での旅回りを始めて八年ほど経った頃、ブダペストで開いたショーにおいて事件が起こった。ショーの最中に、「蛇の女王」と名づけられた動物が観客のひとりを襲い、死亡させたのだ。ショーの内容や犠牲者について詳しいことは分かっていない。地元警察の資料には、人間ルネサンス・ショーにおいてショーのパトロンが死亡したということと、アメリカ人医師のスペンサー・ブラック博士がショーを開いたということだけが記されている。この一件は博士に大きな衝撃を与えたらしく、博士はその後二度とショーを開かなかった。博士はフィラデルフィアの自宅に戻り、家の中に設備を整えて研究を続けた。

バーナード・ブラックは、一八八七年にブラック博士と仲たがいし、ニューヨークでサミュエルとの生活を始めた。その後、未亡人のエマ・ワーストンと出会い、結婚した。エマは良家の生まれの裕福な女性だった。エマの最初の夫は、アメリカ南部の辺境地域で士官として勤務していたが、米西戦争において戦死した。バーナードとエマは一八九九年に結婚してから、ふたりでサミュエルを育てた。サミュエルは前途有望な若者だった。建築学と工学に興味を持ち、名門であるウェイン・アンド・ミラー建築学校に入学し、その後、大学院へ進んだ。

ブラック博士がヨーロッパ各地で人間ルネサンス・ショーを行っていた時期、バーナードは博士から何通もの手紙を受け取っている。大半は短い手紙だった。中途半端で意味不明なものや支離滅裂なものも多かった。博士はいつも町から町へ移動していたから、バーナードは返事の手紙を送ることができなかった。博士の手紙には、日記風のものや意味不明なものが多いが、その理由のひとつは、博士が一方的に手紙を送っていたからだろう。博士は、エリーゼの体の状態については、何らかの問題があることを匂わせているだけで、はっきりしたことは書いていない。

一八九七年一二月

最愛の兄さんへ

穏やかで甘い蜜のようだった人生が、毒のある苛酷な人生に変わってしまいました。酷いことばかりが起こり、どうしようもない状態です。僕の体の骨は乾燥してひび割れ、哀れなエリーゼは僕のことを許してくれません……エリーゼの気持ちは理解しているつもりです。息子のアルフォンスは、まるで獣のようです。事あるごとに怒りを剝き出しにします。あの子は心の奥に深い闇を抱えています。僕は心配でなりません……あの子はどんな運命を辿るのでしょう。

何もかも失ってしまいました。僕は疲れ、何かを考える気力もありません。親愛なる兄さん、僕はもうどうしたらよいのか分かりません。

あなたと一緒に過ごしていた日々が懐かしい。あなたに会えなくて寂しい。どうかあなただけは喜びに満ちた人生を送ってください。心からそう願っています。あなたには、愛情に包まれた人生を送ってほしい。

スペンサーより

＊＊＊

一八九八年六月

親愛なる友、バーナードへ

元気でお過ごしのことと思います。ずいぶんご無沙汰してしまいました。ここしばらく、目が回るほど忙しかったのです。僕が行っていたこと、そして、今行っていることはとても複雑です。だからこの手紙では説明できません。

僕はあなたに心から謝りたい。僕が少し変わった研究を行っていたため、あなたに心労を与えてしまいました。僕はたくさんの悲劇を味わいました。でも、愛するエリーゼは大丈夫です。なんとか生きています。

これから別の町へ移動します。旅回りはこれからもまだ続きます。

あなたの弟、Sより

＊＊＊

一九〇〇年八月

バーナードへ

僕はあなたに感謝しなければなりません。あなたは、僕に良くない事が起こると考え、忠告してくれました。あなたは僕のことを愛し、心から心配してくれていたのです。よく考えてみると、かつて、あなたが言ったように、僕は研究ばかりするのではなく、他のことにも心を向けるべきでした。どうかこれからも忠告してください。ただ、危険な事や悪い事が起こる心配がない時にまで、あれこれ言うのはやめてください。黙っていてもらう方がありがたいです。

親愛なる兄さん、あなたは人生を大切にしている。よい人生を切望している。あなたは医者になる道を選ばなかった。つねに病人や死人を相手にしなければならない仕事ではなく、もっと穏やかな仕事を選んだ。僕はあなたの気持ちが理解できます。

あなたは学者の助言に忠実に従い、読みなさいと指示された本を読む。あなたはまるで、ピアノの練習をする子供のようだ。あなたは両手の関節の上に棒を載せ、姿勢をまっすぐにする。そして単調で退屈な曲を選んで弾く。だから棒は決して床に落ちない。すばらしい！　僕なら棒を床に落としてしまうでしょう。なぜなら、僕は交響曲を選んで弾くからです。

ブラックより

＊＊＊

一九〇一年一〇月

バーナードへ

僕は旅回りをやめました。ショーも開いていません。今は、我が家で、贅沢にゆっくり暮らしています。手術も行っていません。

僕が新しい姿を与えた人たちは、あなたや教育のある人にとっては何の意味もない存在でしょう。僕にとっても、彼らが手術台の上に載るまでは、何の意味もない存在だったのです。彼らは致命的な奇形を持ち、目は剝製の目よりもうつろでした。芸術家や奇術師には、彼らを救い、その目を輝かせることはできません。バーナード、僕にはそれができました。そして彼らは生き続けています。

僕の生活や健康のことは心配しないでください。今の研究を終えたら、すべてを明かします。あなたは決して失望しないでしょう。それは、太陽がいつも輝いているのと同じくらい確かなことだと思っています。研究はほとんど滞りなく進んでいます。研究が何かに妨げられることなく、このまま順調に進んでほしい。できるだけ早く、研究を終えたいのです。

僕がサミュエルへ送った贈り物は、もう届いていますか。僕の才能豊かな息子とあなたには、これからもつつがなく暮らしてほしい。僕はあの子の幸せを切に願っています。あなたと一緒なら、あの子はすばらしい人生を歩むことができるでしょう。

少し大仰な言い方ですが、僕は今、至福の時を過ごしています。かつてない喜びでいっぱいです。何もかもがすばらしく見えます。この喜び、無上の幸せ、天にも昇る気持ちを伝えたいと思い、詩人や夢想家のように、あちこちにインクを散らかしながら紙に文字を綴っているのです。バーナード、僕はついに、あることを成し遂げようとしています。その事を成し遂げたら、手紙で伝えるのではなく、あなたにここへ来てもらい、あるものを見てもらおうと思っています。あなたが訝しがり、嫌だと言っても、僕はあなたを研究室の床に跪かせます。あなたが、そのあるものを見上げた時、あなたは僕と同じように驚嘆し、僕と同じようにその前にひれ伏すでしょう。

僕の変わった贈り物の意味も、きっと理解してもらえると思います。

S・ブラックより

一九〇八年、ブラック博士は、ニューヨークの出版社であるソッツキー・アンド・サンと交渉し、博士の傑作である『絶滅動物』を出版することにした。ところが、博士は六部印刷した時点で出版計画を中止し、忽然と姿を消した。その理由は今も謎のままだ。

博士は、研究を進める過程で多くの敵を作った。かつて勤めていた医学院の理事や同僚の中にも少なからぬ敵がいた。ヨアブ・ホレース博士は寄稿文の中で、ブラック博士は信頼できない人間で、まともではないと批判し続けていた。ホレース博士の寄稿文は、多くの有力紙に掲載された。一八九一年には王立ロンドン外科協会誌に、一八九四年、一八九六年、一八九七年、一九〇八年には、ニューヨーク医学ジャーナルにも掲載されている。一九〇八年の寄稿文ではブラック博士の著書について触れられている。

スペンサー・インチキ博士の著書はおとぎ話であり、火を起こす時の焚きつけにはちょうどよいが、その他には何の役にも立たない代物である。私は博士の著書を読んでいないし、読みたいとも思わない。博士は己の狂気から生み出した動物のことを述べるのに、インクを使っている。なんという資源の無駄遣いだろう。博士の著書はなんとも馬鹿馬鹿しく、あの愚かしい人物は物笑いの種になるだけだろう。

ヨアブ・A・ホレース医学博士　N．Y．C．M．（ニューヨーク医学ジャーナル　一九〇八年）

一九〇八年からは、アルフォンスがひとり密かに異様な研究を続けた。一九一七年、フィラデルフィアから北に二五マイルほど離れた場所にある納屋の中で、小さな動物を何匹も殺しているところを発見された。アルフォンスは逮捕され、その後、精神病院に収容された。彼はその精神病院で一一年間過ごした。その間、面会に訪れたのは弟のサミュエルだけだった。ただ、サミュエルも、一九二〇年に一度会いに行っただけである。一九二九年のある嵐の日、精神病院に雷が落ちて火事が発生し、建物が全焼した。その時、多くの患者が病院から逃げ出した。アルフォンスもそのひとりだった。

アルフォンスは一九三三年から一九四七年まで、動物園を開いていたと言われている。動物園には、彼が作った様々な動物がいたという。アルフォンスは、若さと美を保つための手術も行っていたそうだ。手術費は目が飛び出るほど高額だったらしく、アルフォンスは財を成したという。彼は父親の財産も相続している。アルフォンスと彼の研究について詳しいことは分かっていない。父親と同じく、アルフォンスも謎に包まれた人物だった。

一九〇八年に消息を絶ったブラック博士のその後の行方は、杳として知れなかった。公の場に現れたとか、手術を行ったなどという話もなかった。博士は完全に消えてしまったのだ。一九二五年、フィラデルフィアの博士の家は小さな博物館になった。博物館では、博士の生涯や研究について、案内人から説明を聞くことができた。しかし、一九三〇年には閉鎖され、その後、建物の所有者が数回変わった。一九六八年には、家の中で不気味な音がすると言って、住人が突然出て行ってしまった。現在、建物は使用することが禁じられている。

博士が姿を消した後、その消息を知る手がかりとなる一通の手紙が、兄のバーナードのもとに届いた。七年ぶりの博士からの手紙だった。そしてそれが博士からの最後の手紙だった。グリーンランドの最北地域で、六か月におよぶ発掘調査を行った後に書いたものらしかった。この手紙から、博士が、妻のエリーゼに何らかの奇怪な手術を施していることが分かった。バーナードは、エリーゼが火傷を負っていたことと、博士が手術を行ったことを、その手紙で初めて知った。バーナードは手紙のことを警察に伝え、それから弟を探す旅に出た。

一九〇八年二月

バーナードへ

とても辛いことですが、僕は研究をやめるしかありません。僕の研究は間違っていました。今夜、僕は、僕なりの感謝の気持ちを伝えたいと思い、そしてあなたに心から謝りたいと思って筆を執りました。あなたは僕にはっきりと忠告してくれました。でも僕は、自分こそが正しいと思い込み、忠告を無視しました。僕の研究に関する先輩たちの忠告に耳を傾けませんでした。先輩たち……とくにあなたは、よき指導者だったのに、僕はそれを認めていませんでした。

僕は苦しみと悲しみの中で、ひとり手紙を書いています。あなたは、この研究に人生を費やした僕のことを笑い、軽蔑するでしょう。でもそれも仕方ないことです。僕は救いようのない人間です。禍を招いたのは僕なのです。

この手紙はあなたにちゃんと届くでしょうか。あなたが今、この手紙を読めたらよいのですが。僕が置かれている状況を伝えることができるのは、この手紙だけなのです。僕は今、研究の記録をすべて隠しています。兄さん、どうかそれを預かってください。研究の記録が、永遠に眠らない僕の息子、アルフォンスの手に渡ってはならないのです。

本当はあなたには知られたくないのですが、これから事実を書きます。僕はこの十年間、苦労しながら研究を続けてきました。今までどんな科学者も行ったことのない研究を行い、まったく新しい哲学を打ち立てました。今後、僕を超える人はいないでしょう。僕は、今まで誰も開けたことがない箱を開けました。まったく前例のないことを行ったのです。

僕はあなたにだけ手紙を書いています。僕はみじめな人間です。あなたにとって尊敬に値する存在ではありません。墓に入る前に、あなたと仲直りしたかったのですが……それは叶わぬ願いでしょう。

愛する、大切なエリーゼ……エリーゼは本当に美しかった。僕はエリーゼを心から愛していました。それなのに僕は、エリーゼに惨いことをしてしまいました。僕はこれまでたくさんの人に残酷な手術を施しました。手術台の上に載せられた人はみな、罪のない美しい人たちでした。

僕は行ってはならないことを行いました。僕は自惚れた若造で、残酷極まりない研究に酔いしれ、我を忘れていました。なぜ人は、未知の世界に足を踏み入れるのでしょうか？　そこには恐ろしいものが待っているのに。探求しなければ、破滅することもないのに。

僕は、エリーゼの姿は彼女の本来の姿ではないのではないか、と考えるようになりました。そして、エリーゼの秘密を探り始めました。その後は試練の連続でした。エリーゼの本来の顔、本来の姿を知るために奮闘しました。そしてエリーゼは、本来の姿に生まれ変わりました。でも僕の方は、身も心もぼろぼろになりました。今、エリーゼは笑っています。僕はあの恐ろしい笑い声を、僕を呼ぶ声を、死ぬまで毎夜々々聞かなければならないのでしょうか。エリーゼはおぞましく汚らわしい。悪魔の歌声のようなあの声は、ただただ忌まわしい。

死は恐ろしいものです。人は、死が自分の方を見て、自分の名を呼ぶのではないかと恐れ、死から目をそらします。僕は、病気や怪我のために苦しみ、手術を受けながら悶え、叫ぶ人たちに接してきましたが、正直に言うと、僕はある時から、患者が苦しんでいる姿を見ても、胸が痛まなくなりました。死の苦しみに比べれば、現世の苦しみなど大した苦しみではないのだと悟ったからです。彼らが死の苦しみを知れば、現世の苦しみの中に慰めを見出すことが分かったからです。

生き物の体は不思議です。体の中には、生と死の種があります。僕たちは生と死の種を持って生まれてくるのです。その種がどう成長するのかは、僕たちには分かりません。僕は生と死の種と向き合い、時には戦い、時には守り、育ててきました。そのために犠牲を払い、血を流してきました。そして今、自分自身を破滅へ追い込もうとしています。僕は自分が行ったことに何とか始末をつけなければなりません。エリーゼの声が聞こえます。あの声が、あの叫び声が聞こえます。盲目のエリーゼが、飛びながら僕を探しています。地獄が僕を呼んでいます。エリーゼ、僕の愛しい妻！ 僕はエリーゼを救いたいと思いました。だから本来の姿を与えました。それがエリーゼへの何よりの贈り物だと思いました。エリーゼは、とても強い力を持つフューリーの血を引いていました。エリーゼはもう、かつてのエリーゼではありません。火傷の痕は残っています。でも、エリーゼは蘇りました。蟬が変態して新しい姿に変わるように、エリーゼも新しい姿に生まれ変わったのです。

多くのことを悟った僕は、最後に強力な剣を振るいます。僕にとってエリーゼは、もはや虫けら同然です。火傷の痕が残る体をのたうちまわらせる、阿片中毒の哀れな生き物です。いいですか、バーナード、僕は真実だけを綴っています。エリーゼは今、翼を広げてばたばた飛びながら、何かに餓えた様子で、けたたましく地獄の歌を歌っています。僕はエリーゼを蘇らせました。僕のナイフでエリーゼを救いました……救ったはずでした。

僕がエリーゼのために最後に為すべきことは、墓碑を用意することです……すぐに来てください。

S・ブラックより

バーナードは、ニューヨークにいるエマのもとへは二度と戻らなかった。

『グレイ解剖学』の出版から五〇年後となる一九〇八年、スペンサー・ブラック博士は、『絶滅動物図録』を出版することにした。ところが、六部印刷した時点で出版計画を中止し、その後、消息を絶った。印刷された本が世に出ることはなかった。六部のうち、現在、所在が分かっているのは、フィラデルフィア医学博物館が所蔵する一部のみである。なぜ、ブラック博士が計画を突然取り止めたのか、そして姿を消したのかは謎のままだ。

この本は、いわば解剖学参考書である。当時は、多くの博物学者が解剖学書を著している。この本には、一一種類の動物の解剖図が載っている。動物はすべて、本の題名の通り、絶滅したとされる動物である。ブラック博士は各章の初めで、それぞれの動物の特徴を解説している。博士は、調査旅行中に動物たちの体の一部を発見したらしい。そして、すべての動物を自分で作っている。博士が作った動物の中には破壊されたものもあるが、一部は、個人が密かに所蔵していると思われる。

解説には、非論理的で理解しがたい箇所が見受けられる。ブラック博士は後年、たいへんな興奮状態に陥ることがあったようだが、そのような状態の時に書いたのではないかと思われる箇所もある。

スペンサー・エドワード・ブラック医学博士 著

絶滅動物図録

動物界において未知の部分が多い種に関する研究

すべての科学者、
医者、哲学者の
参考に供する

筋肉と骨格の構造および一部の種の内臓を示す解剖図と解説を収録

ニューヨーク　ソッツキー・アンド・サン社

ブラック博士は、第一章の動物に、スフィンクスを選んだ。テーベに棲んでいた有翼スフィンクスは、人に謎をかけ、その謎を解くことができないと、その人をただちに殺した。

博士が作った動物は、いずれ破壊されるか、個人の秘蔵品となる可能性が高かったため、博士はこの本を著した。博士は、動物たちを記録として残したかったのだ。そして、この本が後世の科学者たちの道しるべとなることを願っていた。

各章は、簡単な解説と、同じ様式で描かれた解剖図から成っている。解剖図は、ブラック博士が推測して描いたものである。

有翼
スフィンクス

界	動物界
門	脊椎動物亜門
綱	エキドナ綱
目	プラエシディウム
科	ネコ科
属	スフィンクス属
種	有翼スフィンクス

スフィンクスにはまだ不明な部分が多いが、かつては様々な種が、アフリカ大陸全域に生息していたと思われる。エジプトには巨大なスフィンクスの像がある。エジプトでは、スフィンクスは守護神だった。太陽神ラーの敵に罰を与える役割も担っていた。また、ラーと同じ太陽の神とも見なされていた。雄羊の頭、または山羊の頭を持つスフィンクスには翼がない。この種は、一部の飛べない鳥と同じく、飛ぶ必要がない島などの孤立した土地で暮らしていたので、翼が退化したのではないだろうか。その後、アフリカ大陸に移動し、エジプトやその他の地域に広がったのではないか。翼がないスフィンクスの祖先が誕生した場所は、まだ特定できない。

謎かけを行うことで有名な、テーベのスフィンクスは、本章のスフィンクスと同じく有翼スフィンクスである。有翼スフィンクスは、他の種に比べて個体数がそれほど多くなかったようだが、人間並みの高い思考力を持ち、知能が発達していたようだ。また、肉食性で狩りが上手く、獰猛だったと考えられる。

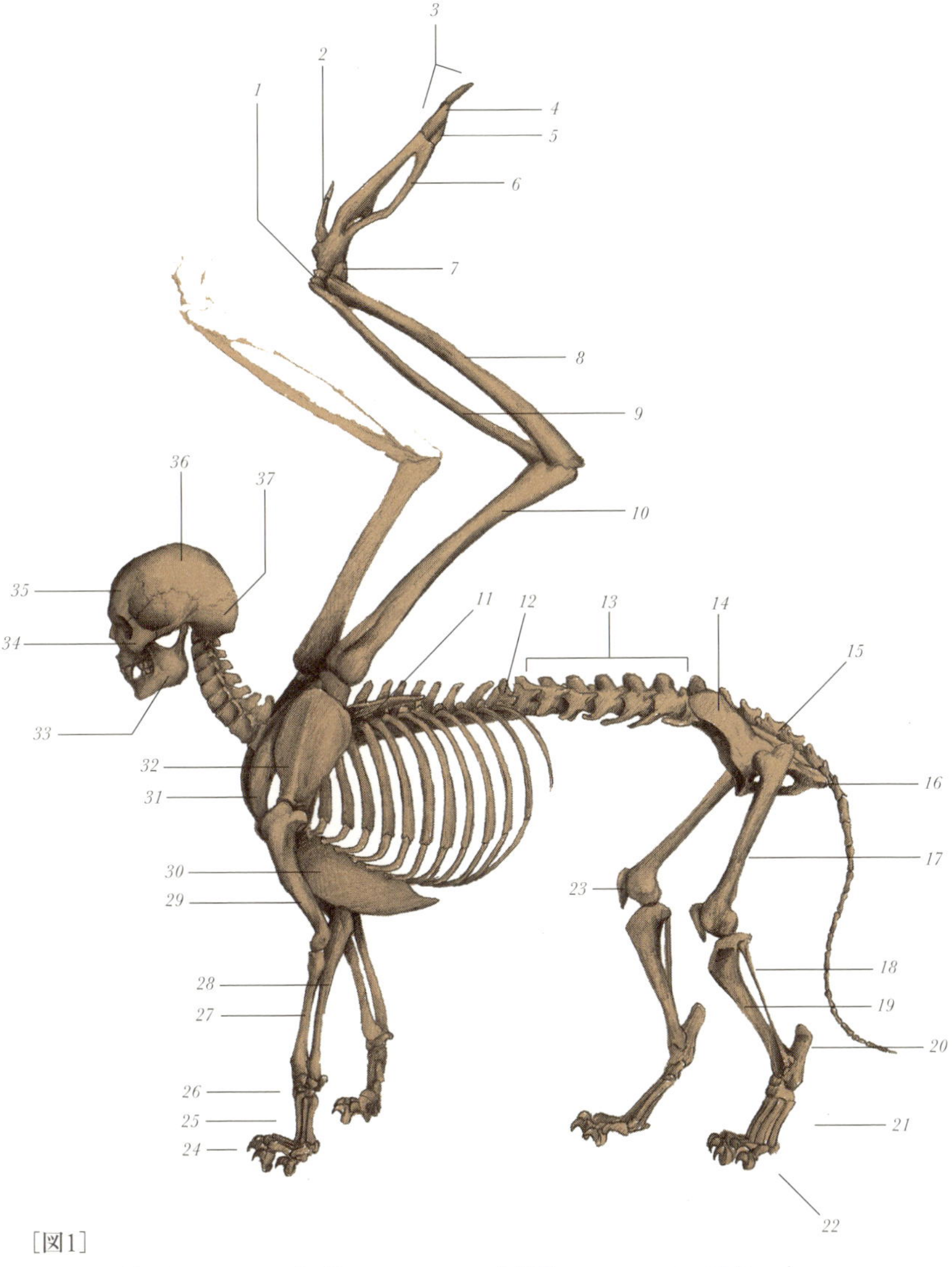

［図1］

1-橈側手根骨
2-第一指
3-指骨
4-第二指
5-第三指
6-手根中手骨
7-尺側手根骨
8-尺骨
9-橈骨
10-上腕骨
11-肩甲骨
12-第一二胸椎
13-腰椎
14-骨盤
15-仙骨
16-坐骨
17-大腿骨
18-腓骨
19-脛骨
20-踵骨
21-中足骨
22-指骨
23-膝蓋骨
24-指骨
25-中手骨
26-手根骨
27-橈骨
28-尺骨
29-上腕骨
30-胸骨
31-叉骨
32-肩甲骨
33-下顎骨
34-頬骨弓
35-前頭骨
36-頭頂骨
37-後頭骨

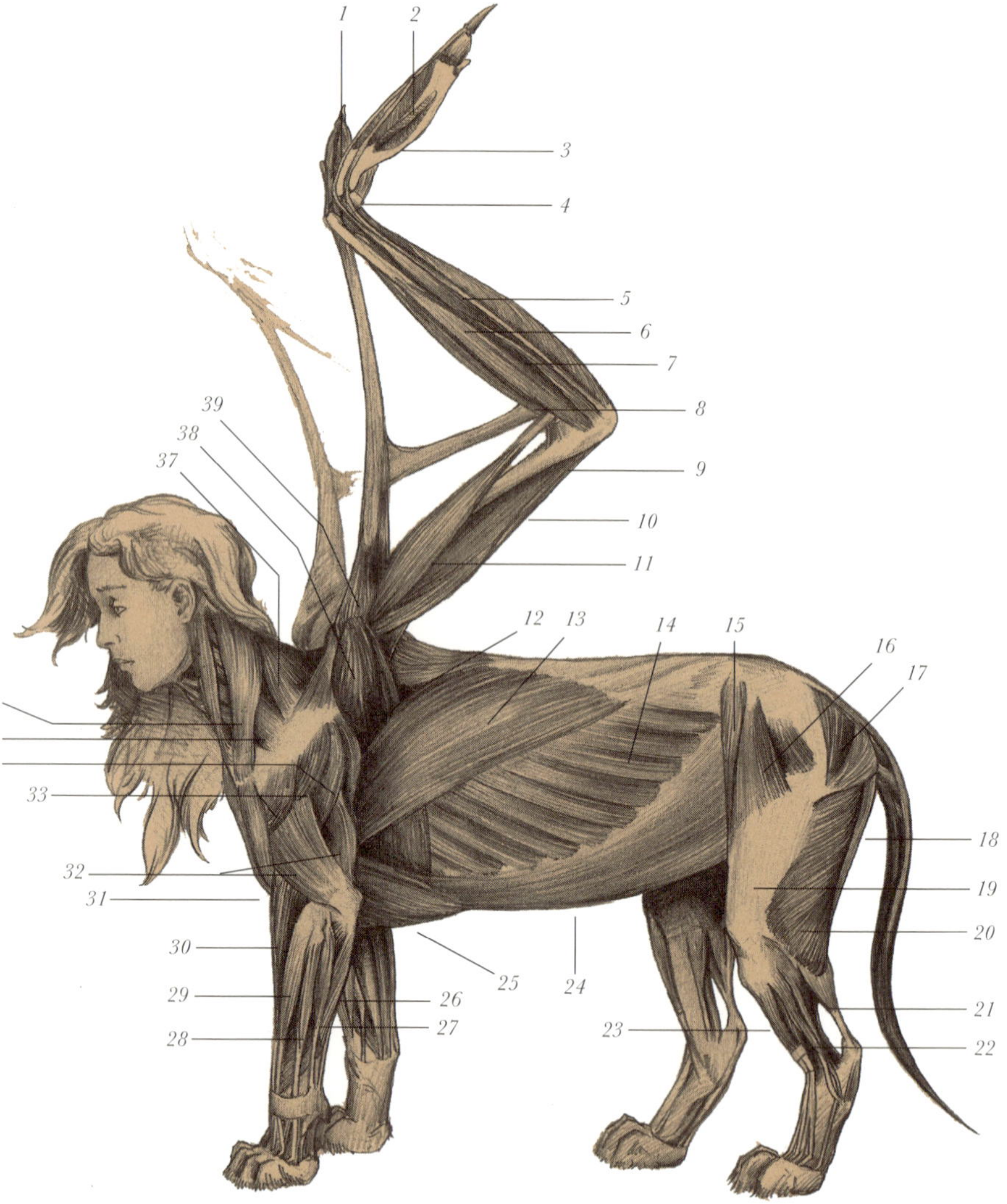

[図2]

1-小翼内転筋
2-大指内転筋
3-前骨間筋
4-尺側中手筋
5-尺側手根屈筋
6-深指屈筋
7-浅指屈筋
8-浅回内筋
9-上腕骨
10-上腕三頭筋
11-上腕二頭筋
12-僧帽筋
13-広背筋
14-外腹斜筋
15-縫工筋
16-大腿筋膜張筋
17-浅臀筋
18-半腱様筋
19-大腿四頭筋
20-大腿二頭筋
21-腓腹筋
22-深指屈筋
23-前脛骨筋
24-腹直筋鞘
25-小胸筋
26-尺側手根屈筋
27-尺側手根伸筋
28-長指伸筋
29-総指伸筋
30-橈側手根伸筋
31-鎖骨胸筋
32-上腕三頭筋
33-三角筋
34-棘下筋
35-肩横突筋
36-腕頭筋
37-僧帽筋
38-大胸筋
39-前翼膜張筋

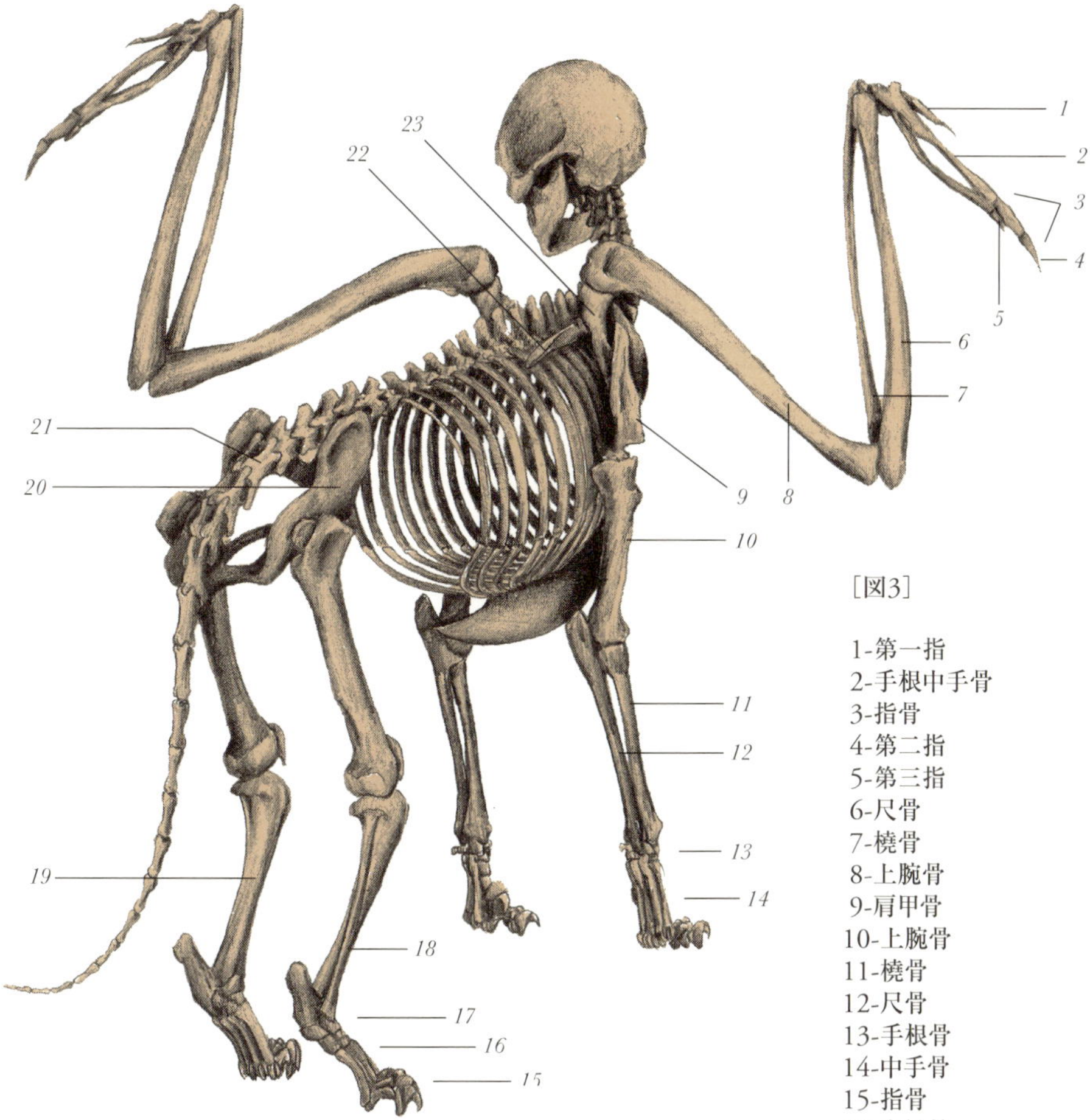

［図3］

1-第一指
2-手根中手骨
3-指骨
4-第二指
5-第三指
6-尺骨
7-橈骨
8-上腕骨
9-肩甲骨
10-上腕骨
11-橈骨
12-尺骨
13-手根骨
14-中手骨
15-指骨
16-中足骨
17-足根骨
18-腓骨
19-脛骨
20-骨盤
21-仙骨
22-肩甲骨
23-烏口骨

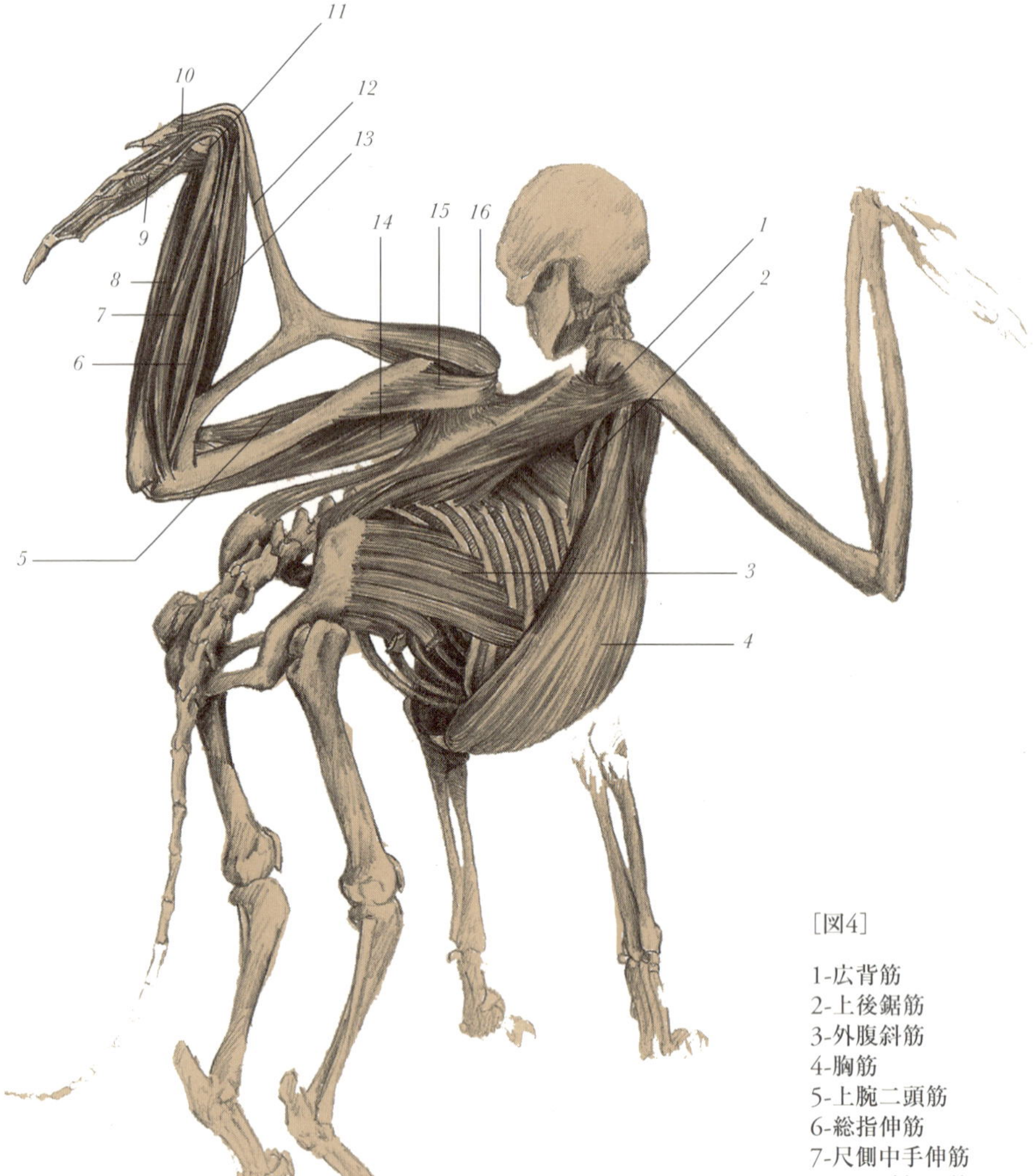

[図4]

1-広背筋
2-上後鋸筋
3-外腹斜筋
4-胸筋
5-上腕二頭筋
6-総指伸筋
7-尺側中手伸筋
8-尺側手根屈筋
9-背側骨間筋
10-小翼内転筋
11-尺側中手筋
12-尺側中手伸筋
13-長小翼伸筋
14-上腕三頭筋
15-大三角筋
16-前翼膜張筋

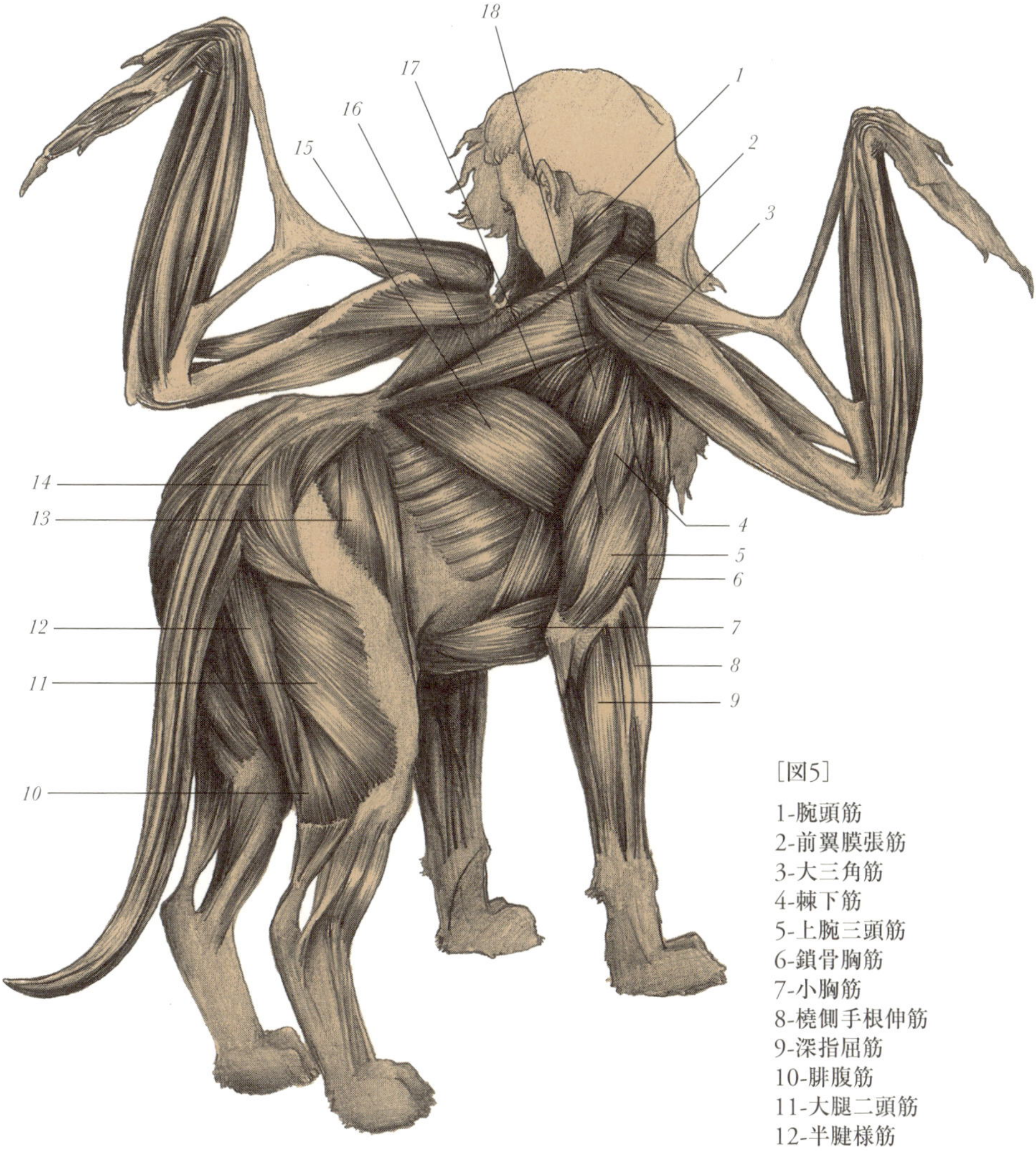

[図5]

1-腕頭筋
2-前翼膜張筋
3-大三角筋
4-棘下筋
5-上腕三頭筋
6-鎖骨胸筋
7-小胸筋
8-橈側手根伸筋
9-深指屈筋
10-腓腹筋
11-大腿二頭筋
12-半腱様筋
13-大腿筋膜張筋
14-浅臀筋
15-広背筋
16-僧帽筋
17-前鋸筋
18-胸筋

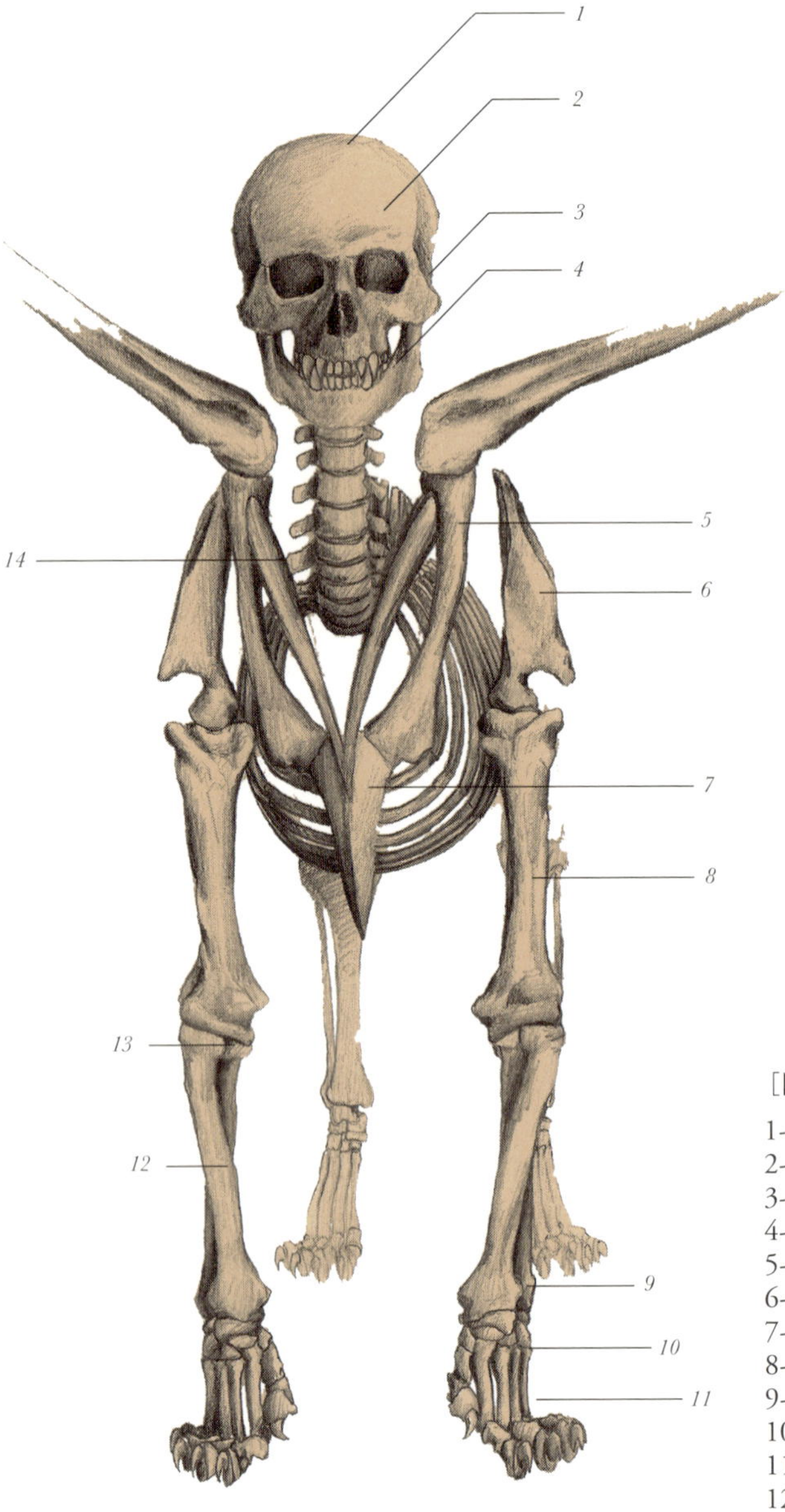

［図6］

1-前頭骨
2-眉弓
3-頬骨弓
4-下顎骨
5-烏口骨
6-肩甲骨
7-胸骨
8-上腕骨
9-手根骨
10-中手骨
11-指骨
12-橈骨
13-尺骨
14-叉骨

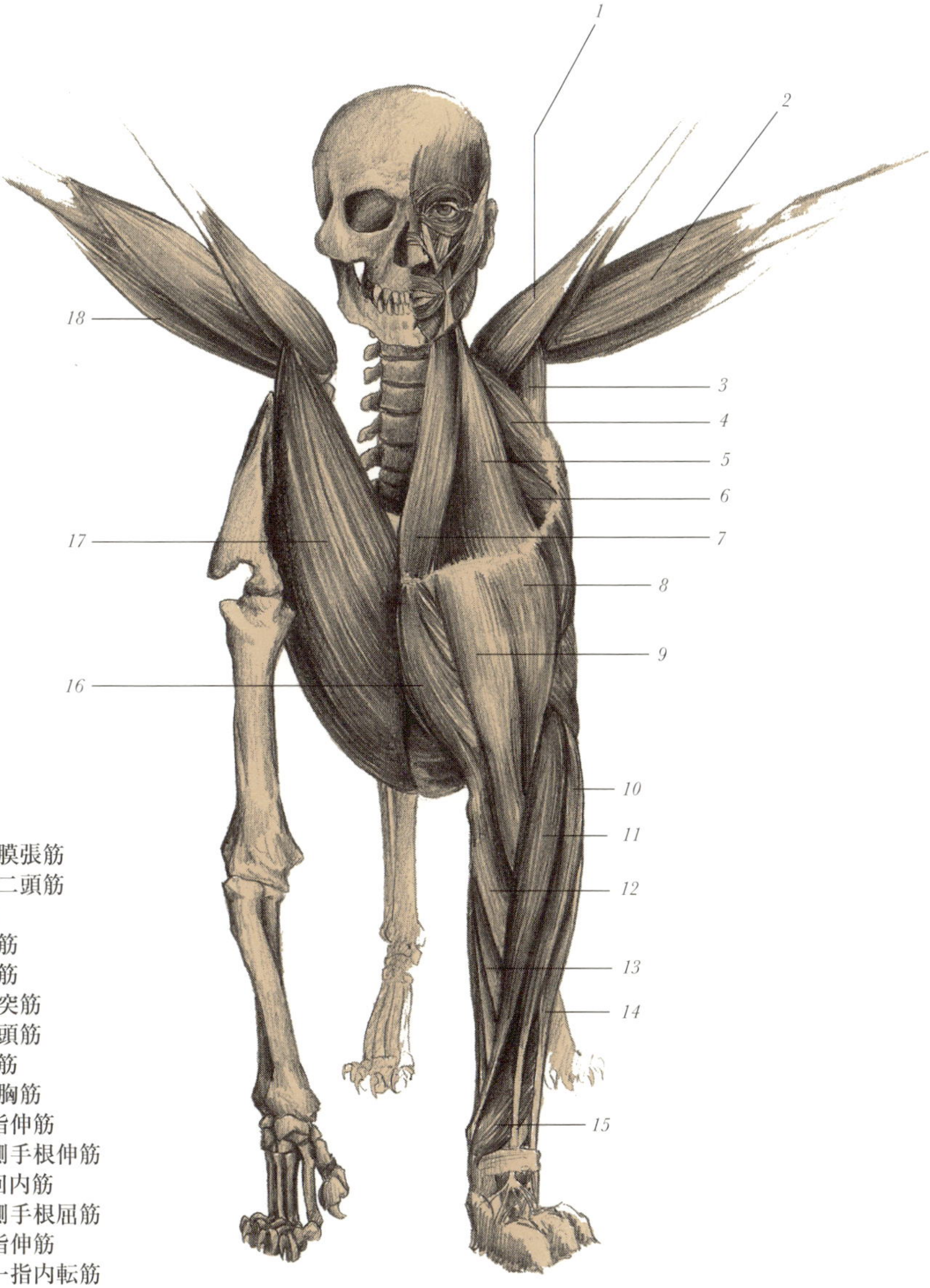

［図7］

1-前翼膜張筋
2-上腕二頭筋
3-胸筋
4-僧帽筋
5-腕頭筋
6-肩横突筋
7-胸骨頭筋
8-三角筋
9-鎖骨胸筋
10-総指伸筋
11-橈側手根伸筋
12-円回内筋
13-橈側手根屈筋
14-長指伸筋
15-第一指内転筋
16-大胸筋
17-胸筋
18-上腕三頭筋

一九世紀の世界では、セイレンやマーメイドの存在を信じる者は少なくなかった。博物学者や分類学者の中にも、セイレンのような動物は存在し得ると考える者がいた。ブラック博士も、広大な海の中でまだ生きているのではないかと考えていた。科学者には博士の説を否定する者が多かったが、セイレンやマーメイドは現存すると主張し、博士を支持する者も大勢いたのである。

セイレン・オケアノス

界	動物界
門	脊椎動物亜門
綱	哺乳魚綱
目	有尾目
科	セイレン科
属	セイレン属
種	セイレン・オケアノス

セイレンは、ネレイスやマーメイドとよく混同される。この三者の伝説は、科学が進歩していない時代から語り継がれているものだが、伝説には、三者の形質が正確に描かれている部分もある。三者は形質が似ている。犬にも形質が似ている種が存在するのと同じである。これから、それぞれの動物について説明したい。

セイレンは、古い伝説の中では、半人半鳥の姿で描かれている。時代を下ると、半人半魚の姿で描かれるようになる。昔、セイレンが半人半鳥の姿で描かれたのは、半人半鳥の動物と混同されていたからだろうか。そしてある時期から、半人半鳥の動物とは異なる動物であることを、人びとが理解するようになったのだろうか。半人半鳥だったセイレンが、水生哺乳動物へと進化した可能性もあるが、確かなことは分からない。

ネレイス（ナイアス）の魚の部分の形質は、深海に住む魚の形質と似ている。ネレイスはマーメイドよりも人に近い。わずかに生理的な違いがあるだけで、ほとんど人と変わらない種も多く存在したようだ。それらの種は、陸地に近い淡水域の浅瀬を好んだようだが、その理由のひとつは、人によく似ていたからだろう。

マーメイドはセイレンの雌である。セイレンの雄よりも不明な部分が多い。マーメイドは水中で呼吸することができ、水面上に出る必要がなかったようだ。ただ、いくつかの種は哺乳動物の肺を持っており、イルカやクジラのように、水面上に出て呼吸していたと思われる。マーメイドを見つけることができればよいのだが、運だけに頼っていてはなかなか難しいだろう。

極めて特異な肺を持つマーメイドも存在したようだ。その肺は魚のエラに似ており、人の胸郭に似た骨格に囲まれていたようだ。空気呼吸をする種の他にも、外形や大きさ、体の仕組みが異なる様々な種が存在し、海の中で暮らしていたと考えられる。

マーメイドは、骨盤がたいへん発達していたようだ。そして大腿骨が細長く、腰椎が太く、肛門から下の尾部は椎骨が長く連なっていたため、敏捷で、他の海の生き物よりも速く泳ぐことができたと考えられる。筋肉は、腱によって骨としっかりつながれていたため、速く泳いでも緊張や抵抗に耐えることができたのではないだろうか。また、鰭棘の部分を支える筋肉がとても太く、この筋肉のおかげで、より速く泳げたものと思われる。マーメイドは水中の勝者と言えるだろう。

［図1］

1-外肋間筋
2-尺側内転筋
3-軟条背側下制筋
4-尾柄伸筋
5-尾内転筋
6-尾伸筋
7-尾棘
8-尾内転筋
9-担鰭骨下制筋
10-骨盤伸筋
11-恥骨筋
12-尺側手根伸筋

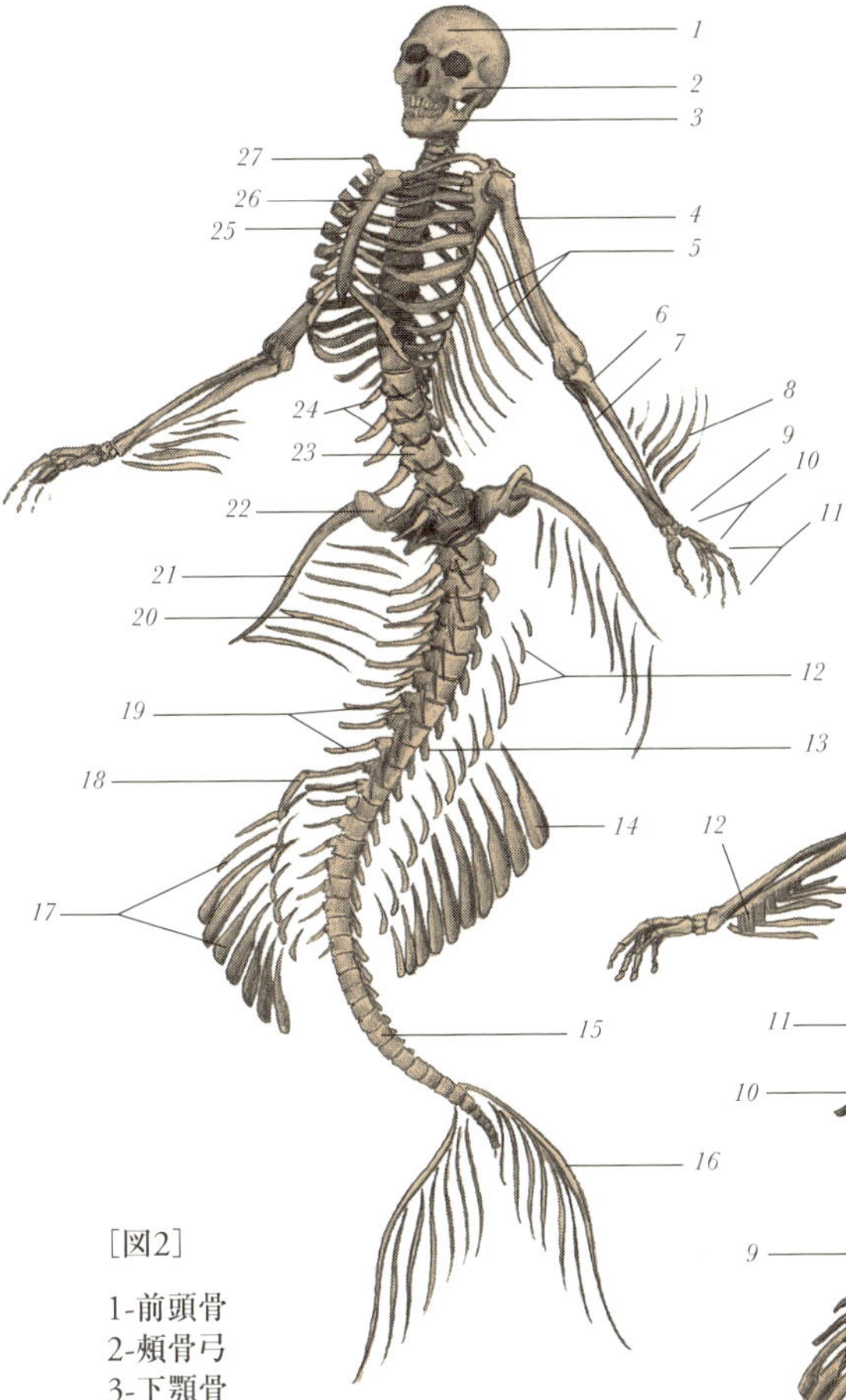

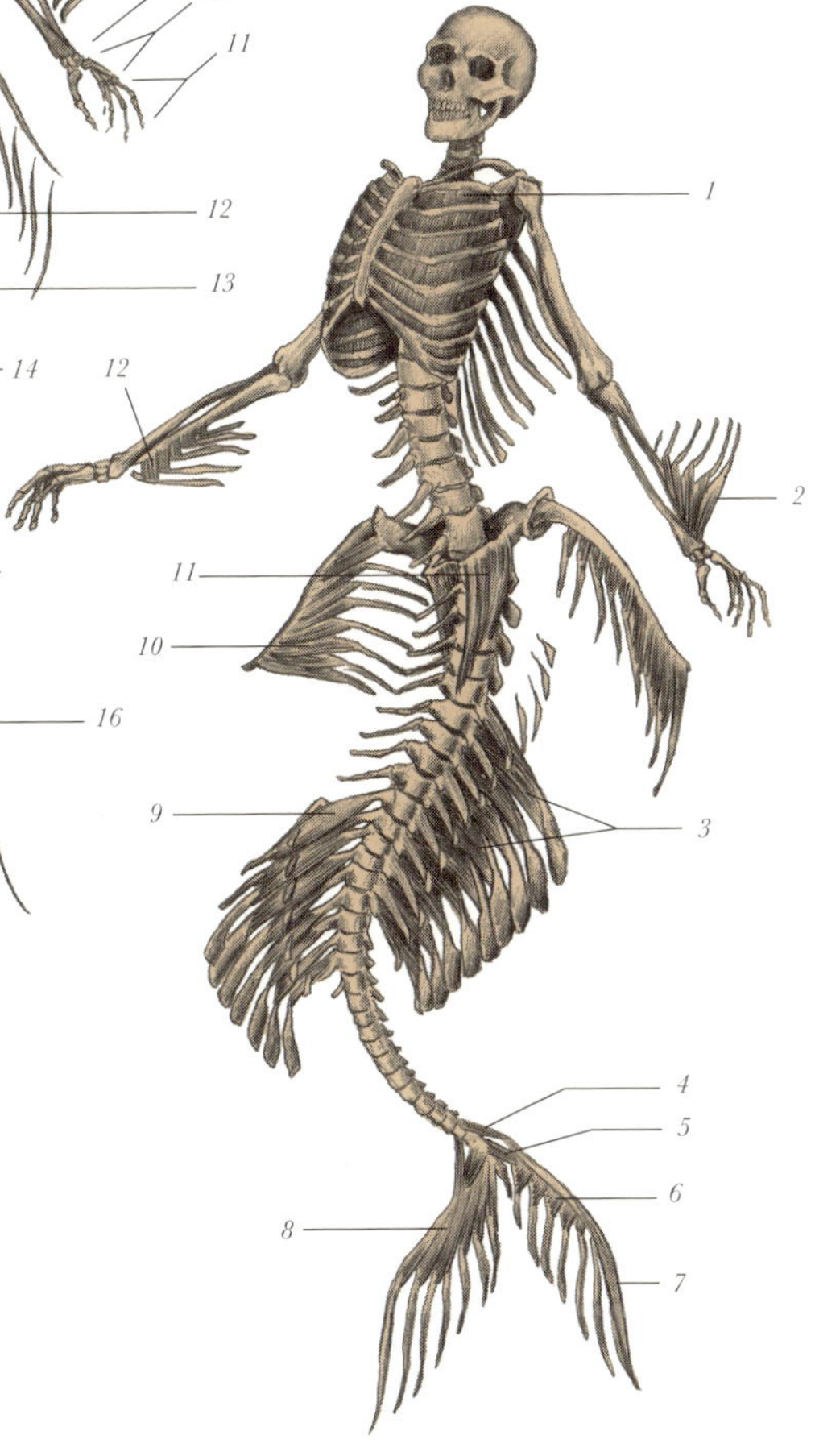

［図2］

1-前頭骨
2-頬骨弓
3-下顎骨
4-上腕骨
5-背棘
6-尺骨
7-橈骨
8-尺骨棘
9-手根骨
10-中手骨
11-指骨
12-担鰭骨
13-神経棘
14-軟条
15-椎骨
16-尾棘
17-臀棘
18-担鰭骨
19-血管棘
20-骨盤棘
21-大腿骨
22-骨盤
23-腰椎
24-下肋骨
25-肋骨
26-胸骨
27-鎖骨

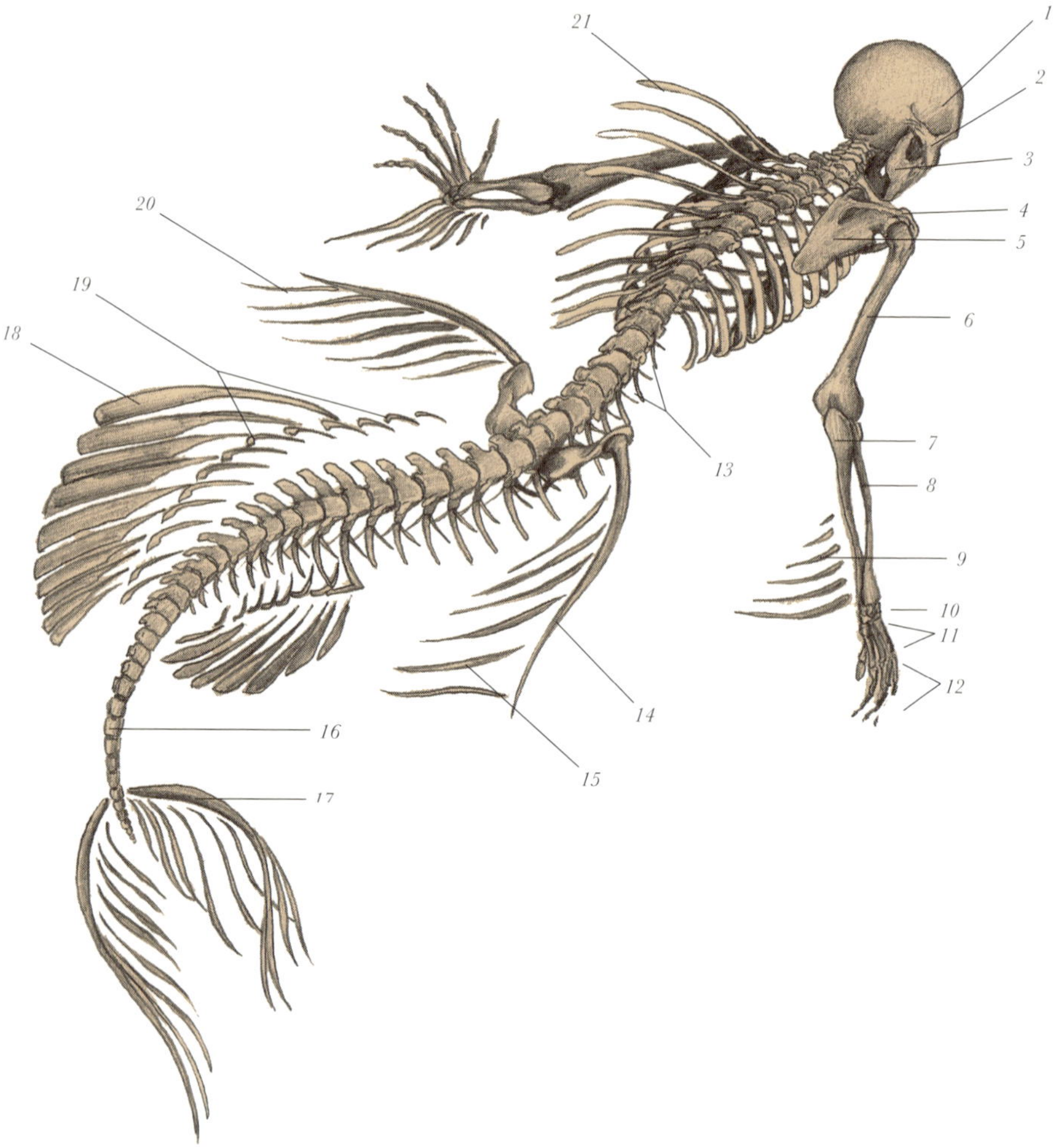

［図3］

1-側頭骨	8-橈骨	15-骨盤棘
2-頬骨弓	9-尺骨棘	16-椎骨
3-下顎骨	10-手根骨	17-尾棘
4-肩峰突起	11-中手骨	18-背鰭軟条
5-肩甲骨	12-指骨	19-担鰭骨
6-上腕骨	13-偽肋	20-骨盤棘
7-尺骨	14-大腿骨	21-背棘

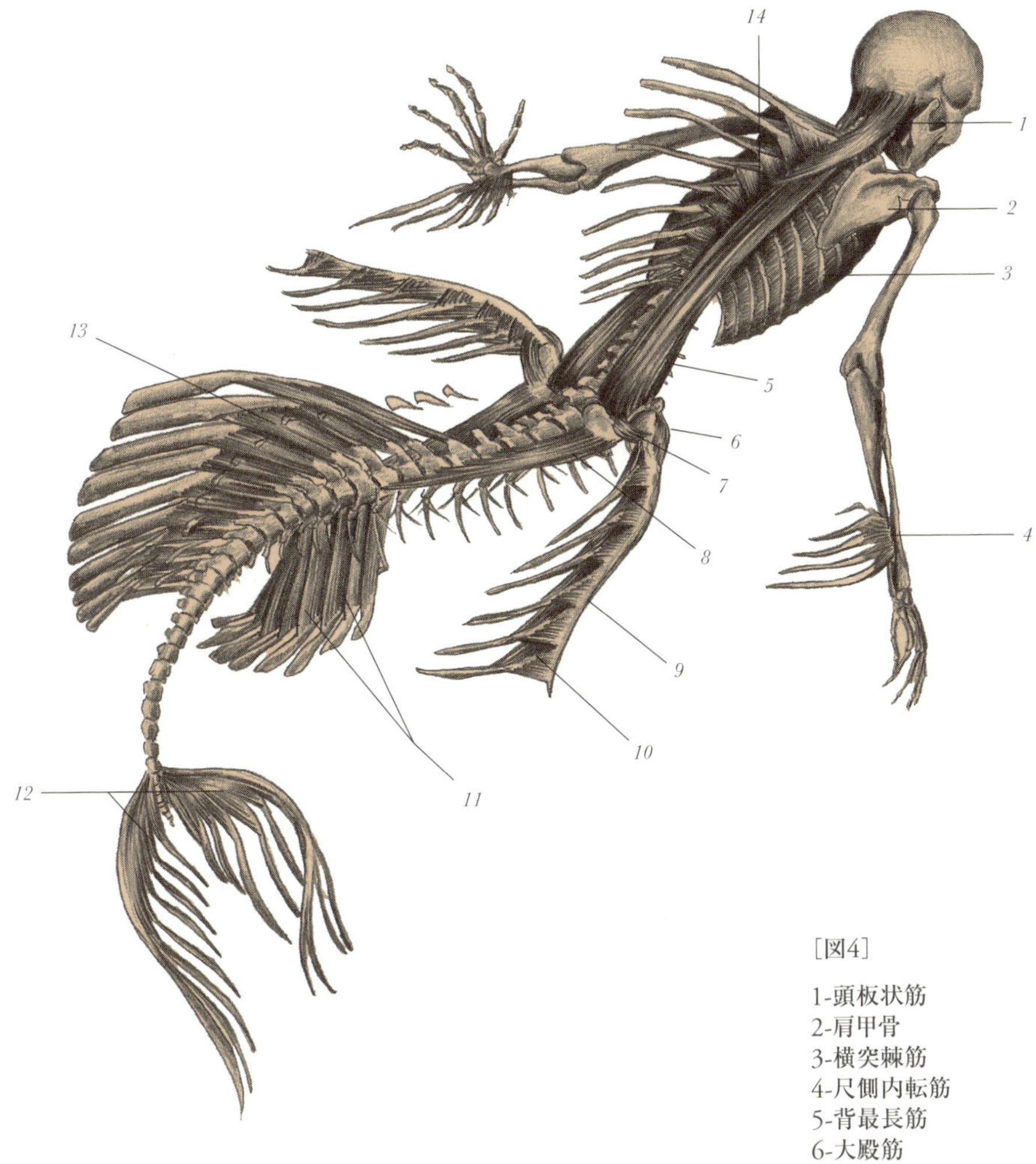

［図4］

1-頭板状筋
2-肩甲骨
3-横突棘筋
4-尺側内転筋
5-背最長筋
6-大殿筋
7-恥骨筋
8-大内転筋
9-骨盤内転筋
10-骨盤屈筋
11-担鰭骨下制筋
12-尾屈筋
13-背軟条下制筋
14-背屈筋

［図5］

1-棘下筋
2-三角筋
3-小円筋
4-大円筋
5-上腕三頭筋
6-橈側手根伸筋
7-尺側手根伸筋
8-肘筋
9-橈側手根屈筋
10-腹斜筋
11-尺側手根屈筋
12-浅指屈筋
13-筋節
14-腹鰭
15-赤色筋
16-背棘
17-背鰭
18-広背筋
19-僧帽筋
20-胸鎖乳突筋

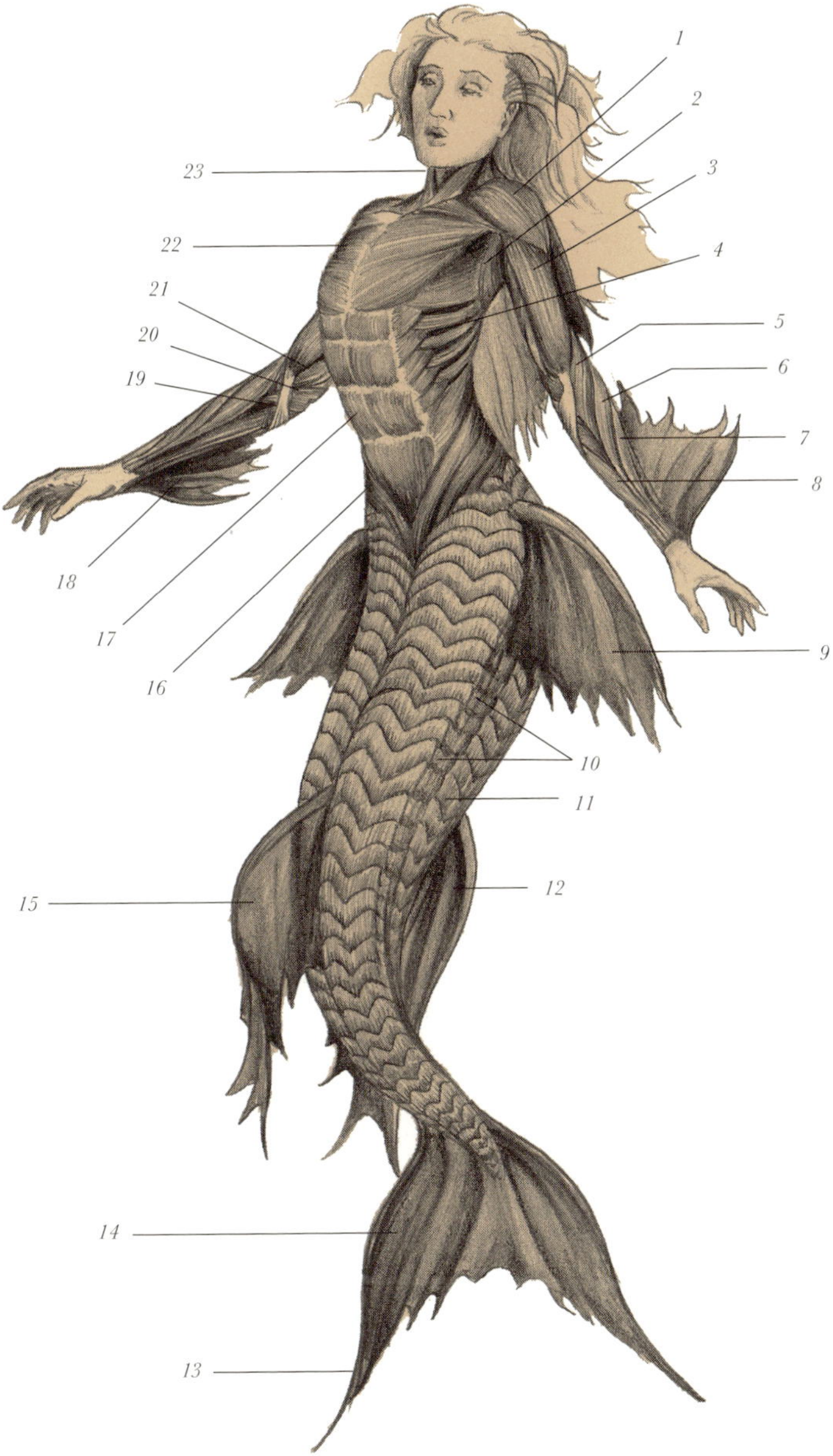

［図6］

1-三角筋
2-大円筋
3-上腕二頭筋
4-前鋸筋
5-腕橈骨筋
6-橈側手根伸筋
7-指伸筋
8-橈側手根屈筋
9-腹鰭
10-赤色筋
11-筋節
12-背鰭軟条
13-尾棘
14-尾鰭
15-臀鰭
16-外腹斜筋
17-腹直筋
18-尺骨鰭
19-二頭筋筋膜
20-円回内筋
21-上腕筋
22-大胸筋
23-胸鎖乳突筋

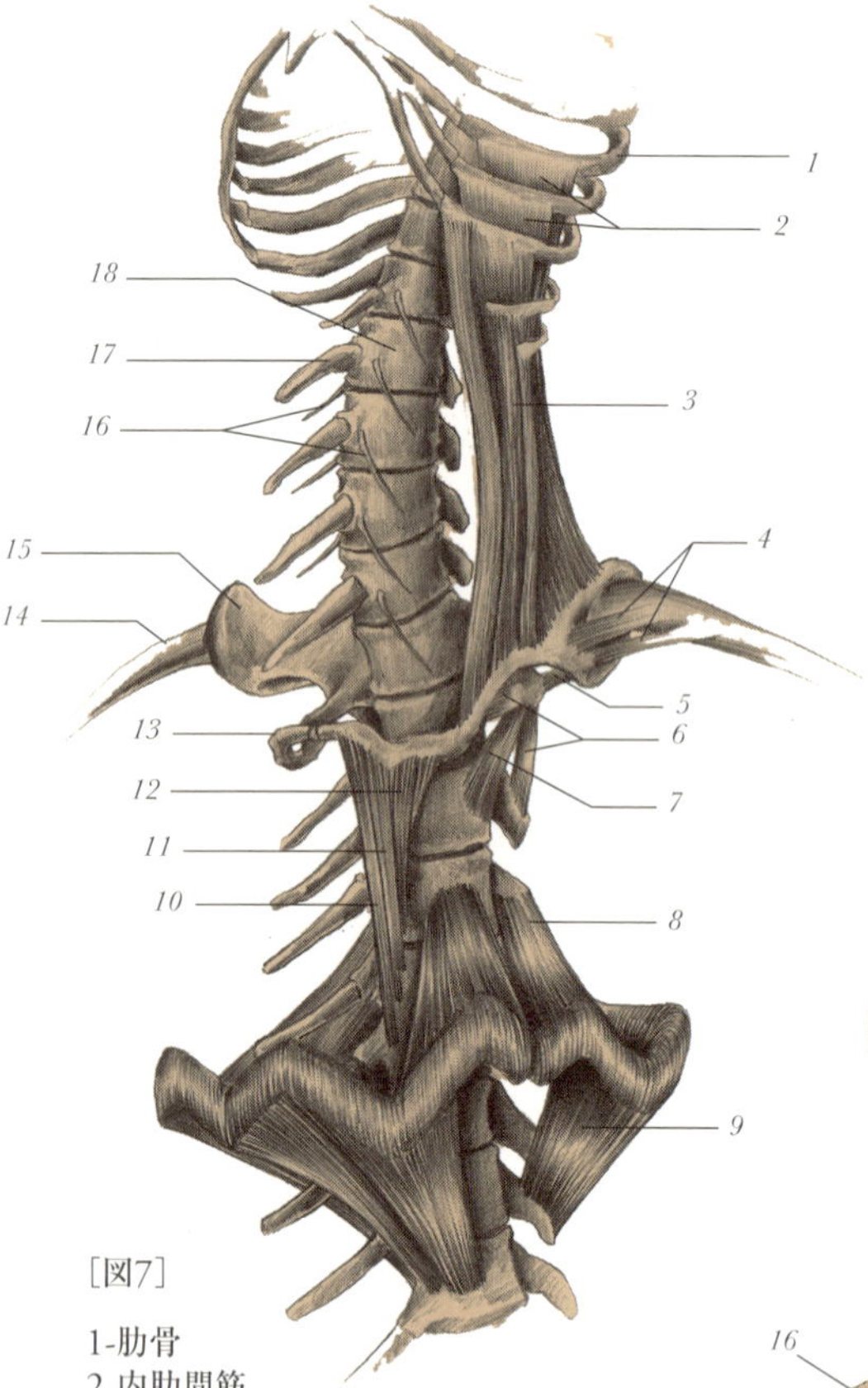

［図7］

1-肋骨
2-内肋間筋
3-腰方形筋
4-寬骨大腿靭帯
5-座骨大腿靭帯
6-座骨棘
7-座骨脊椎靭帯
8-筋節下制筋
9-筋節起立筋
10-薄筋
11-大内転筋
12-長内転筋
13-座骨結節
14-大腿骨
15-骨盤
16-偽肋骨（針骨）
17-下肋骨
18-椎骨

［図8］

1-外肋間筋
2-肋骨
3-内肋間筋
4-内腹斜筋
5-腹直筋
6-骨盤
7-寬骨大腿靭帯
8-小内転筋
9-棘筋
10-縫工筋
11-筋節
12-筋節起立筋
13-椎骨
14-下肋骨
15-薄筋（内転筋）
16-大腿骨

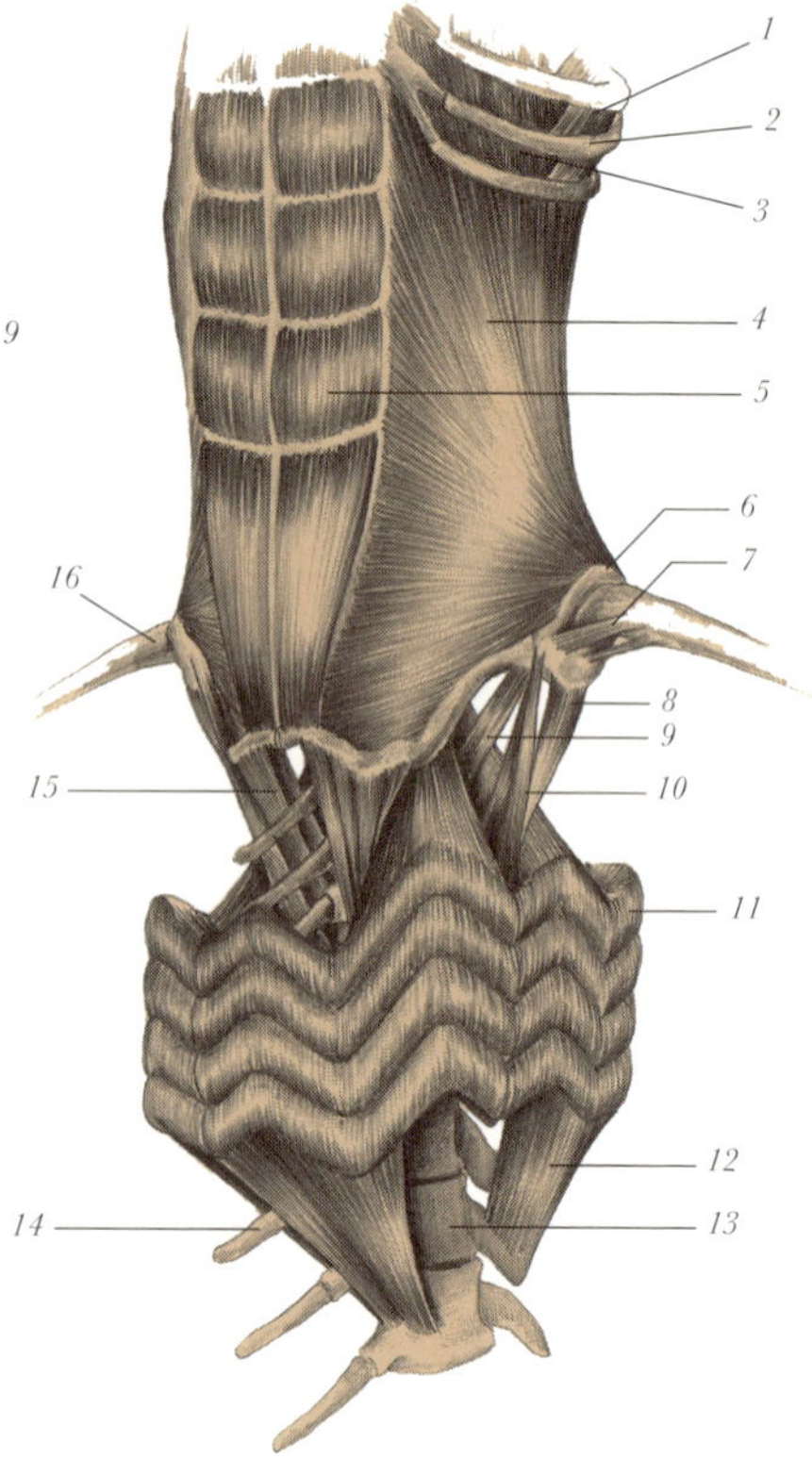

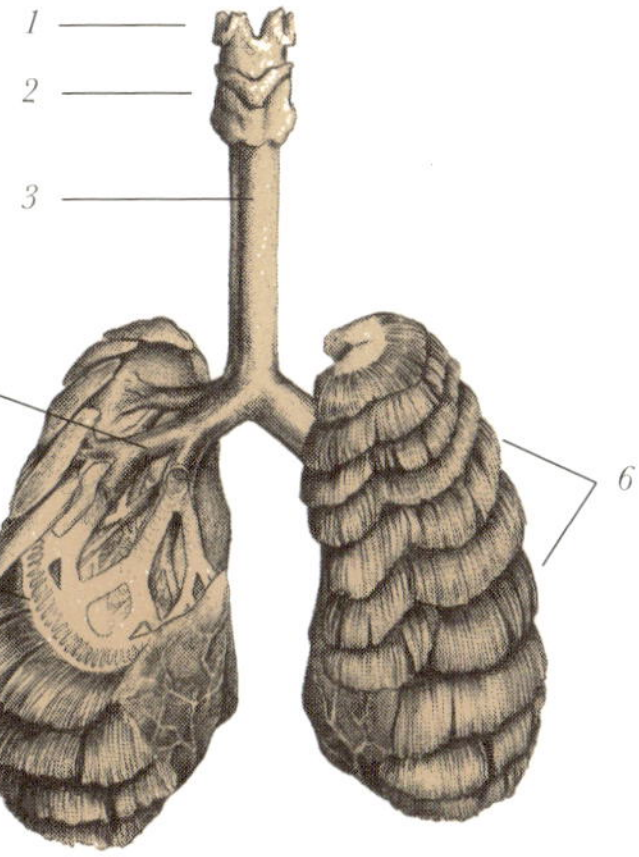

［図10］

1-舌骨
2-喉頭
3-気管
4-気管支
5-鰓篩
6-鰓

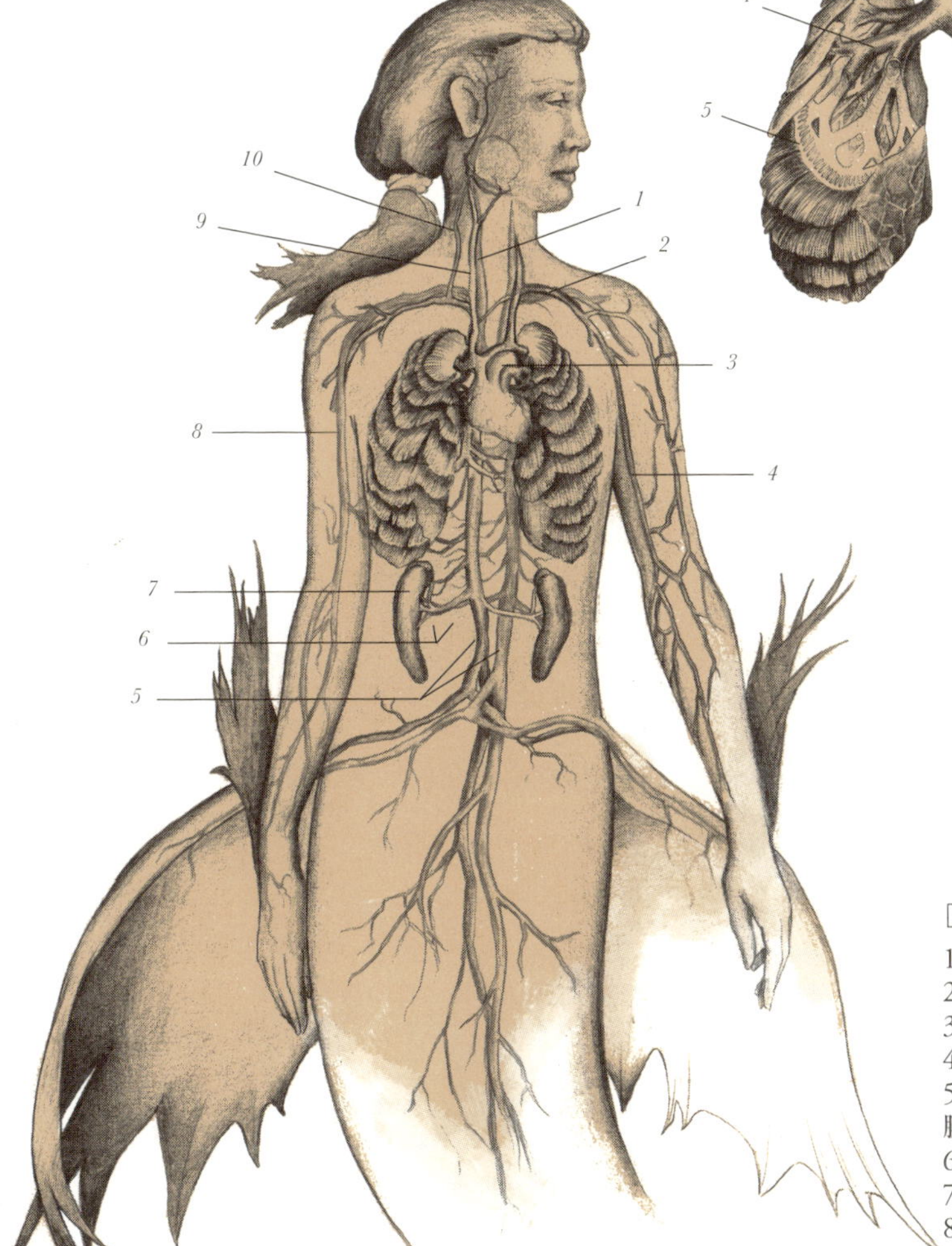

［図9］

1-頸動脈
2-鎖骨下静脈
3-大動脈
4-静脈
5-腸間膜静脈・腸間膜動脈
6-腎静脈・腎動脈
7-腎臓
8-上腕動脈
9-内頸静脈
10-外頸静脈

[図11]

［図12］

ブラック博士は、サテュロスの体の一部をいくつか手に入れている。そのうちのひとつはフィンランドで発見したらしい。現在、それらはすべて所在不明になっている。博士は、一九〇六年九月の日記に次のように記している。「サテュロスの生理的な部分については分からないことが多々あり、限られた知識を基に推測するしかない。サテュロスは美声の持ち主で、歩き方はダンサーのように軽やかで、子供のように悪戯好きだったのではないだろうか」

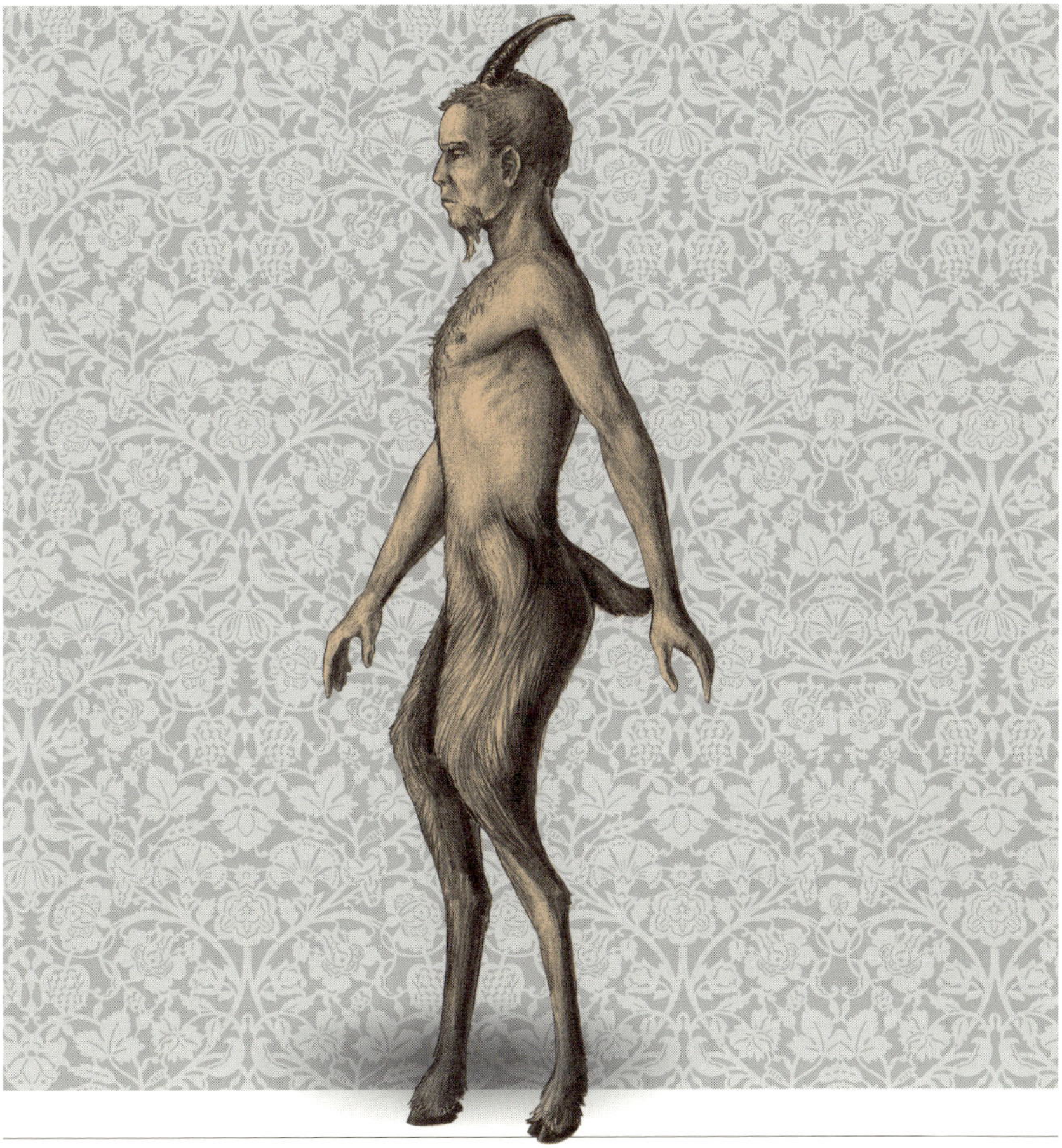

山羊サテュロス

界	動物界
門	脊椎動物亜門
綱	哺乳綱
目	偶蹄目
科	ファウヌス科
属	サテュロス属
種	山羊サテュロス

サテュロスは、ミノタウロスと多くの共通点があるが、頭部はまったく異なる。ミノタウロスは雄牛の頭を持つ。サテュロスは、ミノタウロスよりも知能が高かったと思われる。サテュロスは数多くの物語や戯曲に描かれている。そして、描かれた姿は多種多様だ。私が調べたサテュロスのうち、本章のサテュロスは人の耳を持っているが、山羊の耳を持つ種も存在したようだ。その他にも様々な種が存在したと考えられる。私はフィンランドの国境近くで、雄羊に似たサテュロスの体を発見した。ただ、残念ながら体のほんの一部しか残っておらず、保存状態も悪かった。そのため、正確に描くことができず、研究はあまり進まなかった。雄羊に似たサテュロスの体は、他には見つかっていない。

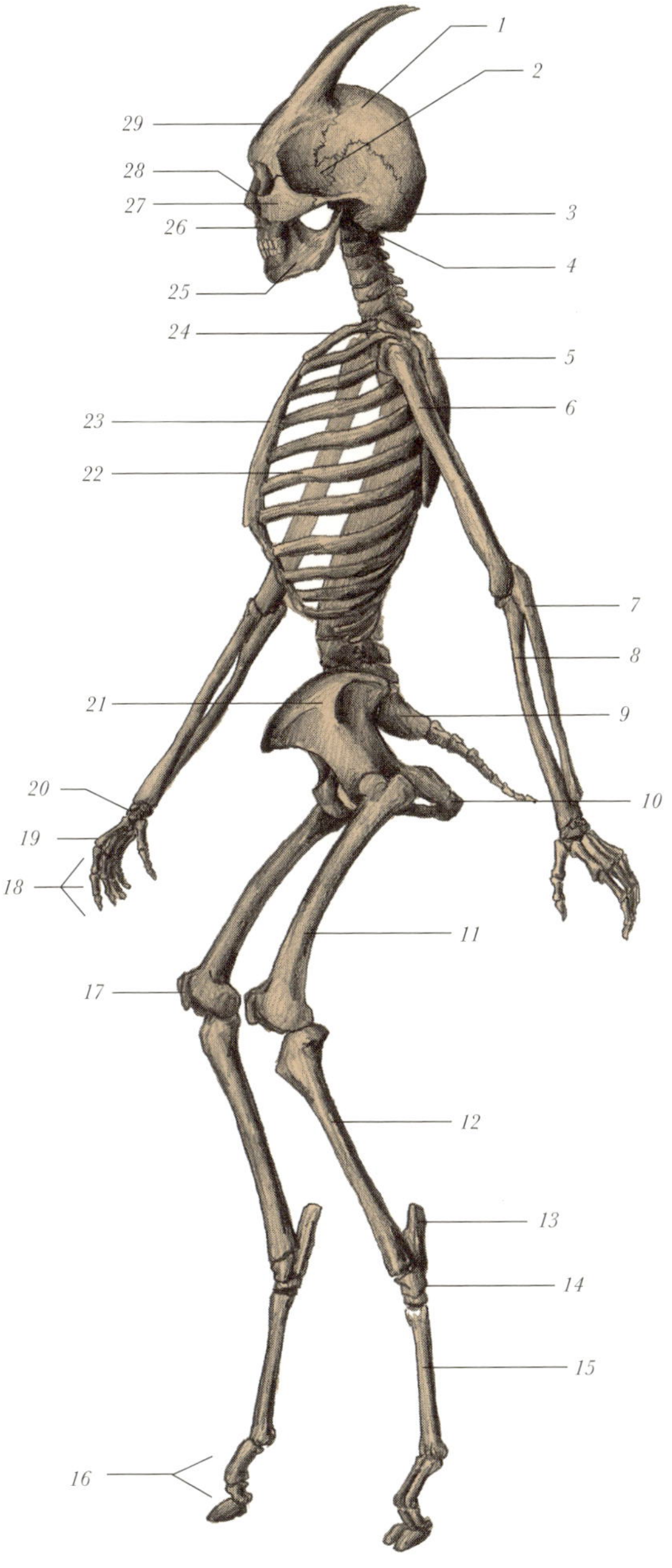

[図1]

1-頭頂骨
2-側頭骨
3-後頭骨
4-第一頸椎
5-肩甲骨
6-上腕骨
7-尺骨
8-橈骨
9-仙骨
10-座骨結節
11-大腿骨
12-脛骨
13-踵骨
14-足根骨
15-中足骨
16-指骨
17-膝蓋骨
18-指骨
19-中手骨
20-手根骨
21-骨盤
22-肋骨
23-胸骨
24-鎖骨
25-下顎骨
26-上顎骨
27-頬骨弓
28-鼻骨
29-前頭骨

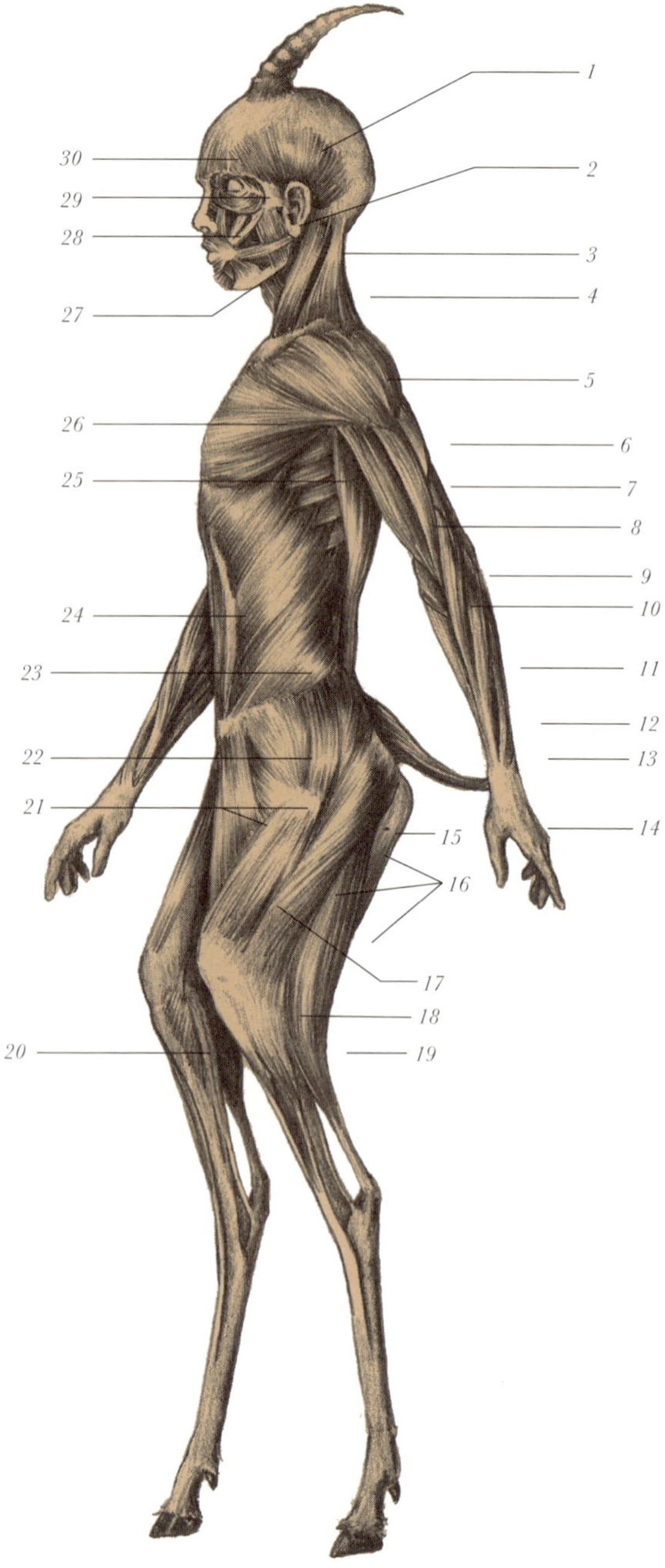

［図2］

1-側頭筋
2-咬筋
3-胸鎖乳突筋
4-僧帽筋
5-三角筋
6-上腕三頭筋
7-上腕筋
8-上腕二頭筋
9-腕橈骨筋
10-円回内筋
11-長橈側手根伸筋
12-短橈側手根伸筋
13-長母指内転筋
14-母指球筋
15-半腱様筋
16-大腿二頭筋
17-大腿四頭筋
18-長腓骨筋
19-腓腹筋
20-膝窩筋
21-大腿筋膜張筋
22-中臀筋
23-外腹斜筋
24-腹直筋
25-前鋸筋
26-大胸筋
27-口角下制筋
28-口輪筋
29-眼輪筋
30-前頭筋

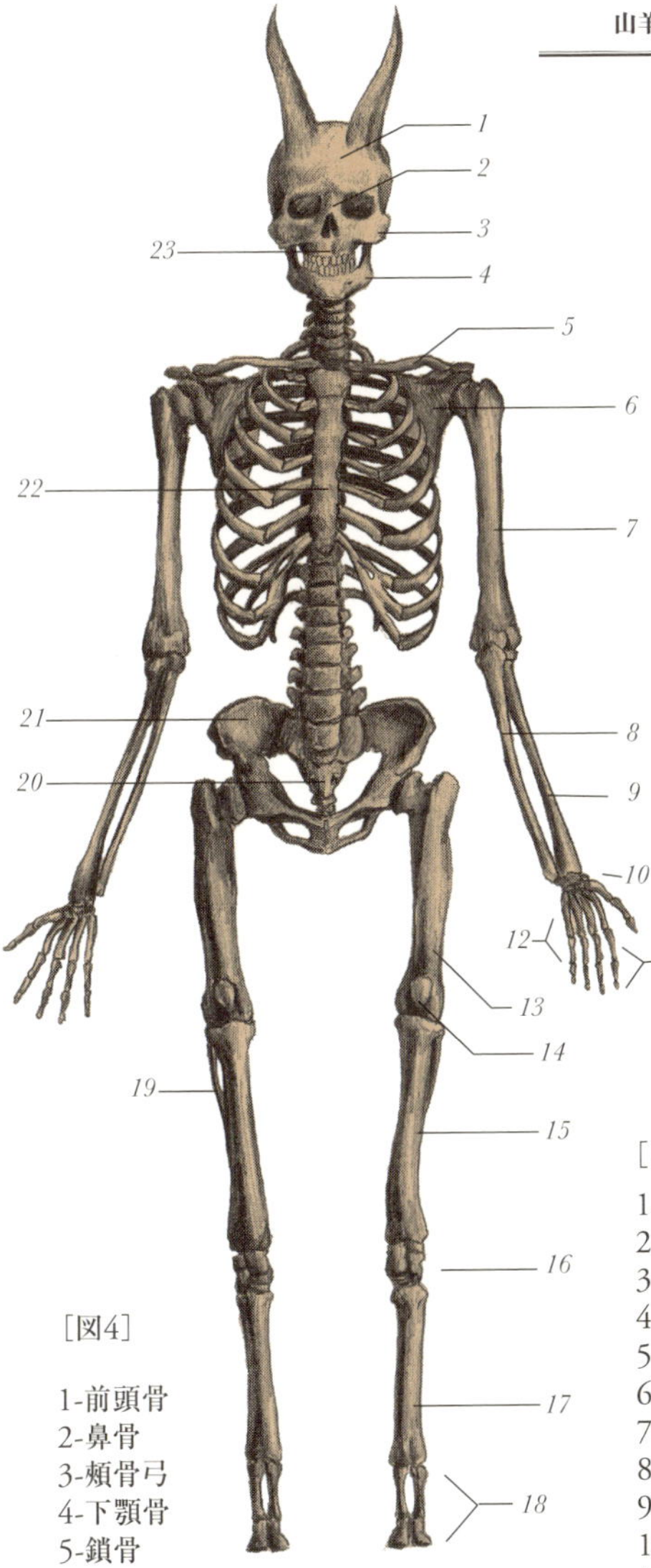

［図4］

1-前頭骨
2-鼻骨
3-頬骨弓
4-下顎骨
5-鎖骨
6-肩甲骨
7-上腕骨
8-尺骨
9-橈骨
10-手根骨
11-指骨
12-中手骨
13-大腿骨
14-膝蓋骨
15-脛骨
16-足根骨
17-中足骨
18-指骨
19-腓骨
20-仙骨
21-骨盤
22-胸骨
23-上顎骨

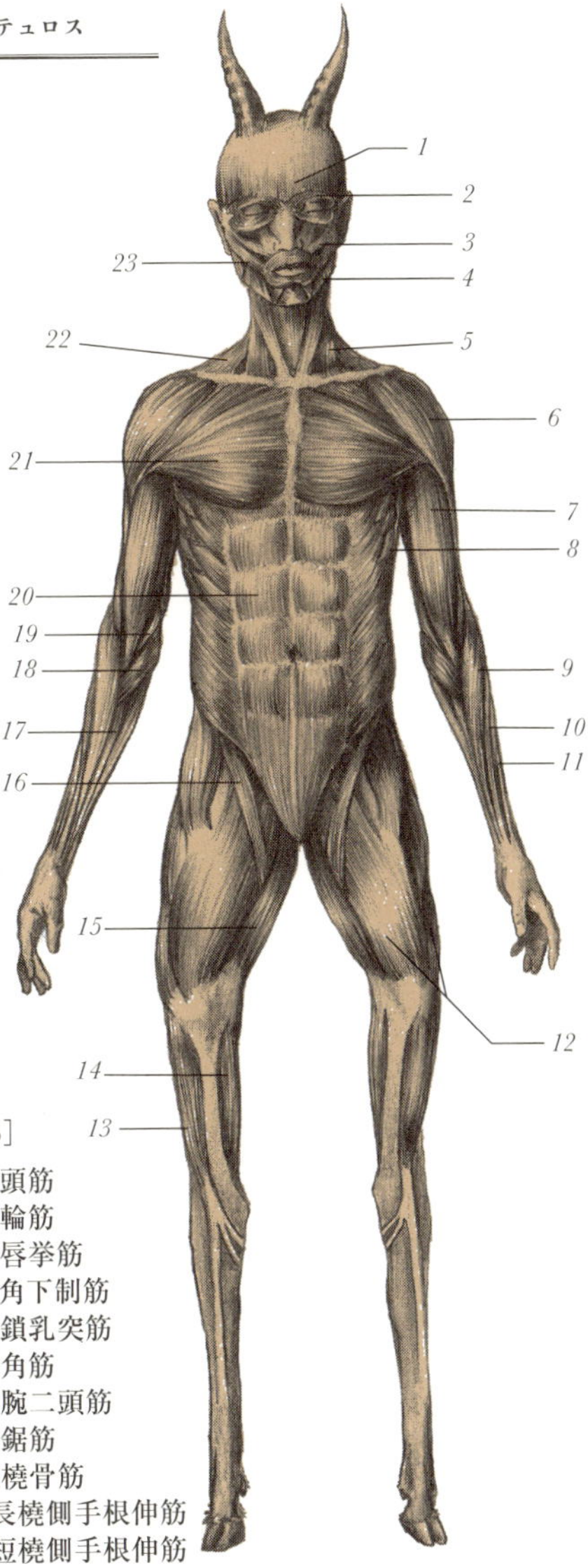

［図3］

1-前頭筋
2-眼輪筋
3-上唇挙筋
4-口角下制筋
5-胸鎖乳突筋
6-三角筋
7-上腕二頭筋
8-前鋸筋
9-腕橈骨筋
10-長橈側手根伸筋
11-短橈側手根伸筋
12-大腿四頭筋
13-長指伸筋
14-長指屈筋
15-薄筋
16-縫工筋
17-橈側手根屈筋
18-円回内筋
19-上腕筋
20-腹直筋
21-大胸筋
22-僧帽筋
23-頬骨

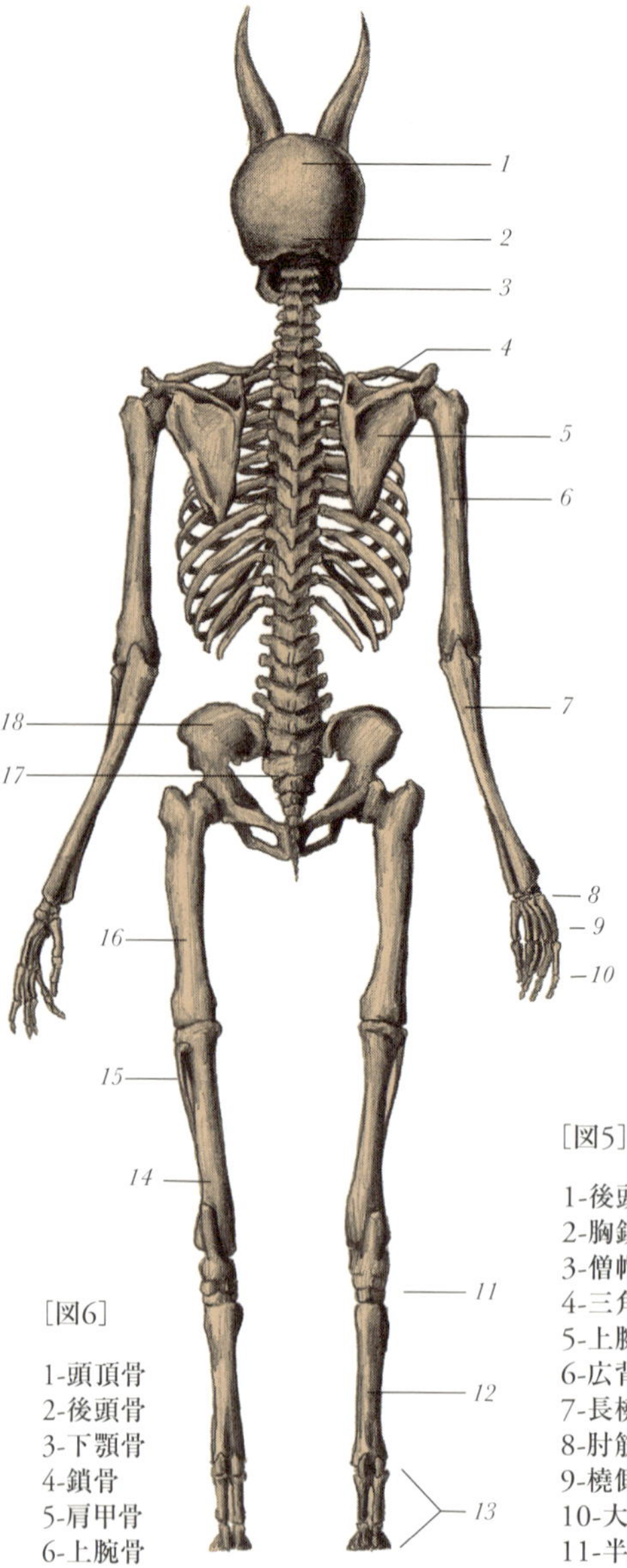

［図6］

1-頭頂骨
2-後頭骨
3-下顎骨
4-鎖骨
5-肩甲骨
6-上腕骨
7-尺骨
8-手根骨
9-中手骨
10-指骨
11-足根骨
12-中足骨
13-指骨
14-脛骨
15-腓骨
16-大腿骨
17-仙骨
18-骨盤

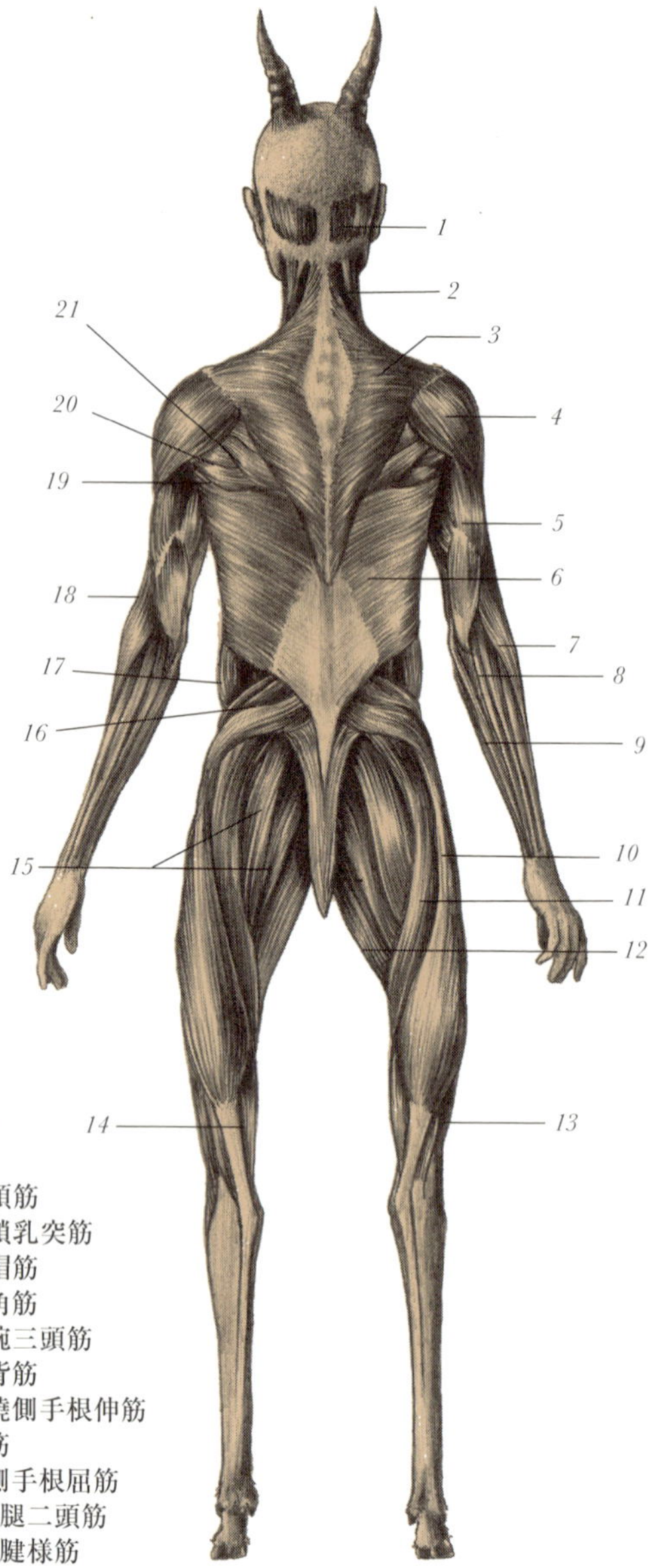

［図5］

1-後頭筋
2-胸鎖乳突筋
3-僧帽筋
4-三角筋
5-上腕三頭筋
6-広背筋
7-長橈側手根伸筋
8-肘筋
9-橈側手根屈筋
10-大腿二頭筋
11-半腱様筋
12-薄筋
13-前脛骨筋
14-長指屈筋
15-半模様筋
16-中臀筋
17-外腹斜筋
18-腕橈骨筋
19-大円筋
20-小円筋
21-棘下筋

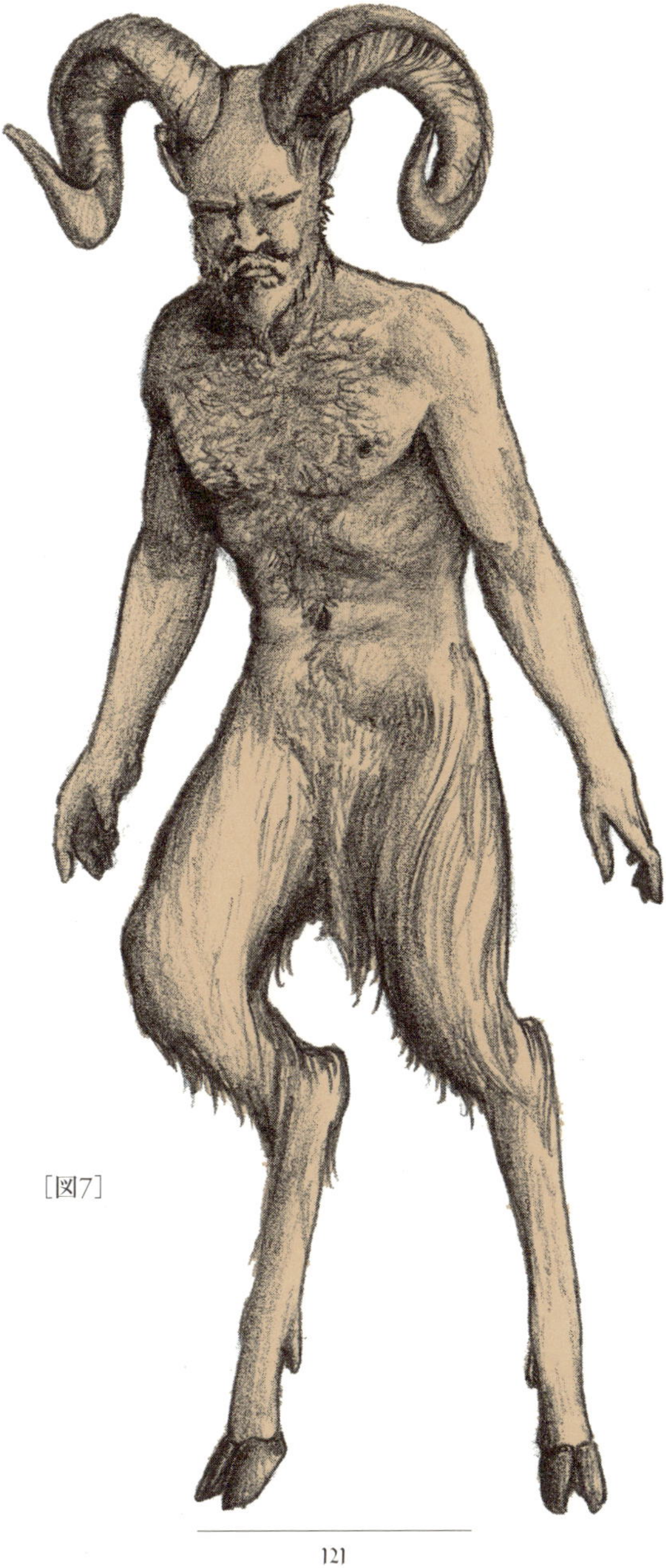

［図7］

ミノタウロスは、じつに悲しい生き物だ。二種類の動物の短所だけを受け継いでおり、優れた能力は受け継いでいない。体は人だが、人の知能はなく、頭は雄牛だが、雄牛の力強さや突撃力はない。それでいったいどんな得があるというのだろう?

短所はそれだけではない。ミノタウロスは、攻撃する時や防御する時に役立つ鉤爪も持っていない。飛ぶことも泳ぐこともできない。だから、ミノタウロスは繁栄しなかったのではないだろうか。——スペンサー・ブラック博士

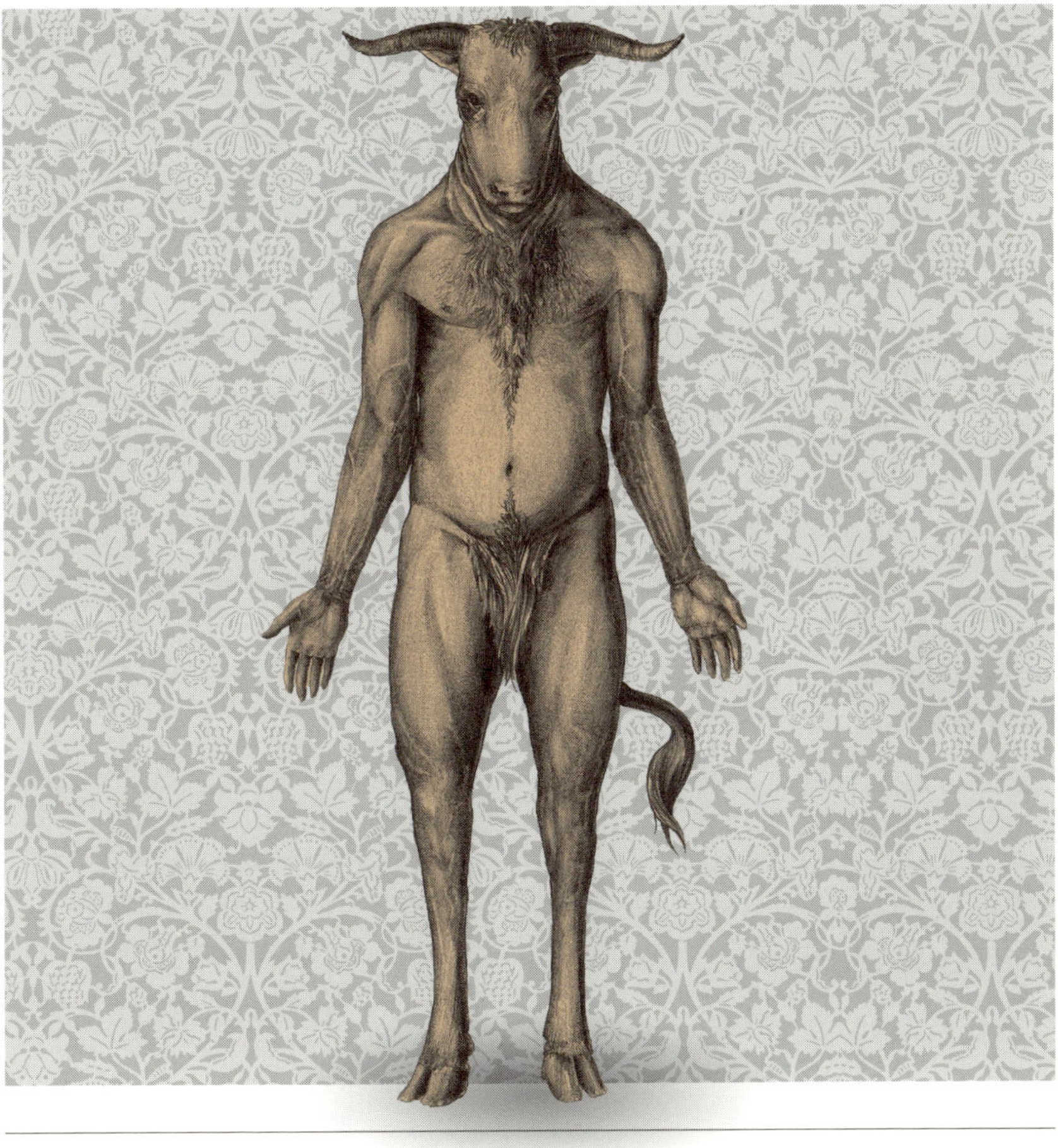

ミノタウロス・アステリオン

界	動物界
門	脊椎動物亜門
綱	哺乳綱
目	アステリオス目
科	ミノス科
属	ミノタウロス属
種	ミノタウロス・アステリオン

ミノタウロスの頭部を支える筋肉の構造は独特だったから、戦う時も含め、どんな動きをする時でも頭部は安定していたと考えられる。私は、ミノタウロスの体の様々な部位を見つけたが、それらはすべてミノタウロス・アステリオンのものだった。はたして、ミノタウロス・アステリオン以外の種は存在したのだろうか。伝説には様々な姿のミノタウロスが描かれているが、実際には、種の数は少なかったのではないだろうか。伝説によると、ミノタウロスの先祖は、ケンタウロスと同様に、四本の脚と二本の腕を持っていたらしい。つまり六本の脚と腕を持っていたということだが、私はそれが事実だと確信するには至っていない。

私は様々な動物の体の部位を、個人のコレクションの中から探し出して手に入れたが、保存状態がよいとは言えないものも多かった。ミノタウロスの体も保存状態がよいわけではなく、とくに軟部組織は著しく腐敗しており、その部分については何も知ることができなかった。

ミノタウロスと類縁関係にある牛は、四つの部屋に分かれた胃を持つ反芻動物だが、ミノタウロスは反芻動物ではなかったようだ。ミノタウロスは雑食性で、二本の足で歩きながら、両手を使って様々な食物を集めて食べていたと思われる。大きな体を維持するためには、多くの食物が必要だっただろう。しかし、ミノタウロスの知能と体では、食物をめぐる競争、あるいは生存競争には勝てなかったのではないか。直立二足歩行を行っていたため、攻撃してくる敵から逃げ切れない場合が多々あっただろうし、脳がそれほど発達していなかったので、身を守るための方法を編み出すことも、武器を作り出すこともできなかっただろう。もっと知能がある動物だったら、そうしたこともできただろうに。

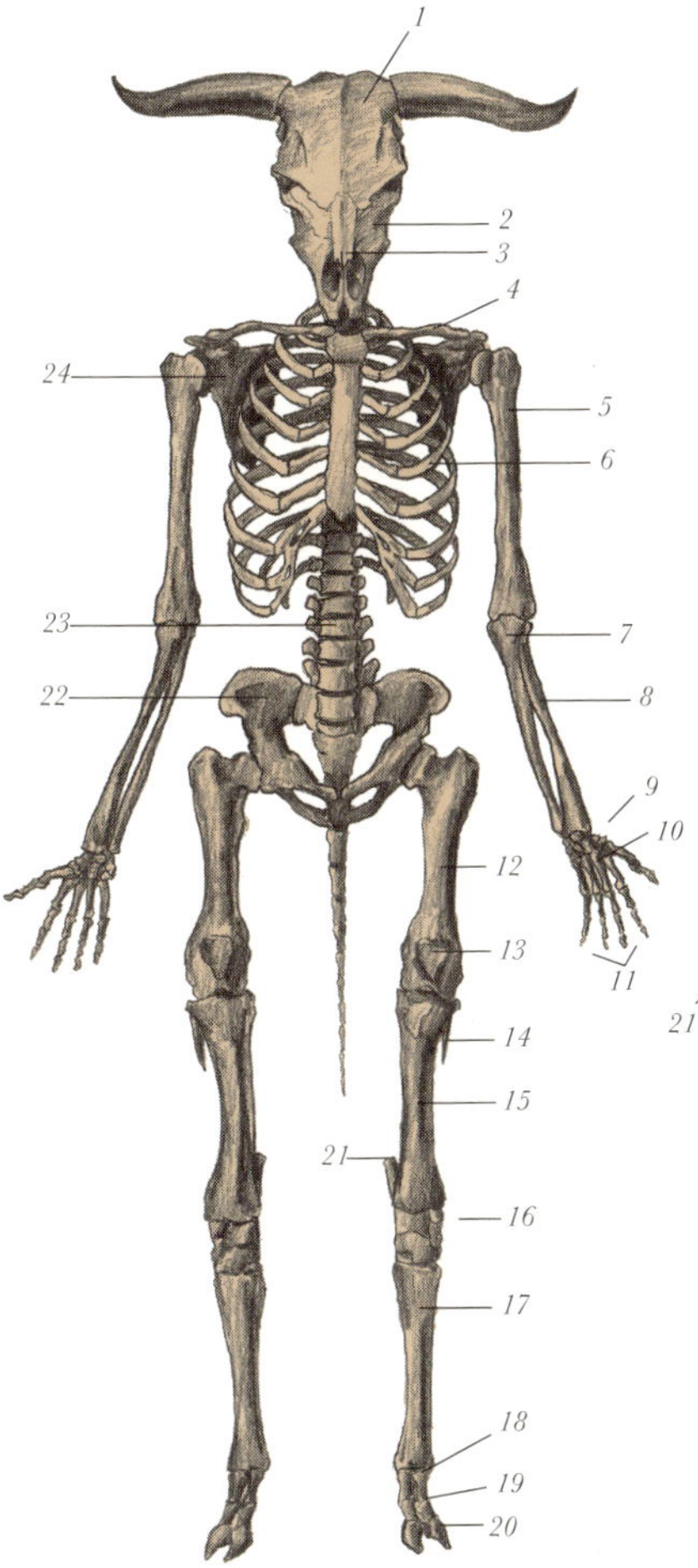

［図2］

1-前頭骨
2-頬骨弓
3-鼻骨
4-鎖骨
5-上腕骨
6-肋骨
7-尺骨
8-橈骨
9-手根骨
10-中手骨
11-指骨
12-大腿骨
13-膝蓋骨
14-腓骨
15-脛骨
16-足根骨
17-第三・第四中足骨
18-第一指骨
19-第二指骨
20-第三指骨
21-肘頭隆起
22-骨盤
23-椎骨
24-肩甲骨

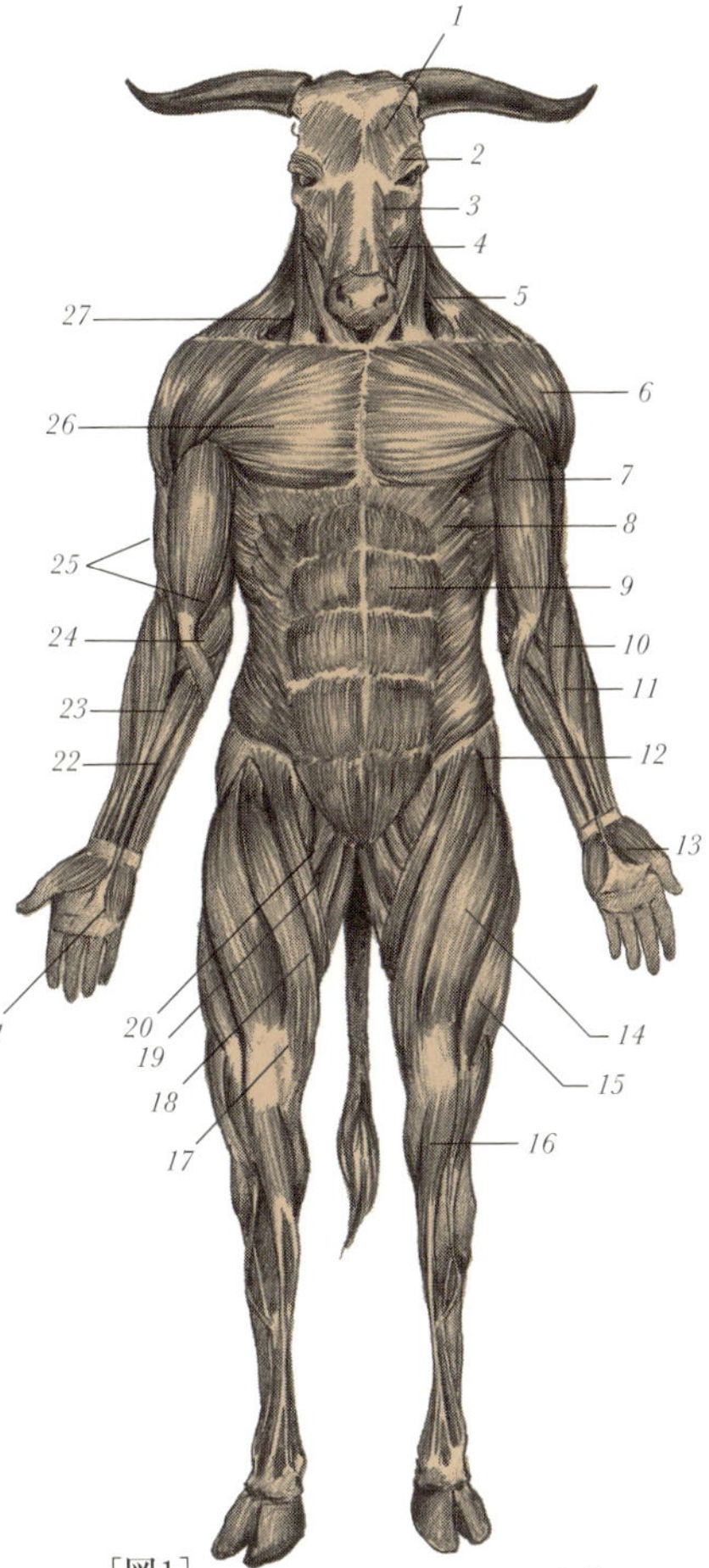

［図1］

1-前頭筋
2-眼輪筋
3-大頬骨筋
4-上唇挙筋
5-僧帽筋
6-三角筋
7-上腕二頭筋
8-前鋸筋
9-腹直筋
10-腕橈骨筋
11-橈側手根伸筋
12-中臀筋
13-母指球筋
14-大腿直筋
15-外広筋
16-脛骨筋
17-内広筋
18-縫工筋
19-長内転筋
20-恥骨筋
21-小指球筋
22-長掌筋
23-橈側手根屈筋
24-円回内筋
25-上腕筋
26-大胸筋
27-胸鎖乳突筋

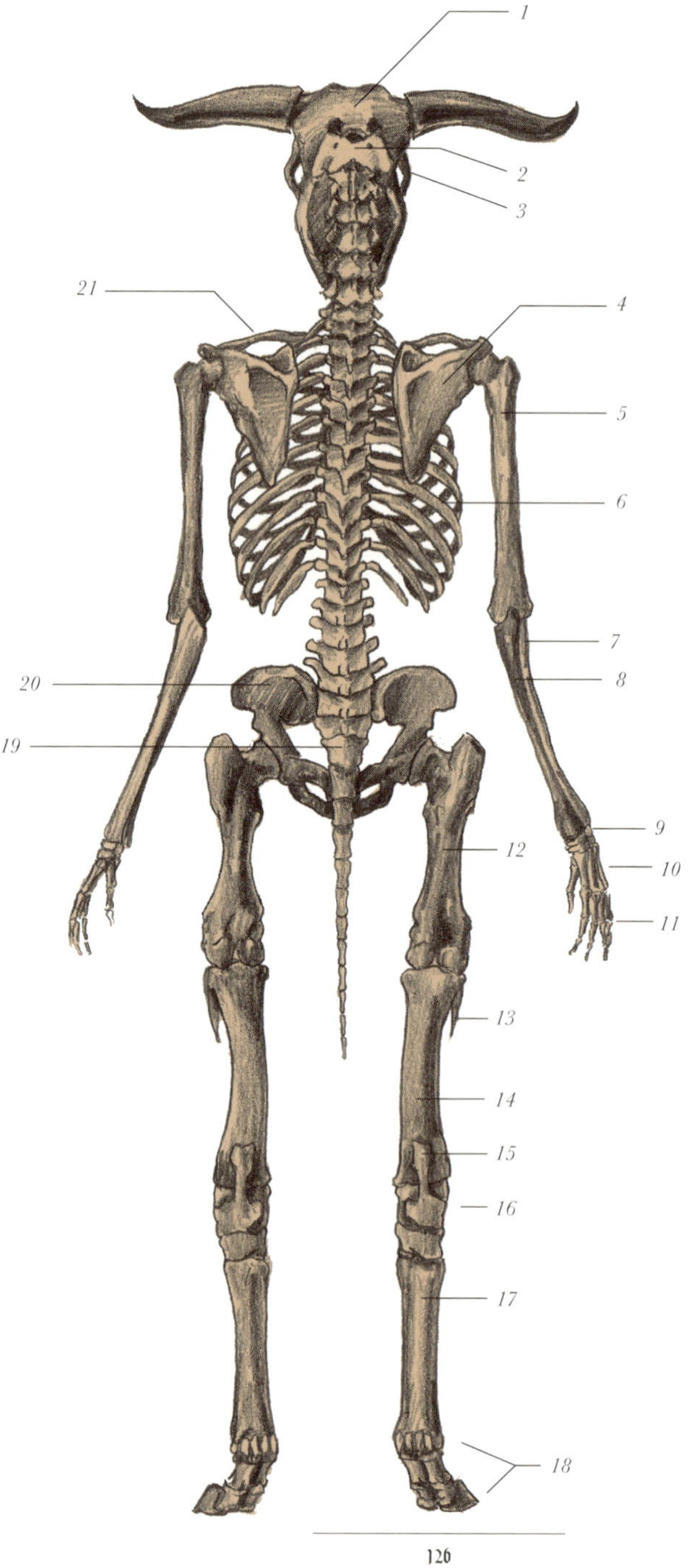

［図3］

1-頭頂骨
2-第一頸椎
3-頰骨
4-肩甲骨
5-上腕骨
6-肋骨
7-橈骨
8-尺骨
9-手根骨
10-中手骨
11-指骨
12-大腿骨
13-腓骨
14-脛骨
15-踵骨隆起
16-足根骨
17-第三･第四中足骨
18-指骨
19-仙骨
20-骨盤
21-鎖骨

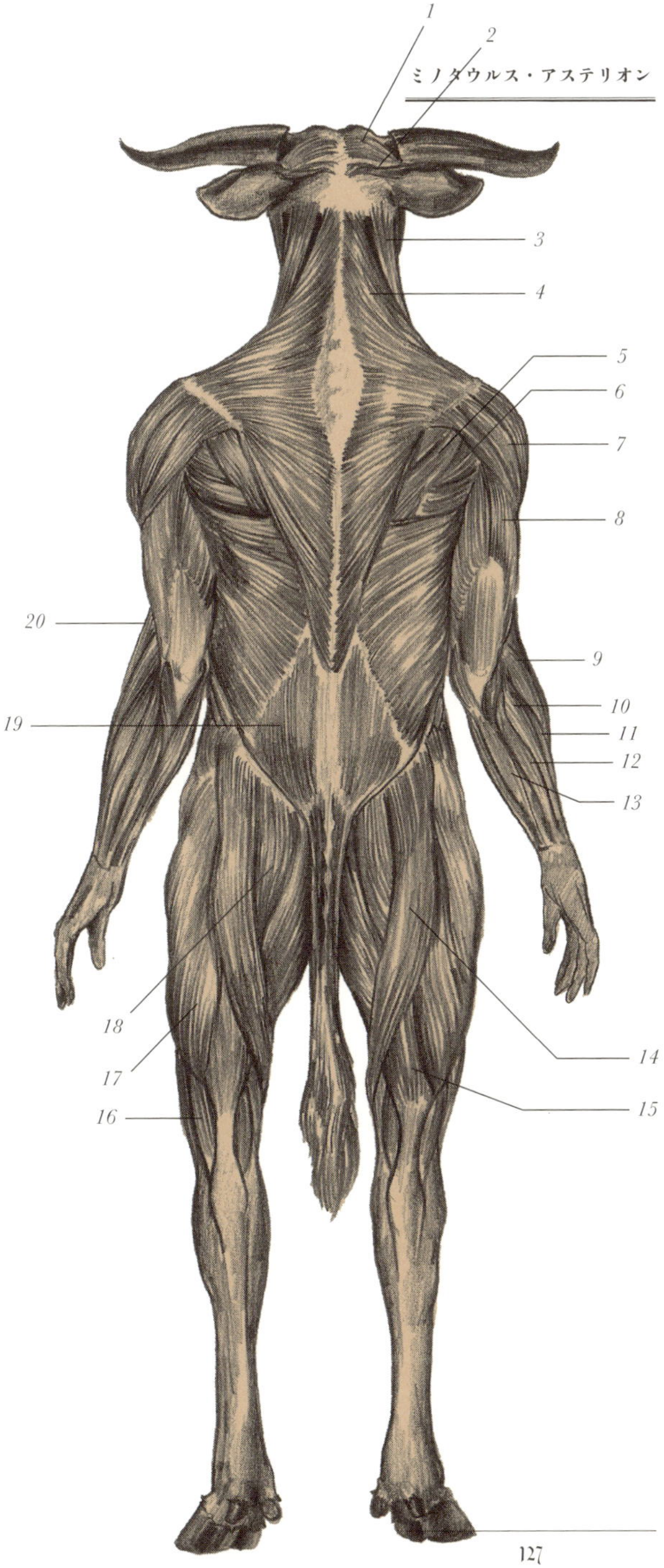

[図4]

1-上頭斜筋
2-外耳内転筋
3-胸鎖乳突筋
4-僧帽筋
5-棘下筋
6-小円筋
7-三角筋
8-上腕三頭筋
9-長橈側手根伸筋
10-総指伸筋
11-短橈側手根伸筋
12-尺側手根伸筋
13-尺側手根屈筋
14-半腱様筋
15-腓腹筋
16-前脛骨筋
17-大腿二頭筋
18-半膜様筋
19-仙棘筋
20-腕橈骨筋

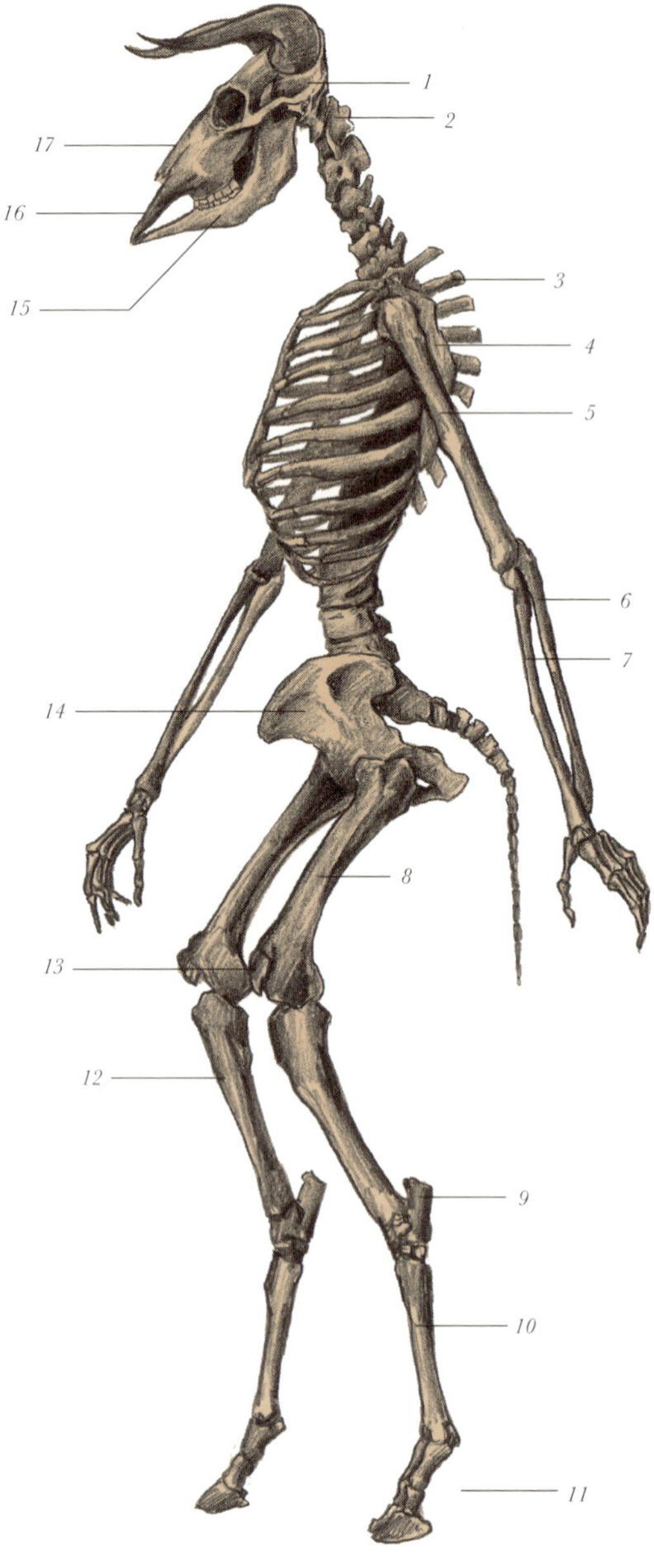

［図5］

1-側頭骨
2-第一頸椎
3-第一胸椎
4-肩甲骨
5-上腕骨
6-尺骨
7-橈骨
8-大腿骨
9-踵骨隆起
10-第三・第四中足骨
11-指骨
12-脛骨
13-膝蓋骨
14-骨盤
15-下顎骨
16-切歯骨
17-鼻骨

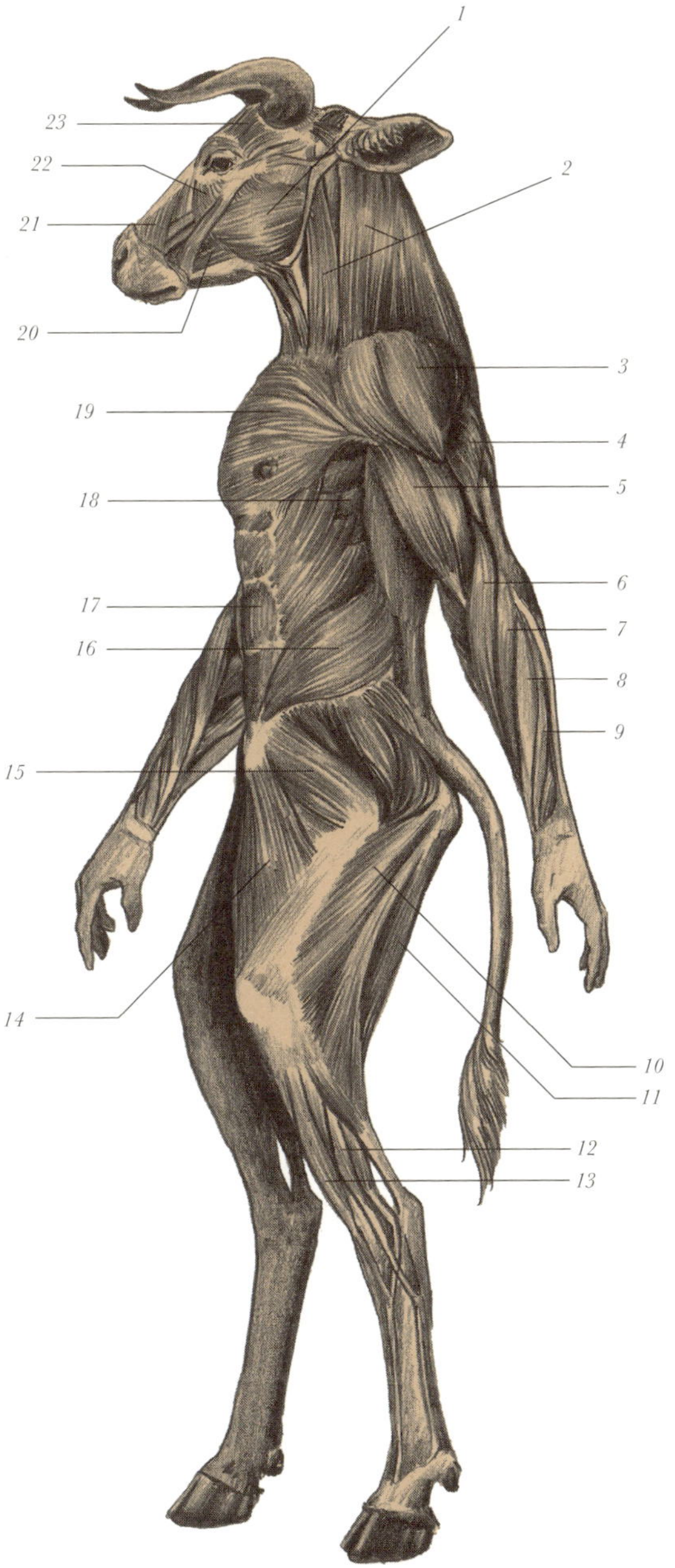

[図6]

1-咬筋
2-腕頭筋
3-三角筋
4-上腕三頭筋
5-上腕二頭筋
6-腕橈骨筋
7-長橈側手根伸筋
8-短橈側手根伸筋
9-長母指内転筋
10-臀二頭筋
11-半腱様筋
12-長腓骨筋
13-第三腓骨筋
14-大腿筋膜張筋
15-中臀筋
16-外腹斜筋
17-腹直筋
18-前鋸筋
19-大胸筋
20-頬筋
21-鼻唇挙筋
22-小頬骨筋
23-前頭筋

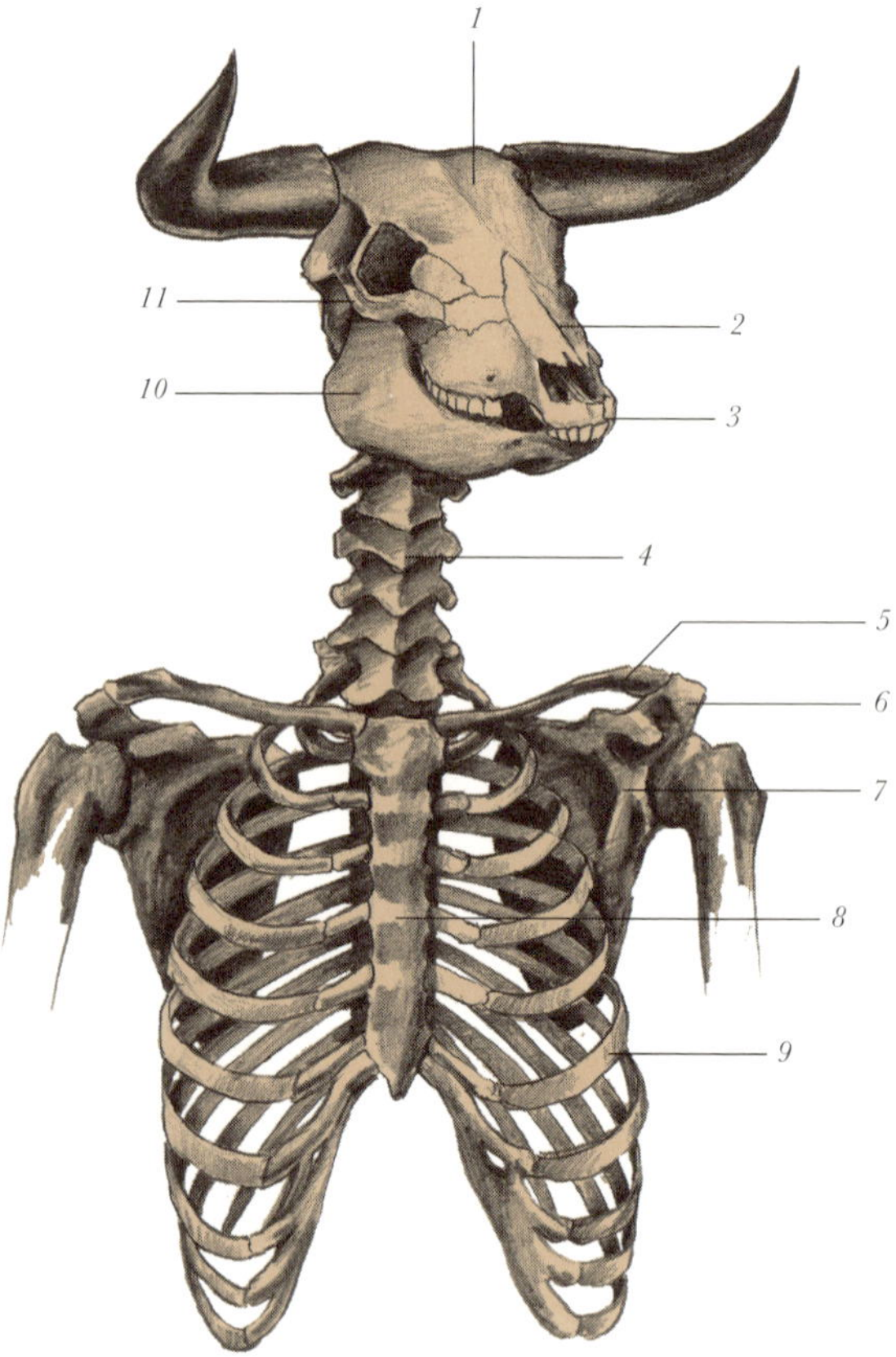

［図7］

1-前頭骨
2-鼻骨
3-切歯骨
4-椎骨
5-鎖骨
6-肩峰突起
7-肩甲骨
8-胸骨
9-肋骨
10-下顎骨
11-頬骨弓

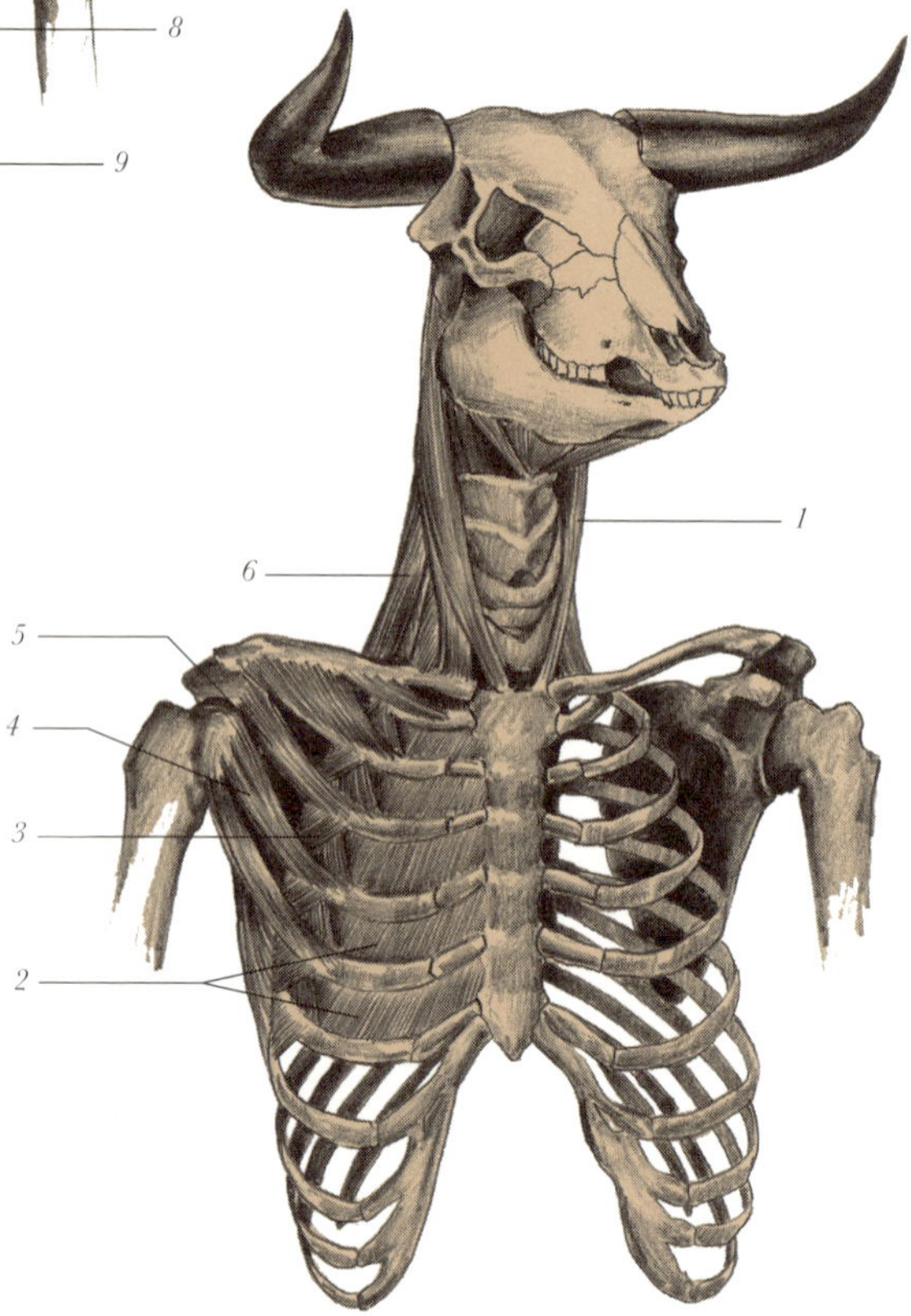

［図8］

1-胸鎖乳突筋
2-内肋間筋
3-外肋間筋
4-大胸筋
5-小胸筋
6-僧帽筋

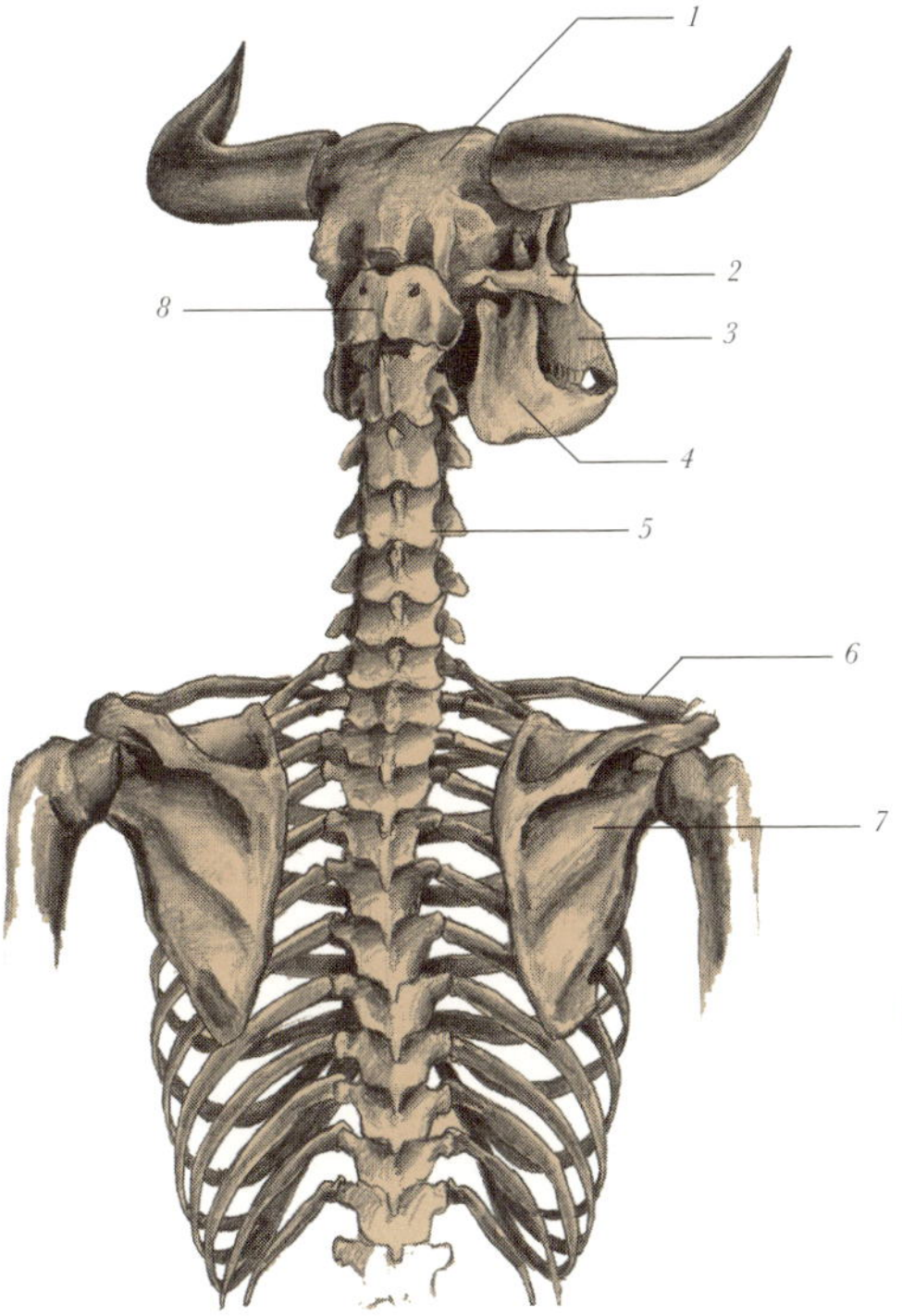

[図9]

1-頭頂骨
2-頬骨弓
3-上顎骨
4-下顎骨
5-椎骨
6-鎖骨
7-肩甲骨
8-第一頸椎

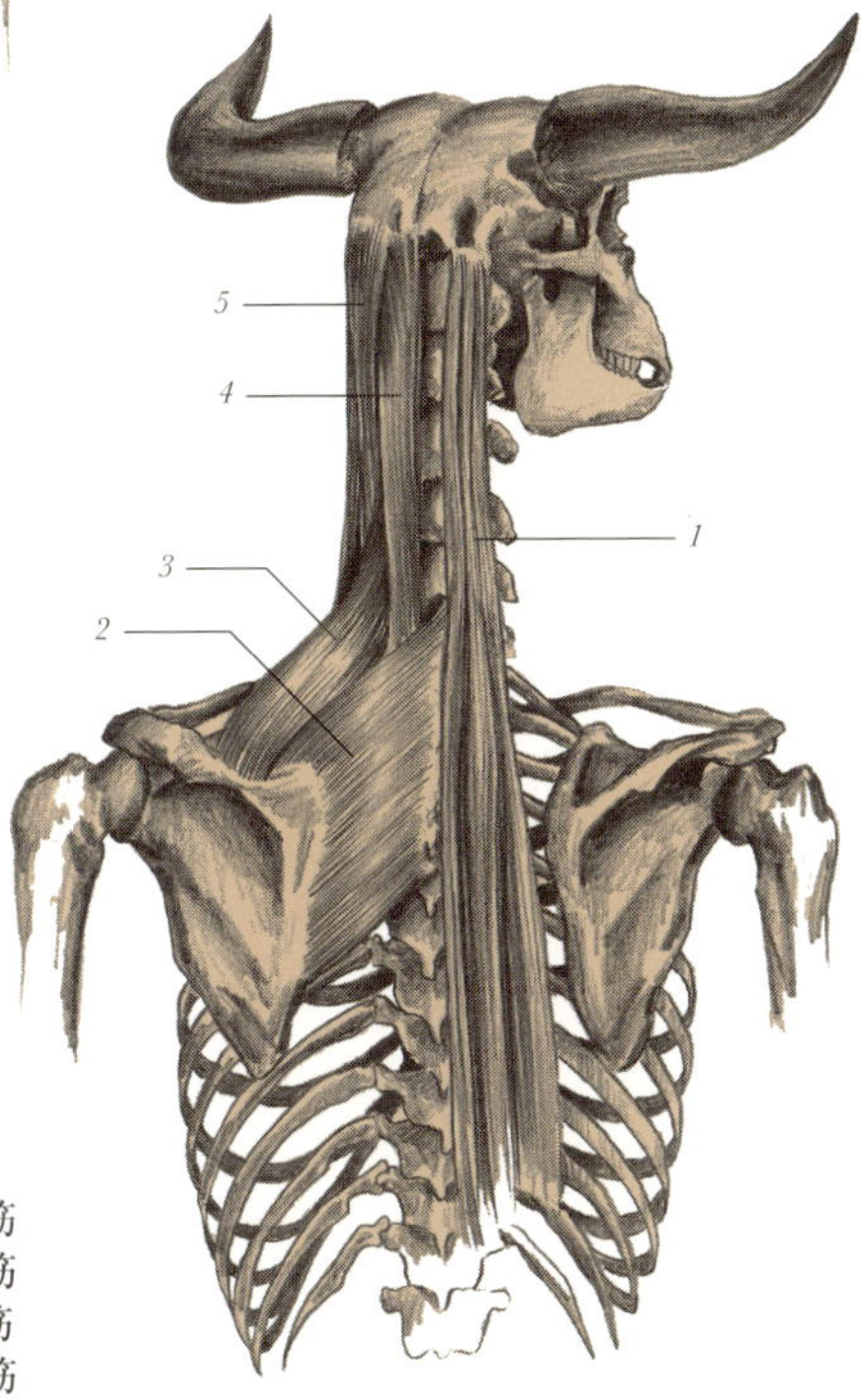

[図10]

1-背最長筋
2-小菱形筋
3-肩甲挙筋
4-上頭斜筋
5-胸鎖乳突筋

ガネーシャの誕生にまつわる伝説には、興味深いものが数多くある。そのひとつは次のような話だ。ある日、女神パールヴァティーが、自分の体の垢で息子を作った。そして、自分が沐浴している間、沐浴場の門の前で見張りをするよう息子に言いつけた。そこへ、夫のシヴァがやって来た。門の前には見知らぬ少年が立っており、シヴァが中へ入ろうとすると、その少年が邪魔をした。怒ったシヴァは少年に襲いかかり、少年の頭を切り落とした。しかし、その少年がパールヴァティーの息子であることを知ったシヴァは、象の頭を少年の体に付けて少年を復活させ、大衆の指導者とした。

ガネーシャは、大胆な進化を遂げた動物のひとつで、人の体と象の頭を持つ。ガネーシャが垢から生まれたという話は眉唾物だが、伝説の中には必ず真実が隠れている。

――スペンサー・ブラック博士

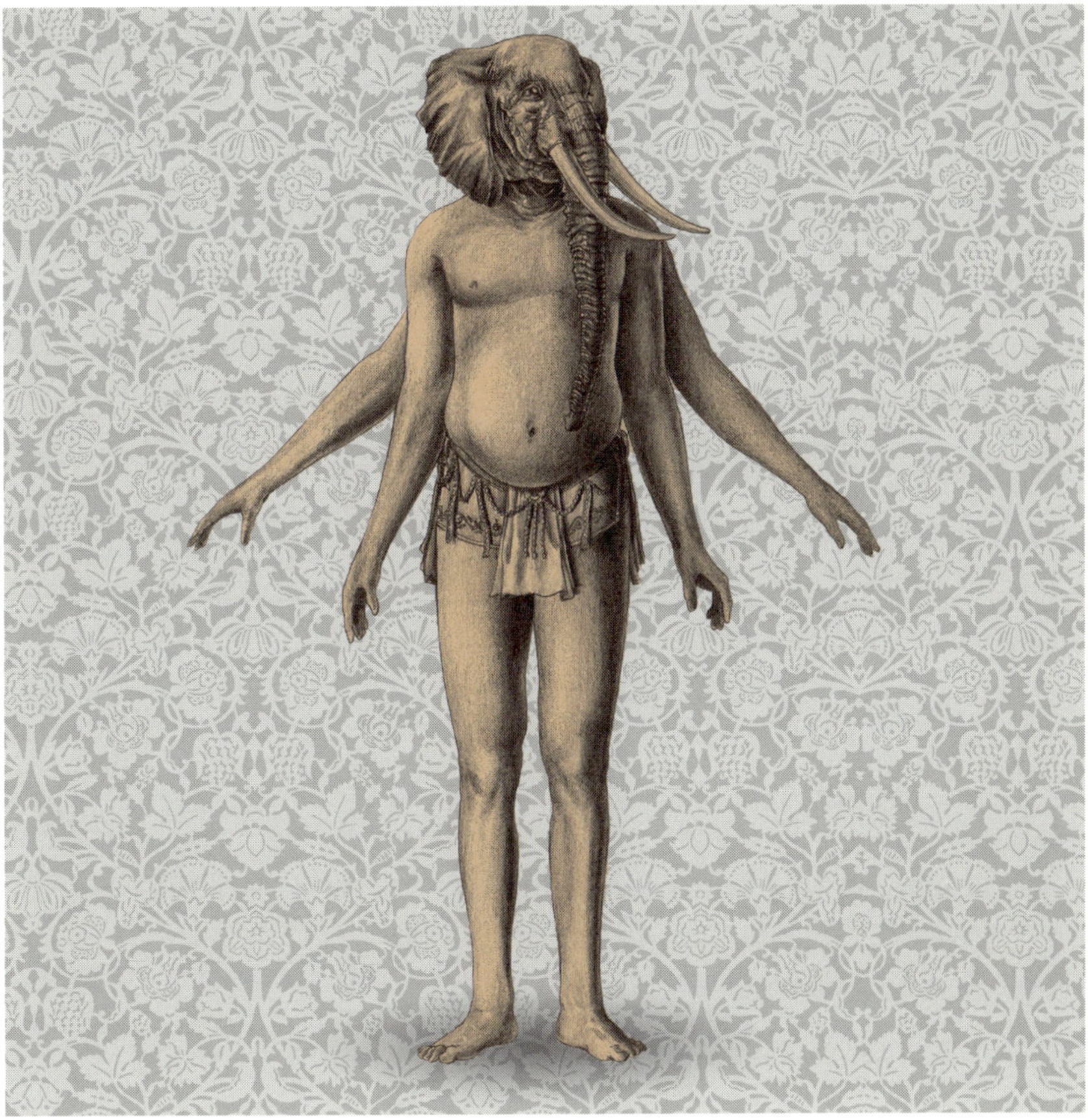

東洋ガネーシャ

界	動物界
門	脊椎動物亜門
綱	哺乳綱
目	長鼻目
科	人象科
属	ガネーシャ属
種	東洋ガネーシャ

巨大な頭や牙を持つ動物は、なぜ、その頭や牙を、華奢な骨で支えることができるのだろうか？　これは、私が長年抱いていた疑問のひとつだったが、ガネーシャの研究によってこの疑問を解くことができた。ガネーシャの骨は、まず靭帯によって結びつけられ、さらに、靭帯とは異なる繊維性結合組織によって結びつけられていたようだ。この繊維性結合組織が、骨格系を重い負荷から守る役割を担っていたと思われる。その役割は、骨折した部分に当てる添え木の役割に似ている。骨格全体を補強する、この繊維性結合組織があれば、動物の体は、より重い負荷に耐えることができるだろう。残念ながら、現存する動物の中には、このような繊維性結合組織を持つものはいないようだ。

ガネーシャの体は、東洋の大切な宝のひとつだ。私はその体の一部を手に入れた。それは数百ヤードの布に包まれていた。布はぼろぼろだったが、ガネーシャの体の保存状態はよかった。今後、他のガネーシャが見つかる可能性はじゅうぶんにある。私は偶然、ガネーシャの墓を発見したのだが、墓はまだ他にもあるはずだ。

ガネーシャの頭蓋骨の中の脳は、人の脳とも象の脳とも違ったのではないだろうか。今後、ガネーシャの脳の各部位の形や位置を明らかにし、大脳皮質について、さらに研究しなければならない。ガネーシャは知能が高かったと思われるが、どうして種として繁栄しなかったのだろう。

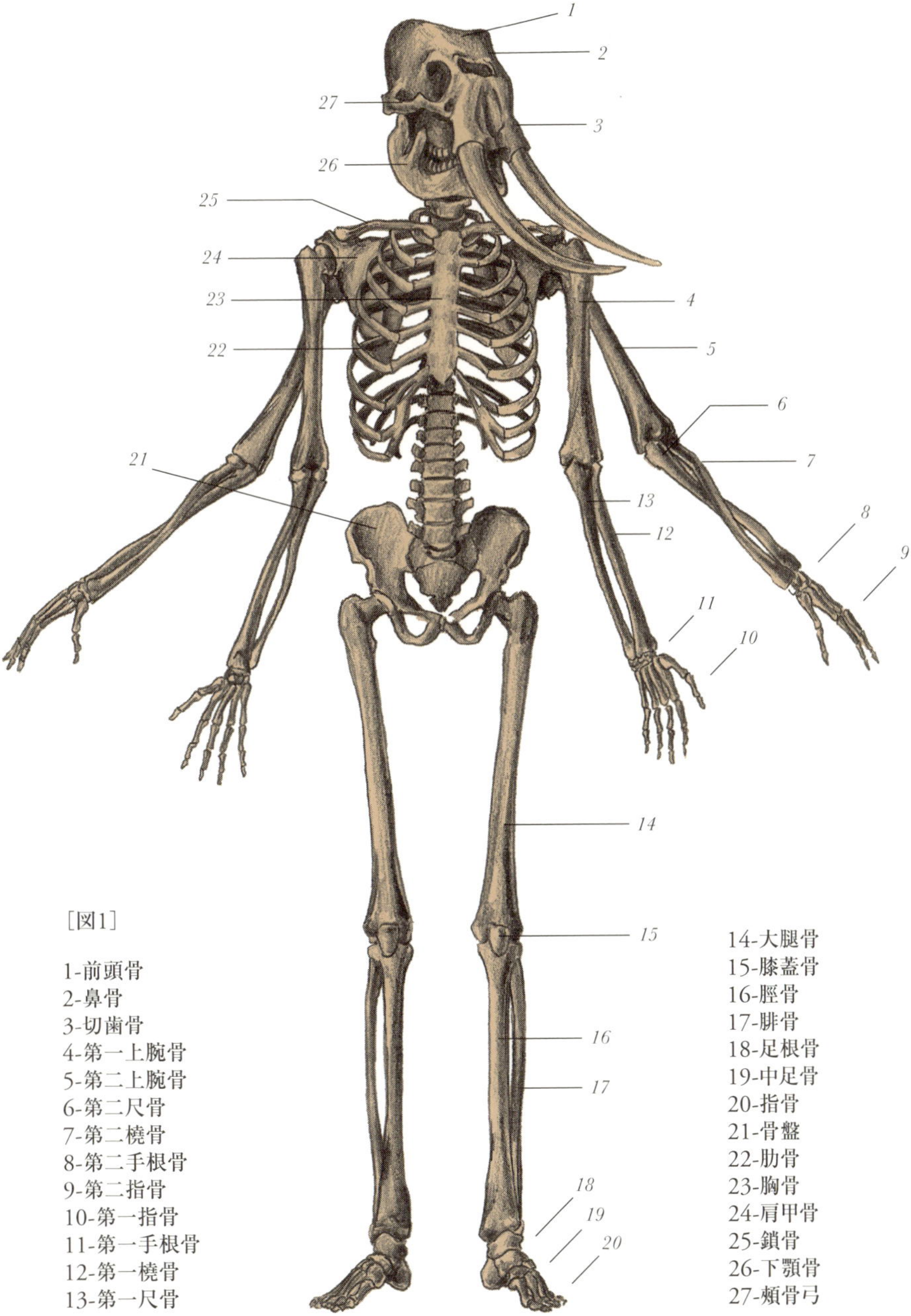

［図1］

1-前頭骨
2-鼻骨
3-切歯骨
4-第一上腕骨
5-第二上腕骨
6-第二尺骨
7-第二橈骨
8-第二手根骨
9-第二指骨
10-第一指骨
11-第一手根骨
12-第一橈骨
13-第一尺骨

14-大腿骨
15-膝蓋骨
16-脛骨
17-腓骨
18-足根骨
19-中足骨
20-指骨
21-骨盤
22-肋骨
23-胸骨
24-肩甲骨
25-鎖骨
26-下顎骨
27-頬骨弓

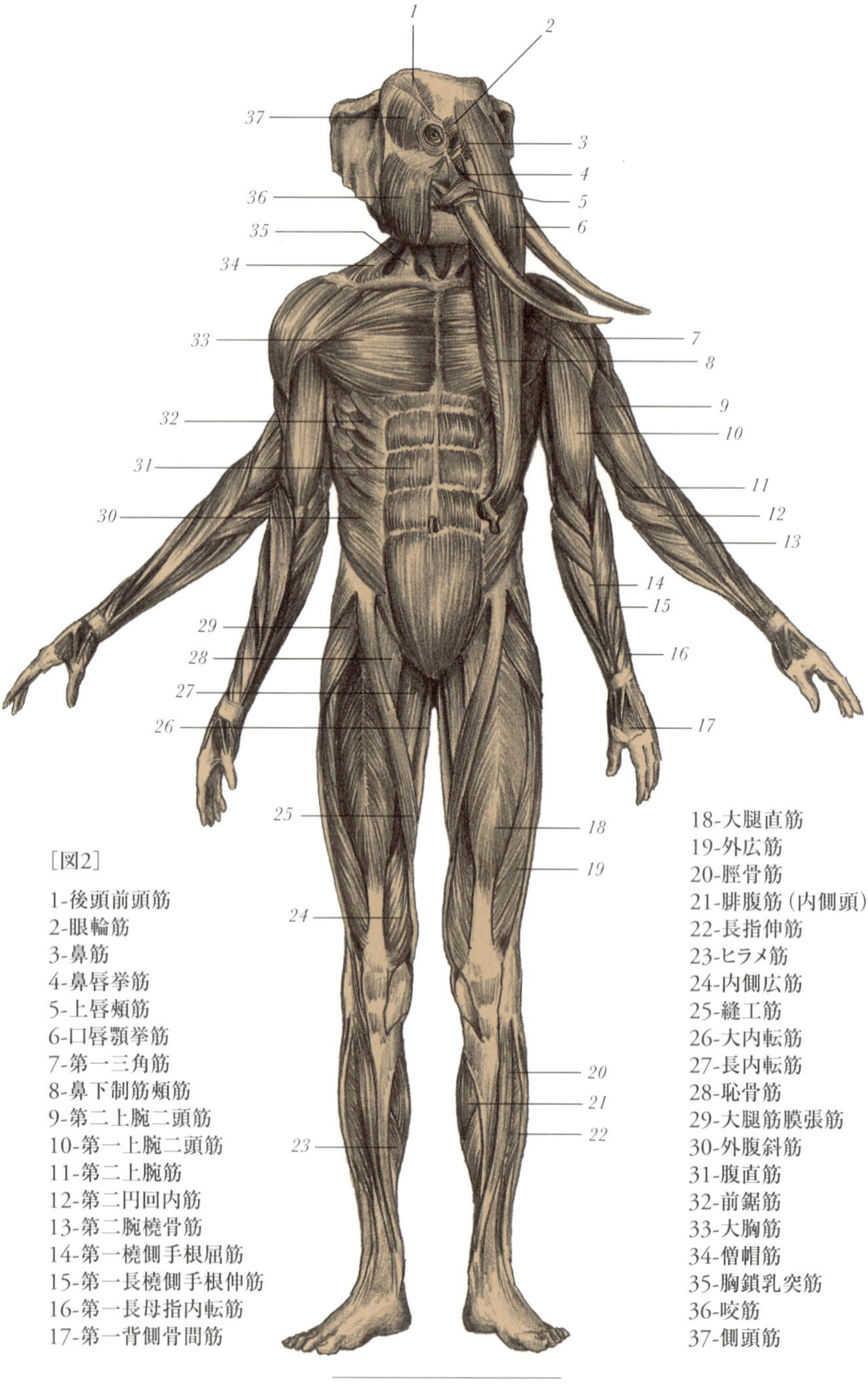

[図2]

1-後頭前頭筋
2-眼輪筋
3-鼻筋
4-鼻唇挙筋
5-上唇頬筋
6-口唇顎挙筋
7-第一三角筋
8-鼻下制筋頬筋
9-第二上腕二頭筋
10-第一上腕二頭筋
11-第二上腕筋
12-第二円回内筋
13-第二腕橈骨筋
14-第一橈側手根屈筋
15-第一長橈側手根伸筋
16-第一長母指内転筋
17-第一背側骨間筋
18-大腿直筋
19-外広筋
20-脛骨筋
21-腓腹筋（内側頭）
22-長指伸筋
23-ヒラメ筋
24-内側広筋
25-縫工筋
26-大内転筋
27-長内転筋
28-恥骨筋
29-大腿筋膜張筋
30-外腹斜筋
31-腹直筋
32-前鋸筋
33-大胸筋
34-僧帽筋
35-胸鎖乳突筋
36-咬筋
37-側頭筋

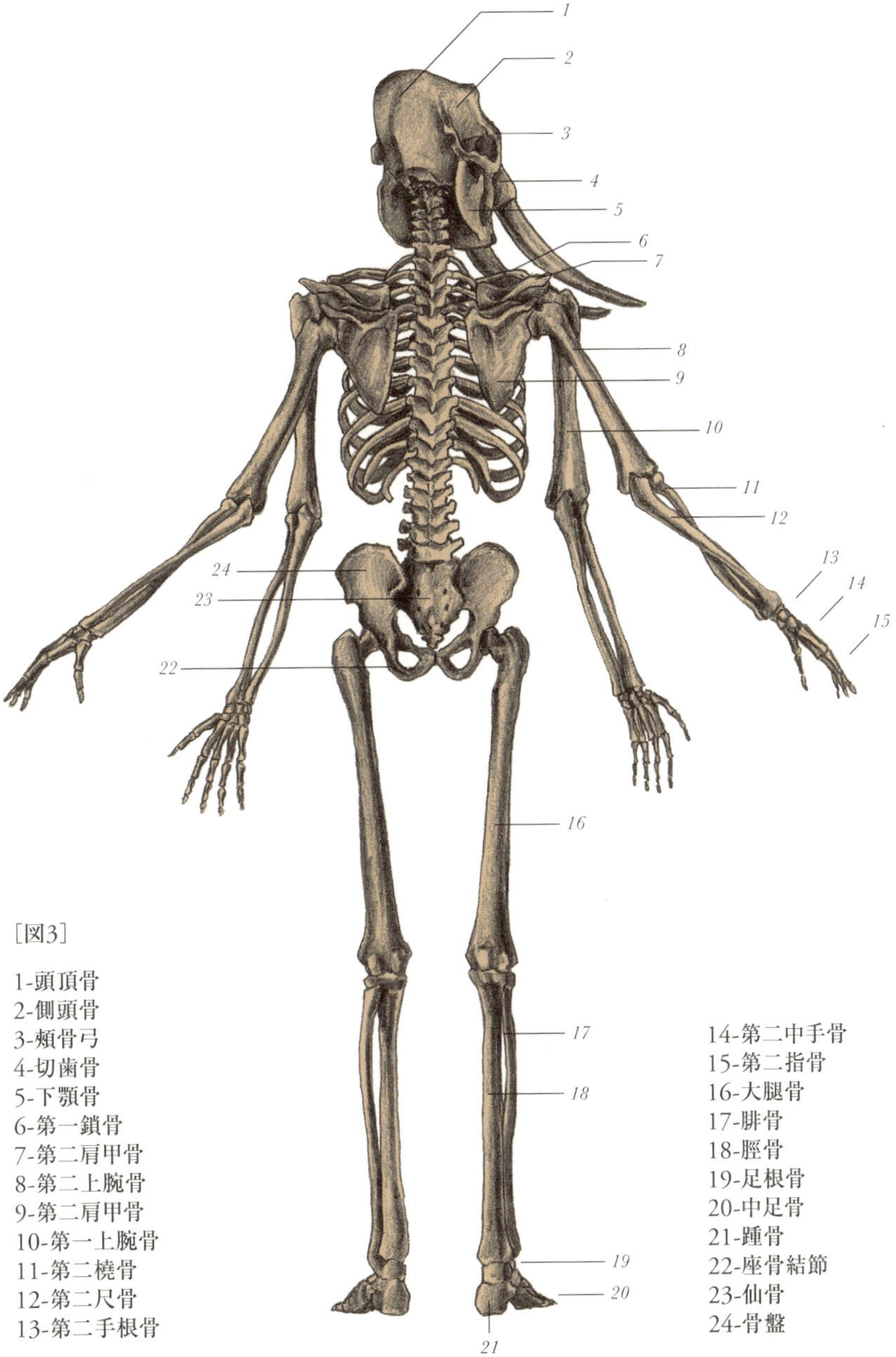

[図3]

1-頭頂骨
2-側頭骨
3-頬骨弓
4-切歯骨
5-下顎骨
6-第一鎖骨
7-第二肩甲骨
8-第二上腕骨
9-第二肩甲骨
10-第一上腕骨
11-第二橈骨
12-第二尺骨
13-第二手根骨
14-第二中手骨
15-第二指骨
16-大腿骨
17-腓骨
18-脛骨
19-足根骨
20-中足骨
21-踵骨
22-座骨結節
23-仙骨
24-骨盤

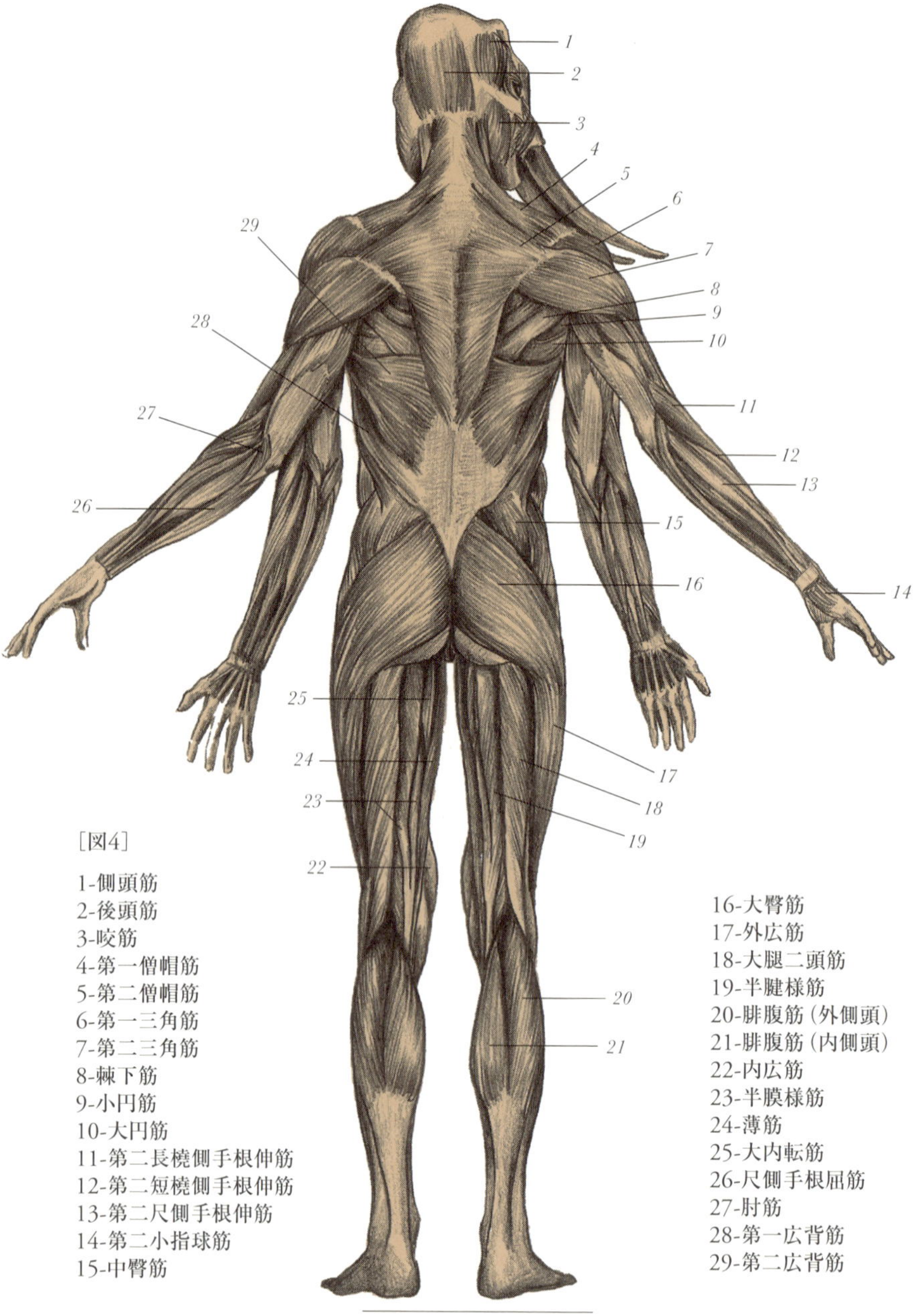

［図4］

1-側頭筋
2-後頭筋
3-咬筋
4-第一僧帽筋
5-第二僧帽筋
6-第一三角筋
7-第二三角筋
8-棘下筋
9-小円筋
10-大円筋
11-第二長橈側手根伸筋
12-第二短橈側手根伸筋
13-第二尺側手根伸筋
14-第二小指球筋
15-中臀筋
16-大臀筋
17-外広筋
18-大腿二頭筋
19-半腱様筋
20-腓腹筋（外側頭）
21-腓腹筋（内側頭）
22-内広筋
23-半膜様筋
24-薄筋
25-大内転筋
26-尺側手根屈筋
27-肘筋
28-第一広背筋
29-第二広背筋

東洋ガネーシャ

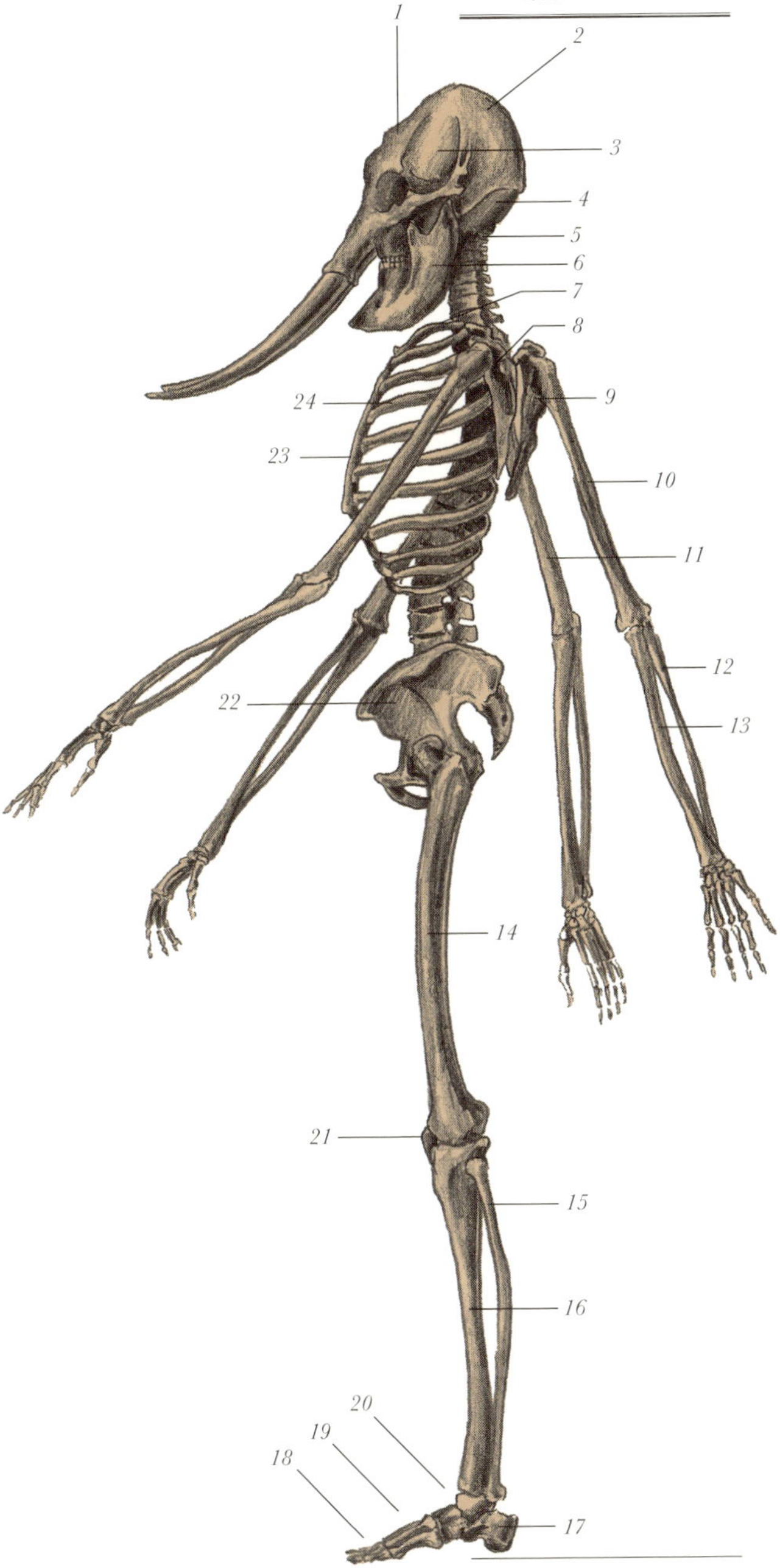

［図5］

1-前頭骨
2-頭頂骨
3-側頭骨
4-後頭骨
5-第二頸椎（軸椎）
6-下顎骨
7-第一鎖骨
8-第一肩甲骨
9-第二肩甲骨
10-第二上腕骨
11-第一上腕骨
12-第二橈骨
13-第二尺骨
14-大腿骨
15-腓骨
16-脛骨
17-踵骨
18-指骨
19-中足骨
20-足根骨
21-膝蓋骨
22-骨盤
23-胸骨
24-肋骨

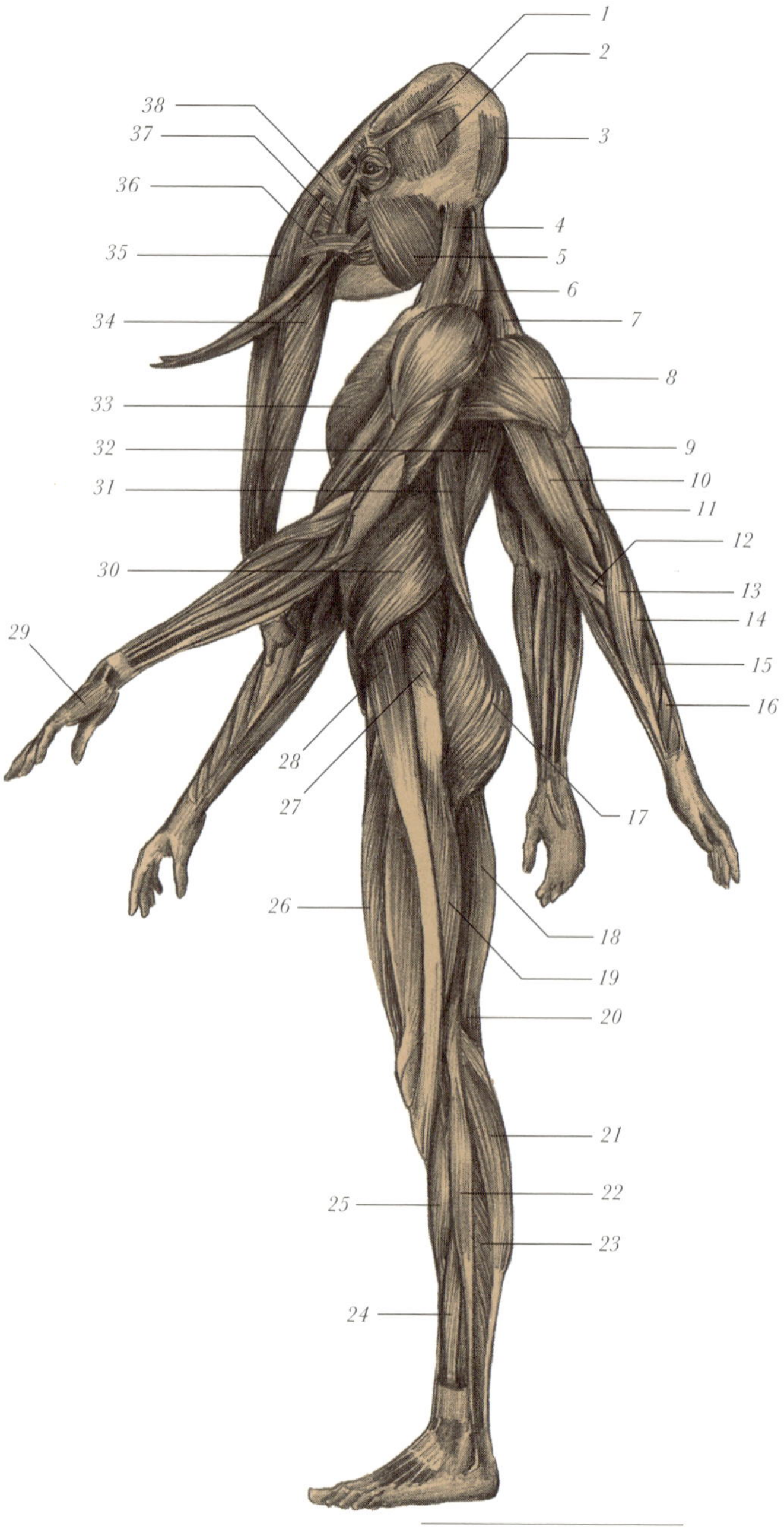

[図6]

1-後頭前頭筋
2-側頭筋
3-後頭筋
4-胸鎖乳突筋
5-咬筋
6-第一僧帽筋
7-第二僧帽筋
8-第二三角筋
9-第二上腕三頭筋
10-第二上腕二頭筋
11-第二上腕筋
12-第二円回内筋
13-第二腕橈骨筋
14-第二長橈側手根伸筋
15-第二短橈側手根伸筋
16-長母指内転筋
17-大臀筋
18-大腿二頭筋
19-外側広筋
20-半膜様筋
21-腓腹筋
22-長腓骨筋
23-ヒラメ筋
24-長指伸筋
25-脛骨筋
26-大腿直筋
27-中臀筋
28-大腿筋膜張筋
29-小指球筋
30-外腹斜筋
31-第一広背筋
32-第二広背筋
33-大胸筋
34-鼻下制筋頬筋
35-口唇顎挙筋
36-上唇頬筋
37-鼻唇挙筋
38-鼻筋

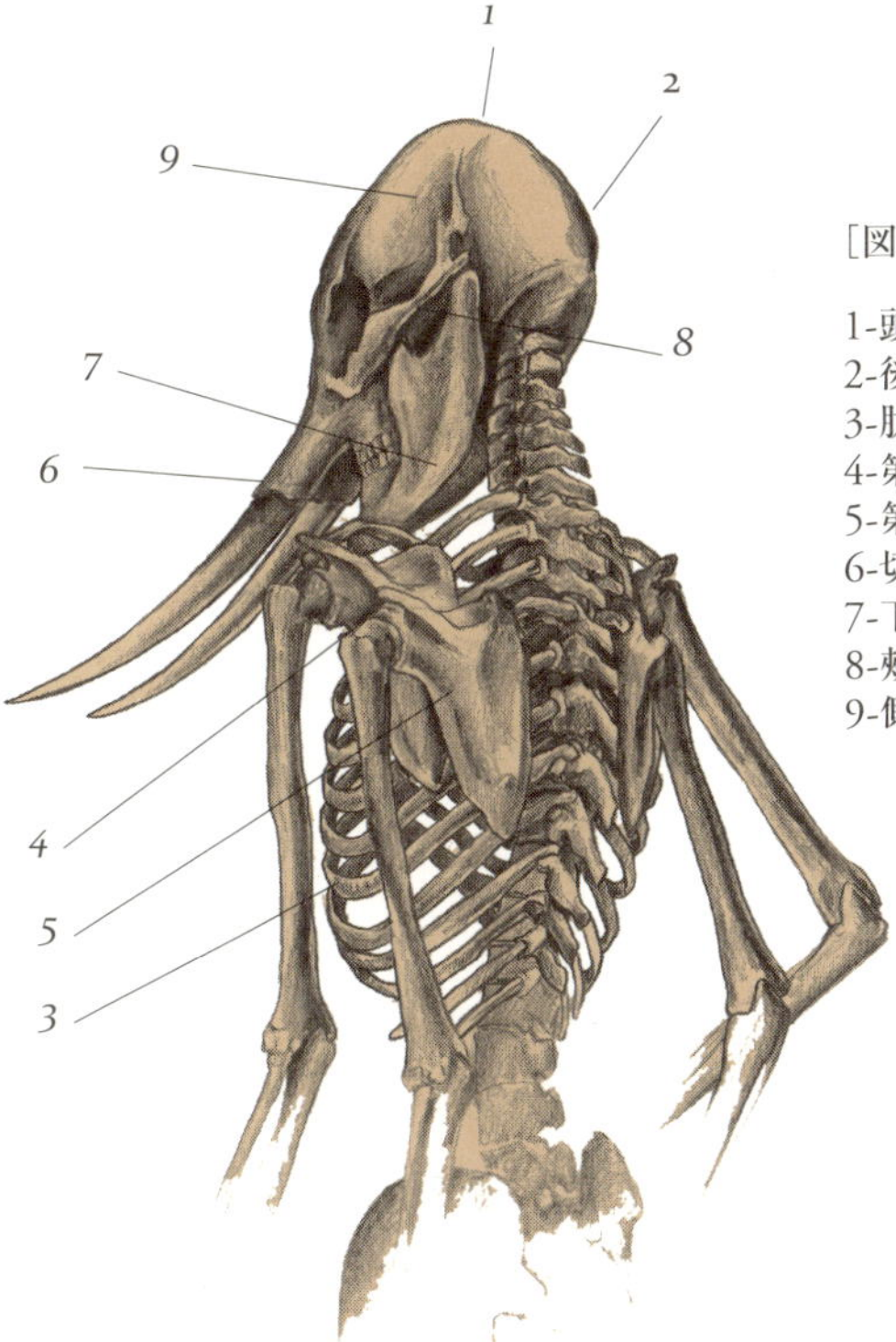

［図7］

1-頭頂骨
2-後頭骨
3-肋骨
4-第二鎖骨
5-第二肩甲骨
6-切歯骨
7-下顎骨
8-頰骨弓
9-側頭骨

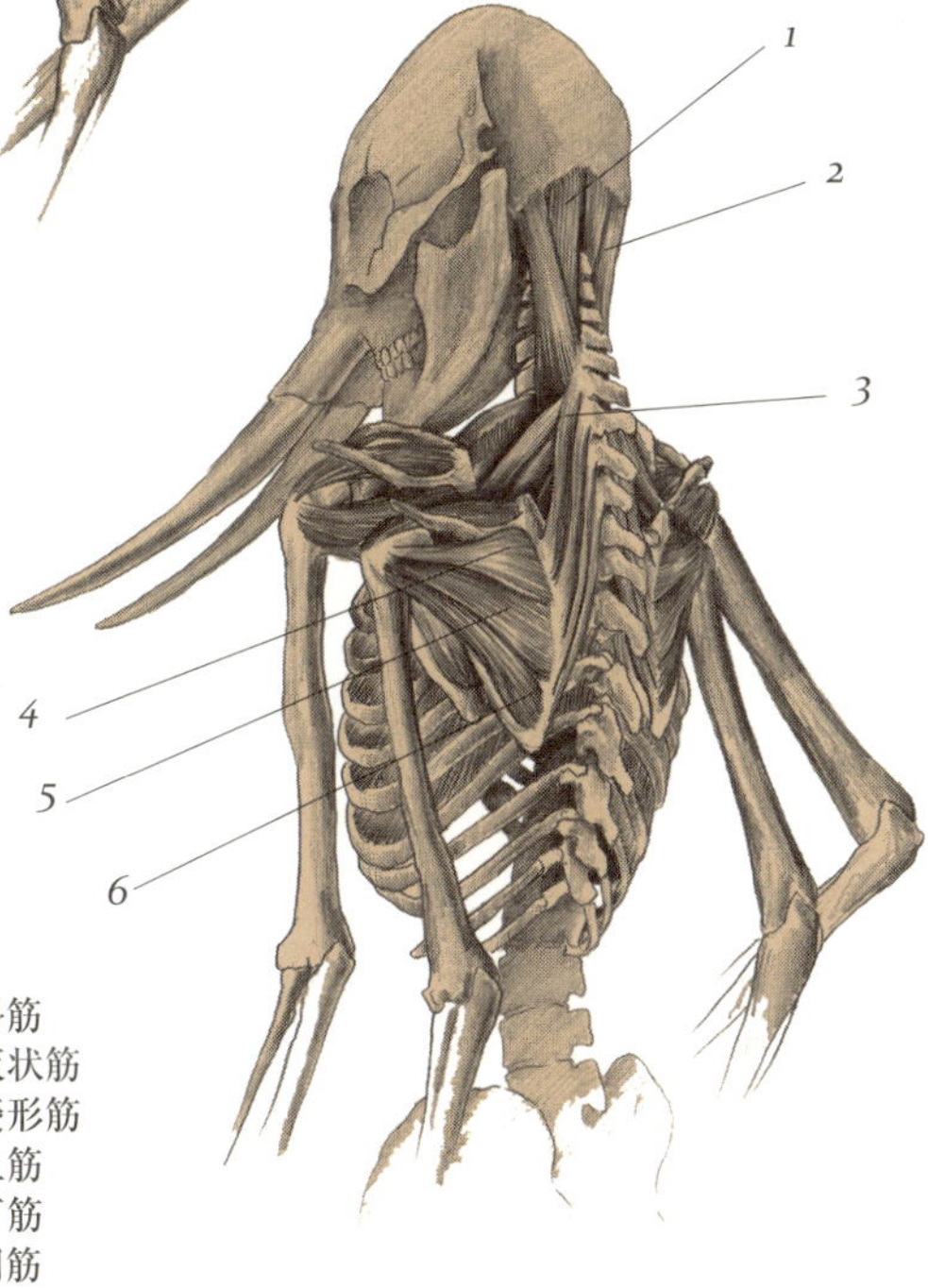

［図8］

1-頭斜筋
2-頭板状筋
3-小菱形筋
4-棘上筋
5-棘下筋
6-大円筋

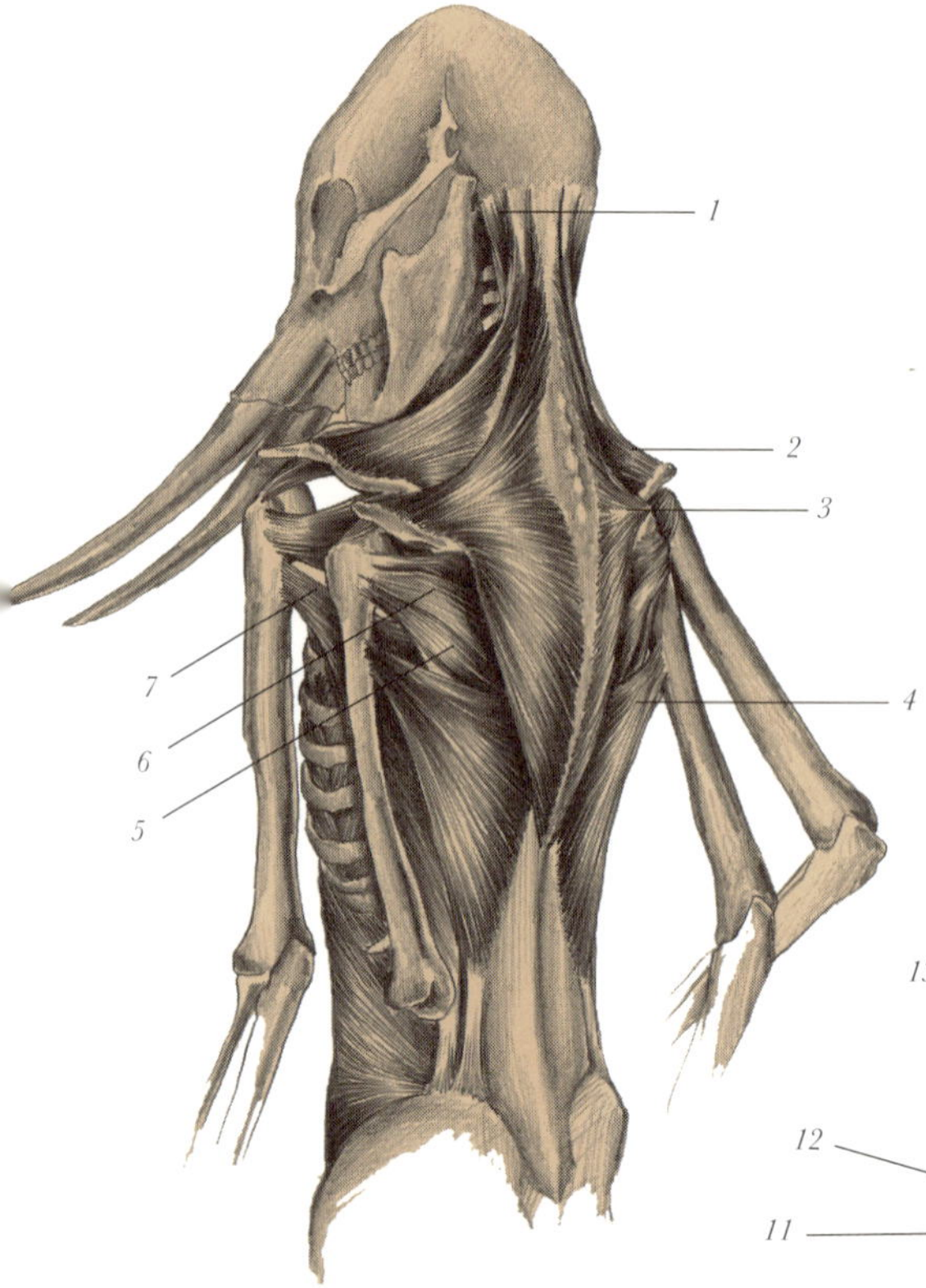

[図9]

1-胸鎖乳突筋
2-第一僧帽筋
3-第二僧帽筋
4-第二広背筋
5-第二大円筋
6-棘下筋
7-第一広背筋

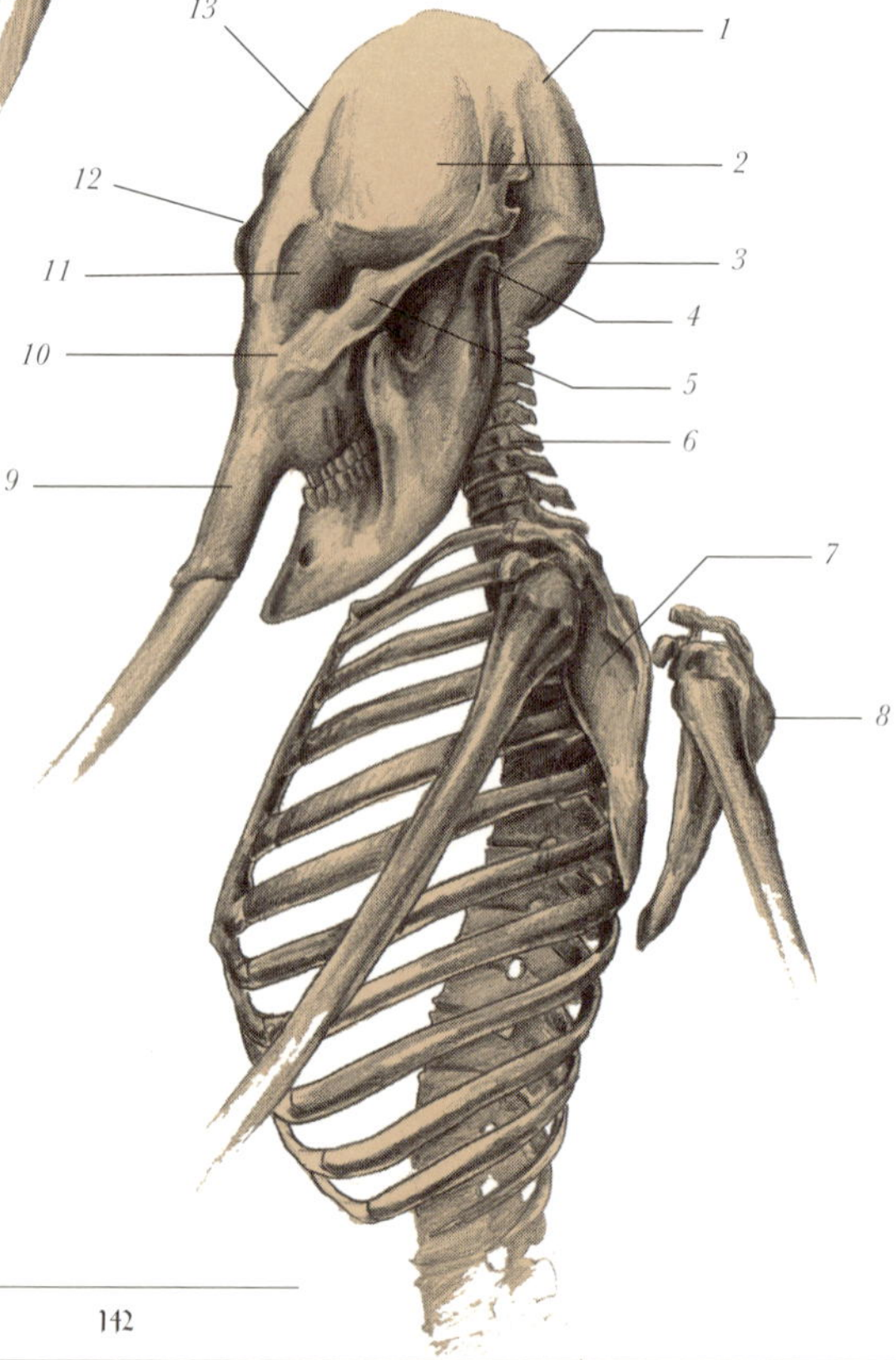

[図10]

1-頭頂骨
2-側頭骨
3-後頭骨
4-関節突起
5-頬骨弓
6-椎骨
7-第一肩甲骨
8-第二肩甲骨
9-切歯骨
10-涙骨
11-眼窩
12-鼻骨
13-前頭骨

［図11］

1-側頭筋　11-内腹斜筋
2-咬筋　12-内肋間筋
3-中斜角筋　13-上腕三頭筋
4-前斜角筋　14-第二大胸筋
5-第二大胸筋　15-鼻下制筋頬筋
6-棘下筋　16-第一大胸筋
7-上腕二頭筋　17-上唇頬筋
8-第一広背筋　18-口唇顎挙筋
9-第二広背筋　19-前頭筋
10-腰方形筋

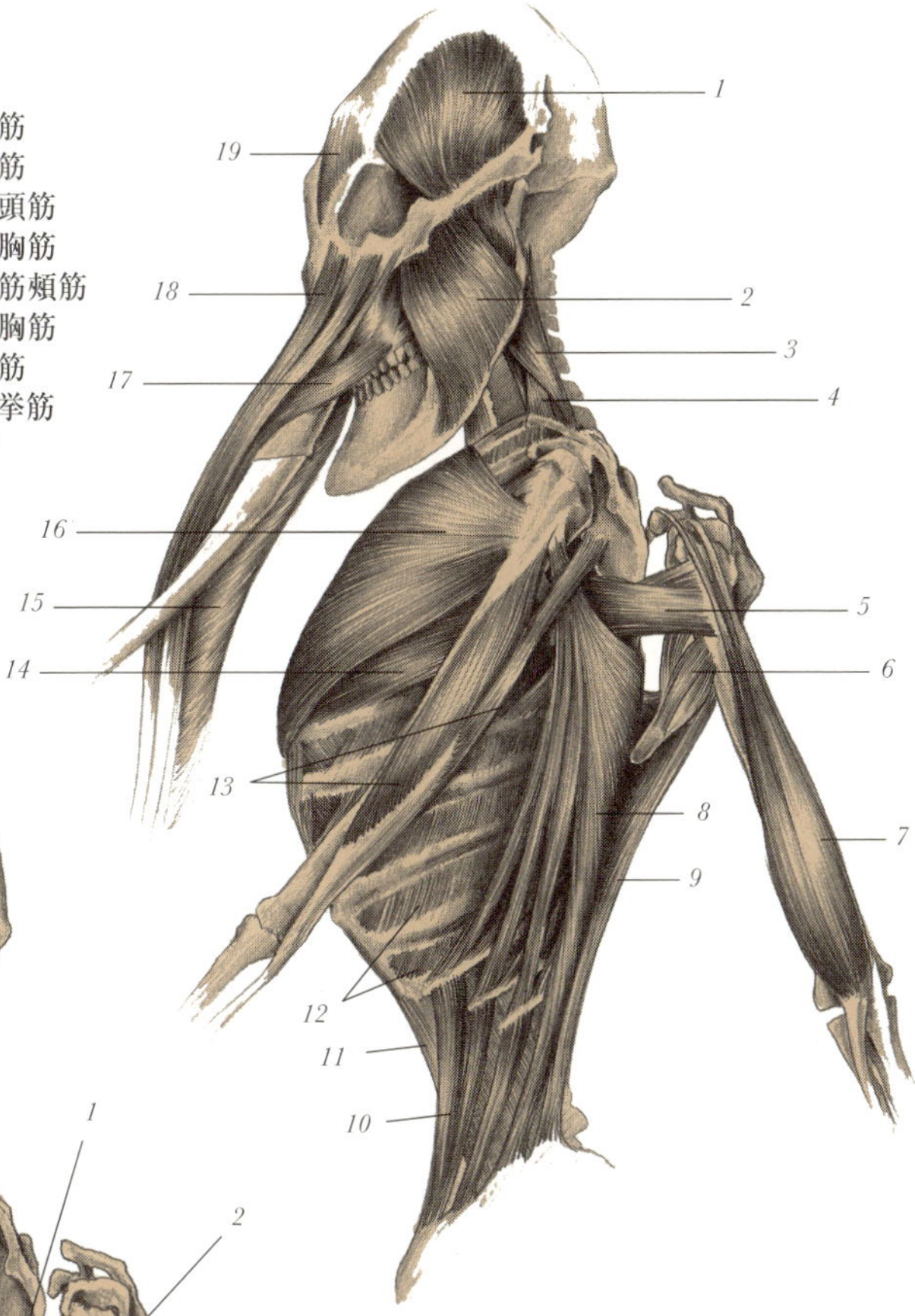

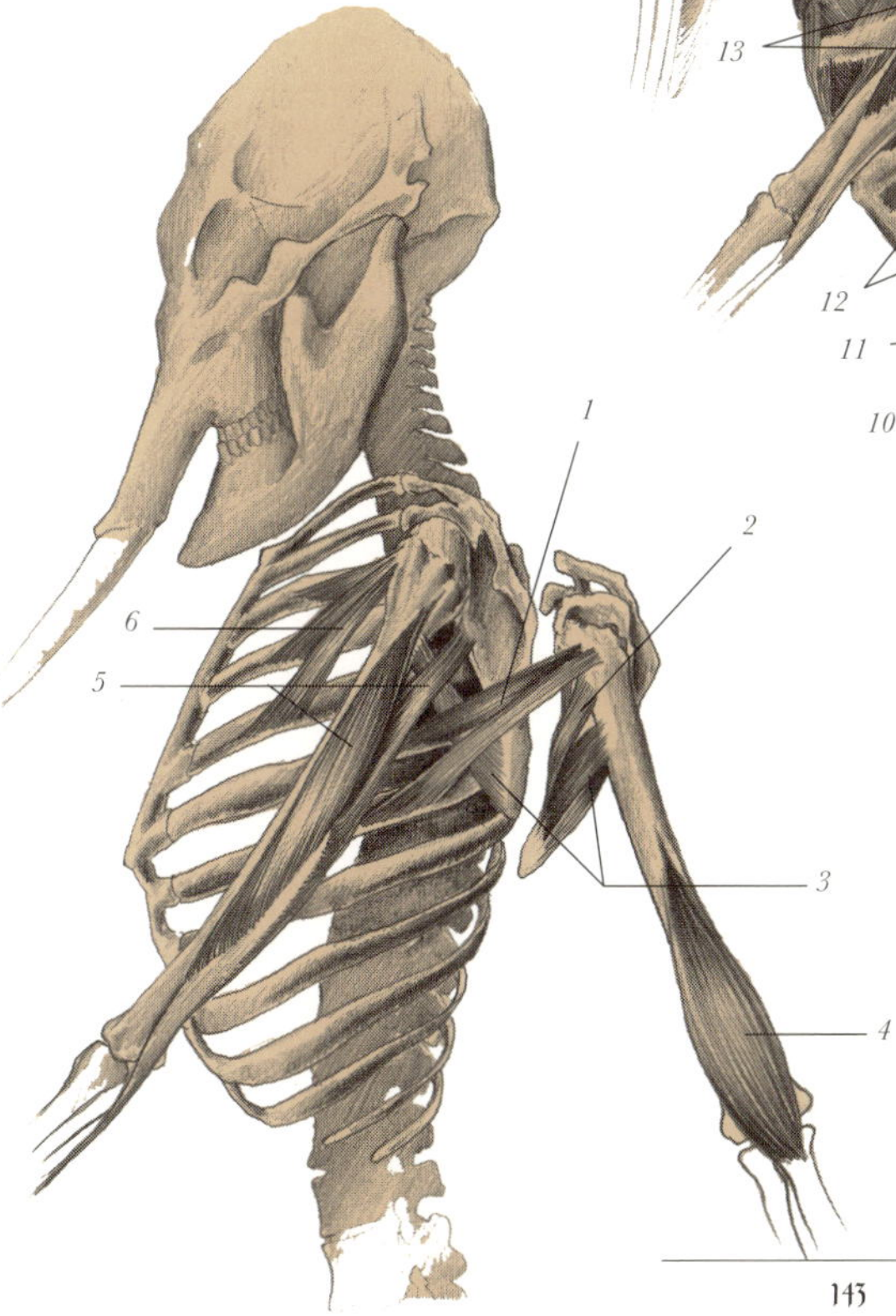

［図12］

1-第二大胸筋
2-棘下筋
3-大円筋
4-上腕筋
5-上腕三頭筋
6-小胸筋

ふたつか三つの頭を持つ、いわゆる多頭の動物は存在するが、異なる動物の頭を複数持つ動物の存在は、現在確認されていない。多頭の動物は、頭部が結合している場合も多い。悲しいことに、多頭の動物の多くは寿命が短い。

次の章のケルベロスも、キマイラと同じく三つの頭を持つ動物である。ブラック博士は、キマイラもケルベロスも奇形体ではなく、歴とした種だと考えていた。

火吹キマイラ

界	動物界
門	脊椎動物亜門
綱	エキドナ綱
目	プラエシディウム
科	火吹科
属	キマイラ属
種	火吹キマイラ

キマイラの研究は一筋縄ではいかないだろう！　キマイラはなぜ、あのような姿に進化したのだろうか？私は、キマイラという異形の動物の謎を解き、秘密を明らかにすることができるだろうか。キマイラの体は、三つの脳が出す指示に、いったいどんな風に従っていたのだろう。キマイラへの興味は増すばかりだが、私はこの点にとくに興味をそそられる。しかし、キマイラはもう生きておらず、その辺りを歩いているわけではないから、この謎を完全に解明するのは難しいだろう。

キマイラは蛇の尻尾を持つが、尻尾を使って蛇のようにするすると這って移動したわけではないだろう。とぐろを巻いたわけでもないだろう。尻尾は、体のバランスをとる役割を担っていただけだと思われる。

キマイラのライオンの頭は、他の頭よりも大きくて重く、筋肉は緊張状態に置かれていたのではないだろうか。脊椎の中央に位置する第三胸椎は、キマイラが体を捻る時にかかる負荷に、辛うじて耐えることができたと考えられる。

キマイラはどんな方法で食事をしていたのだろう。キマイラは、主食が異なるライオンと山羊と蛇の頭を持つが、消化管とその他の消化器は、ひとつしかなかったようだ。これはあくまでも私の想像だが、ライオンの頭が休んでいる間に山羊の頭が草を食む、といった具合に、かわりばんこに食事することが多かったのではないだろうか。

はっきりとした確証はないが、キマイラは、もう少し控えめで、不必要な部位がなく、もっと生存に有利な姿に進化したのではないだろうか。しかし、結局は環境の変化に適応できず、長く繁栄することなく絶滅したものと思われる。

［図1］

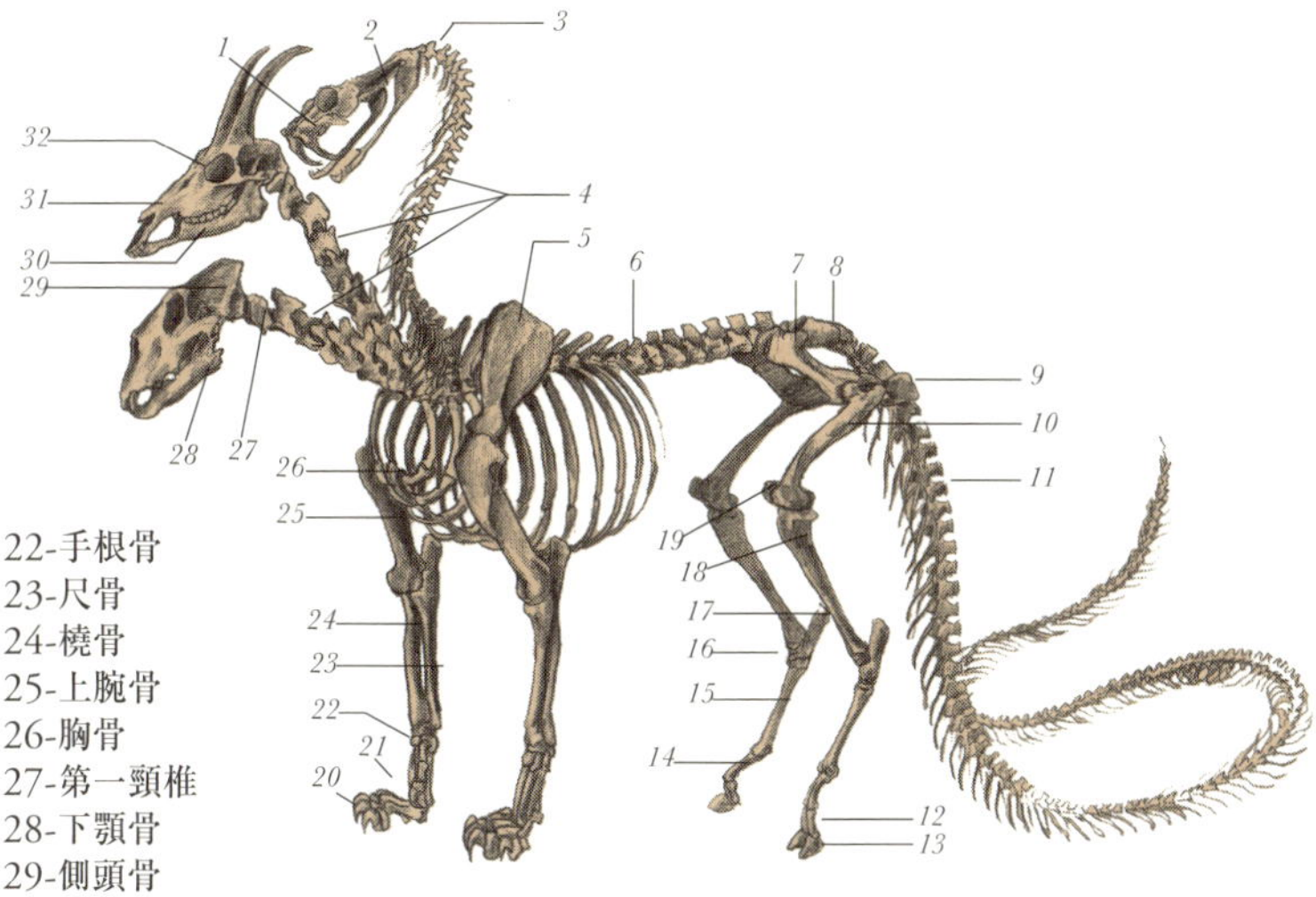

1-上顎骨
2-口蓋方形軟骨
3-第一頸椎
4-頸椎
5-肩甲骨
6-第一腰椎
7-骨盤
8-仙骨
9-座骨
10-大腿骨
11-尾椎
12-第二指骨
13-第三指骨
14-第一指骨
15-中足骨
16-足根骨
17-踵骨
18-脛骨
19-膝蓋骨
20-指骨
21-中手骨
22-手根骨
23-尺骨
24-橈骨
25-上腕骨
26-胸骨
27-第一頸椎
28-下顎骨
29-側頭骨
30-下顎骨
31-鼻骨
32-前頭骨

［図2］

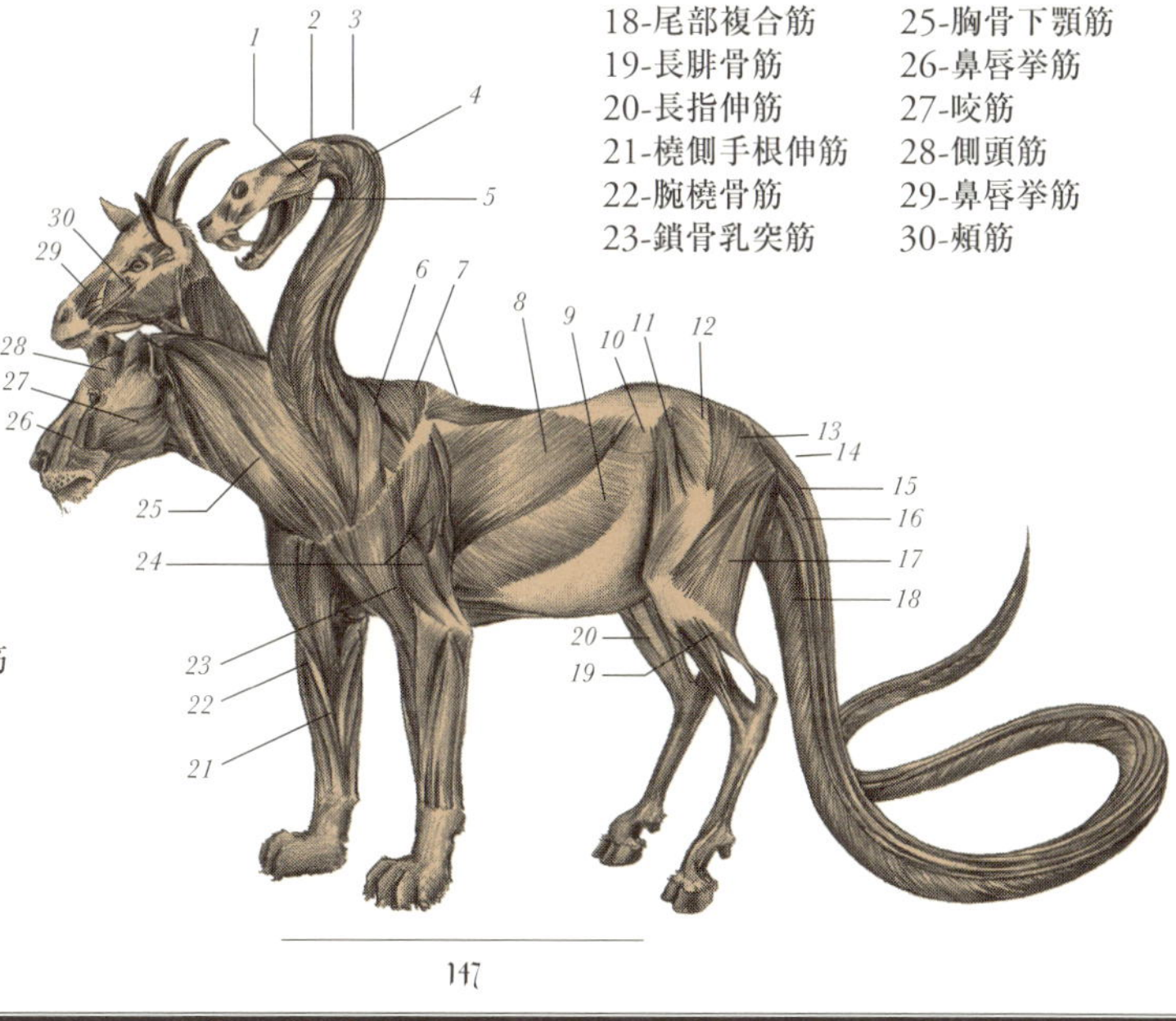

1-外転筋
2-顎下制筋
3-腸肋筋
4-頸部複合筋
5 翼突筋
6-胸鎖乳突筋
7-僧帽筋
8-広背筋
9-外腹斜筋
10-内腹斜筋
11-大腿筋膜張筋
12-中臀筋
13-大臀筋
14-棘筋
15-背最長筋
16-腸肋筋
17-大腿二頭筋
18-尾部複合筋
19-長腓骨筋
20-長指伸筋
21-橈側手根伸筋
22-腕橈骨筋
23-鎖骨乳突筋
24-上腕三頭筋
25-胸骨下顎筋
26-鼻唇挙筋
27-咬筋
28-側頭筋
29-鼻唇挙筋
30-頬筋

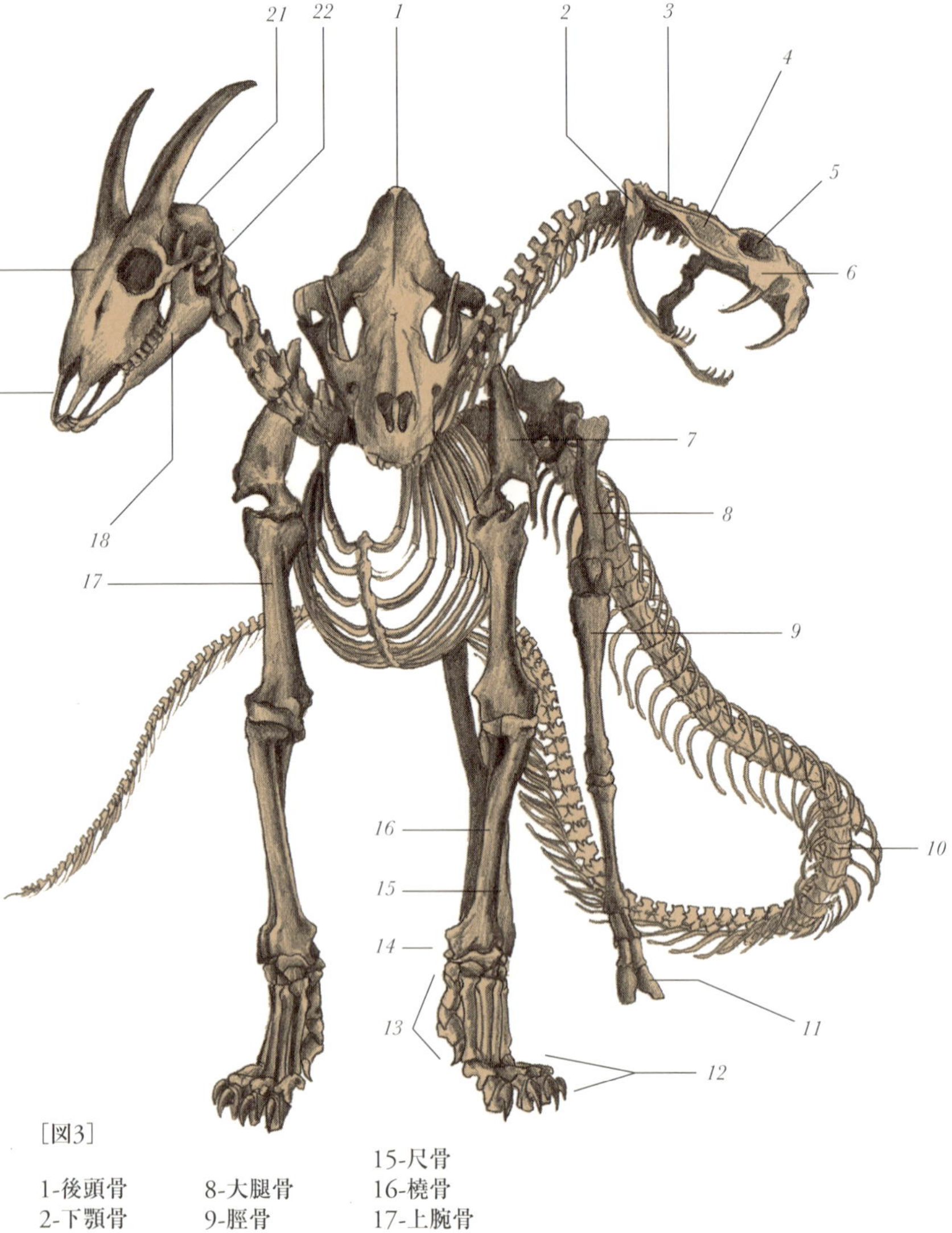

［図3］

1-後頭骨
2-下顎骨
3-翼状骨
4-口蓋骨
5-前頭骨
6-上顎骨
7-肩甲骨

8-大腿骨
9-脛骨
10-尾椎
11-末節骨
12-指骨
13-中手骨
14-手根骨

15-尺骨
16-橈骨
17-上腕骨
18-下顎骨
19-切歯骨
20-前頭骨
21-後頭骨
22-第一頸椎

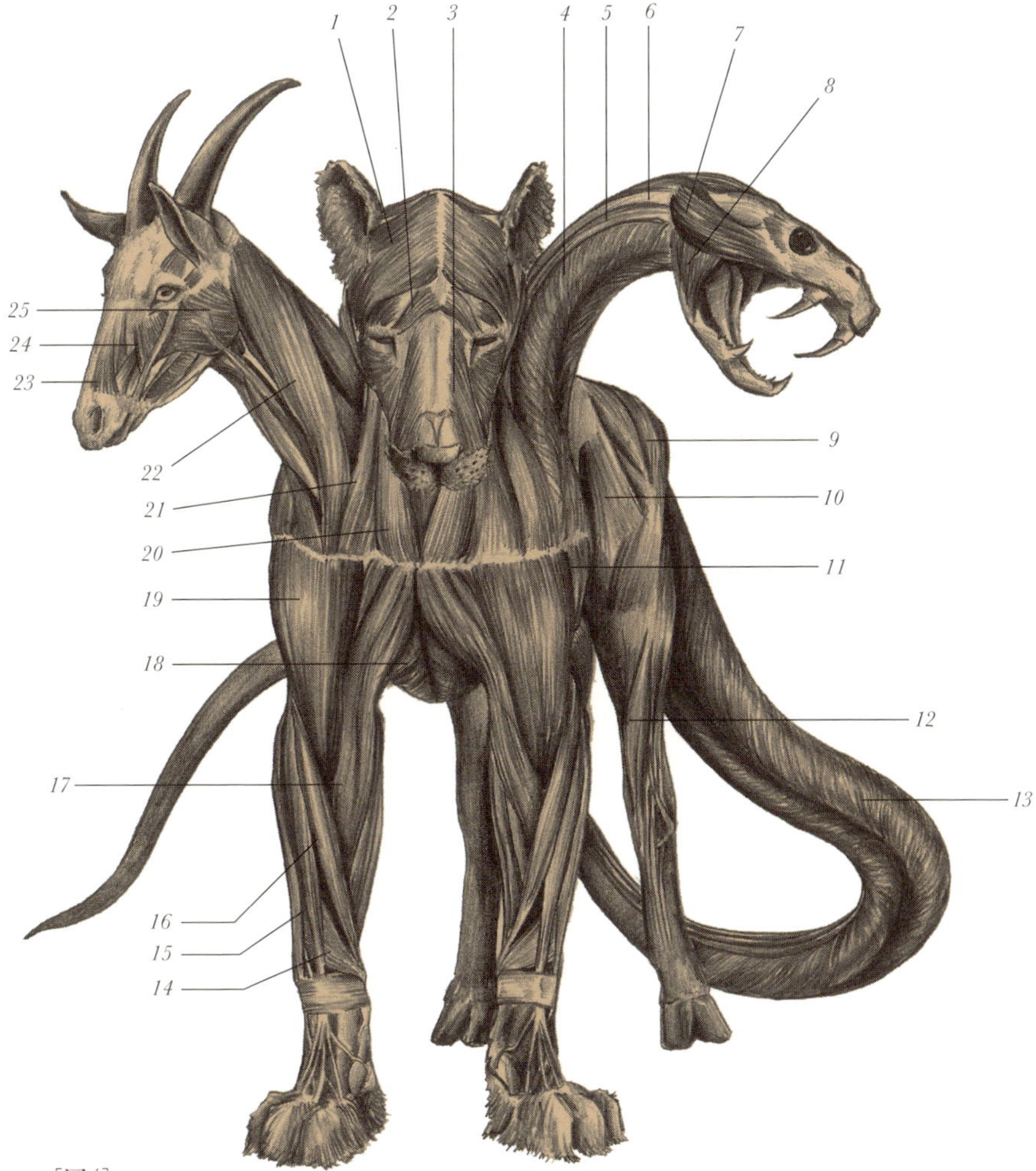

［図4］

1-側頭筋
2-皺眉筋
3-鼻唇挙筋
4-頸部複合筋
5-腸肋筋
6-背最長筋
7-外転筋
8-翼突筋
9-大腿二頭筋
10-大腿筋膜張筋
11-三角筋
12-長指伸筋
13-尾部複合筋
14-長母指内転筋
15-総指伸筋
16-腕橈骨筋
17-円回内筋
18-大胸筋
19-胸鎖乳突筋
20-胸骨下顎筋
21-胸鎖乳突筋
22-腕頭筋
23-鼻唇挙筋
24-頬筋
25-咬筋

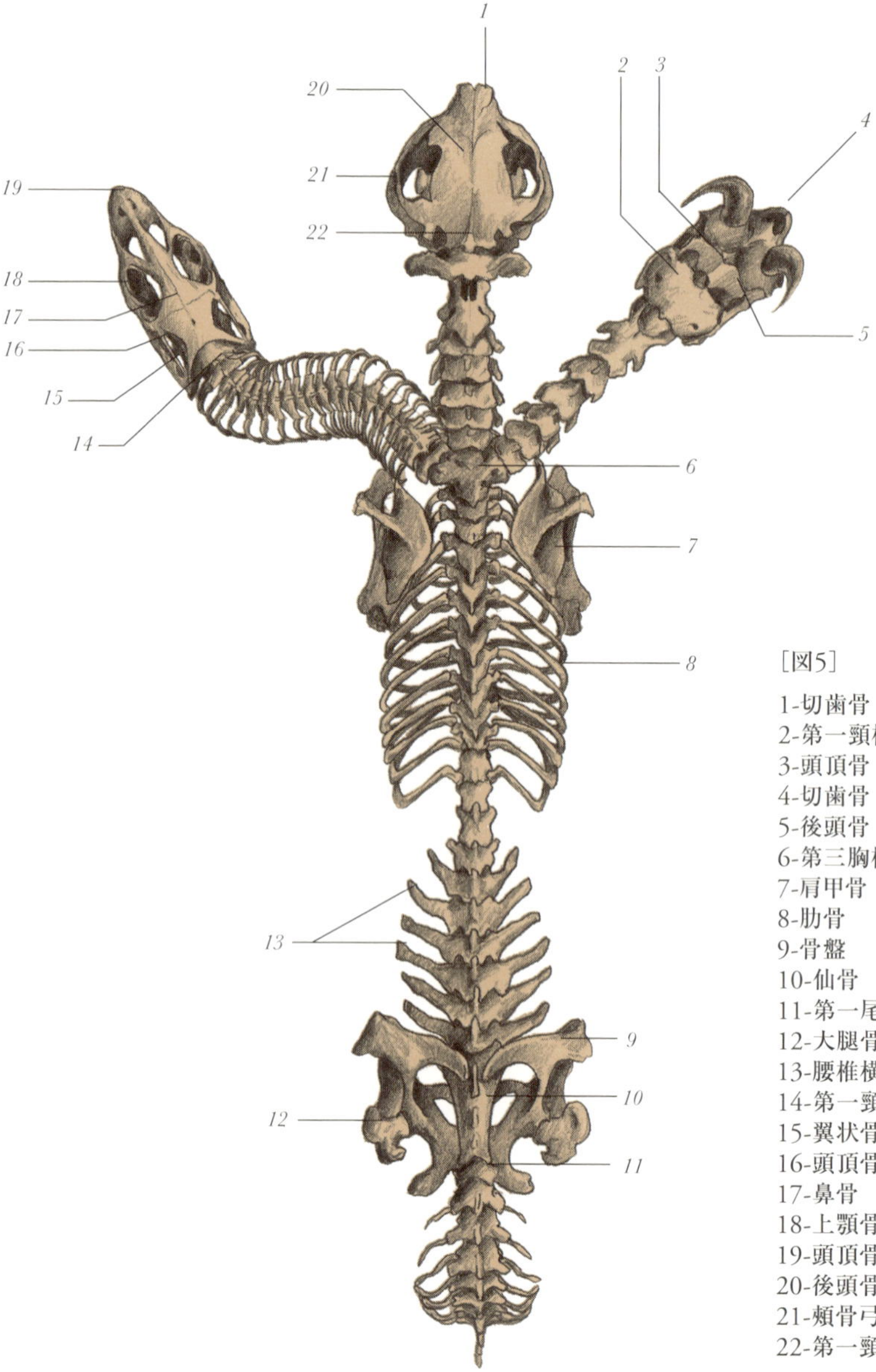

［図5］

1-切歯骨
2-第一頸椎
3-頭頂骨
4-切歯骨
5-後頭骨
6-第三胸椎
7-肩甲骨
8-肋骨
9-骨盤
10-仙骨
11-第一尾椎
12-大腿骨大転子
13-腰椎横突起
14-第一頸椎
15-翼状骨
16-頭頂骨
17-鼻骨
18-上顎骨
19-頭頂骨
20-後頭骨
21-頬骨弓
22-第一頸椎

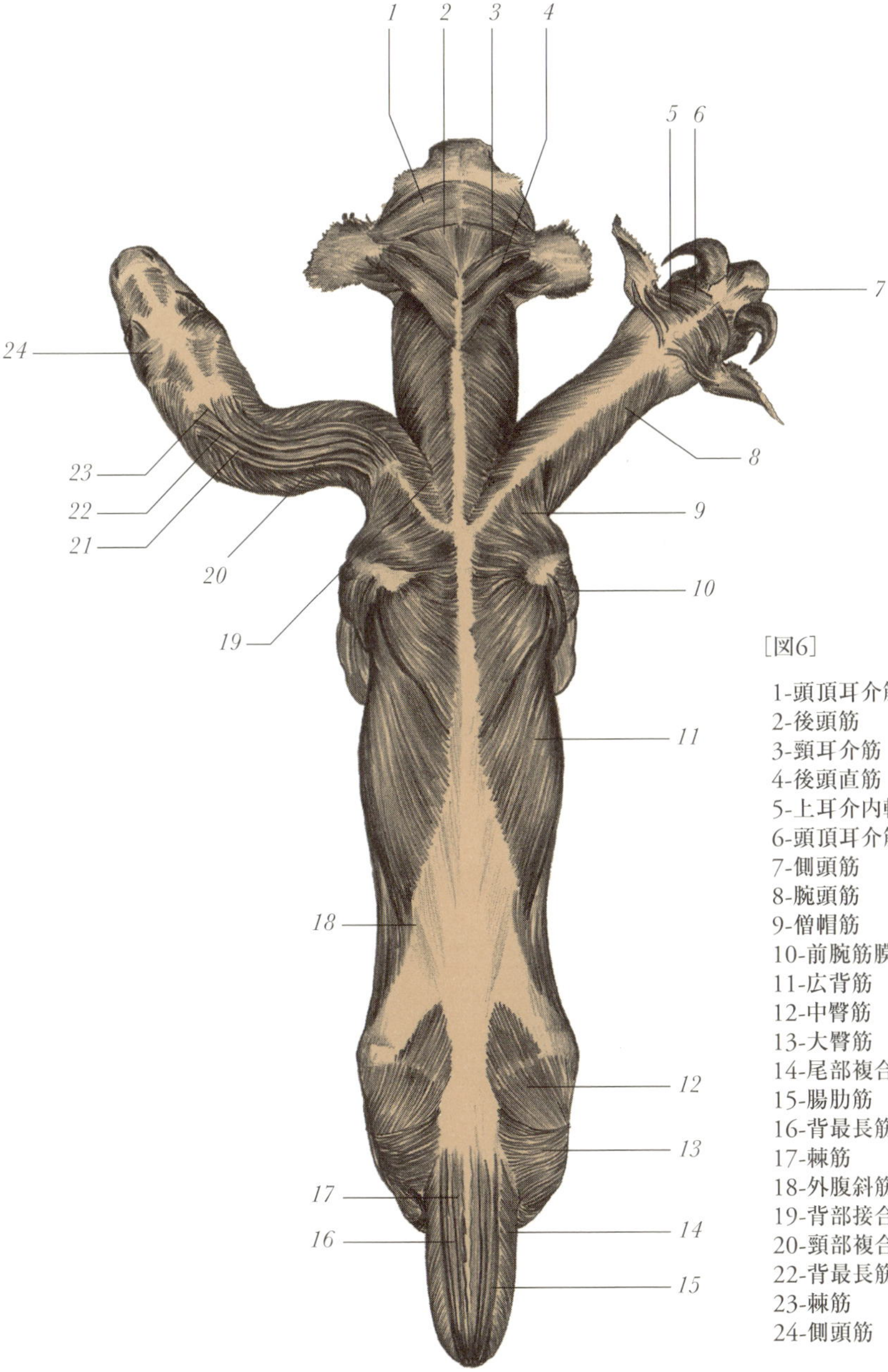

[図6]

1-頭頂耳介筋
2-後頭筋
3-頸耳介筋
4-後頭直筋
5-上耳介内転筋
6-頭頂耳介筋
7-側頭筋
8-腕頭筋
9-僧帽筋
10-前腕筋膜張筋
11-広背筋
12-中臀筋
13-大臀筋
14-尾部複合筋
15-腸肋筋
16-背最長筋
17-棘筋
18-外腹斜筋
19-背部接合筋
20-頸部複合筋
22-背最長筋
23-棘筋
24-側頭筋

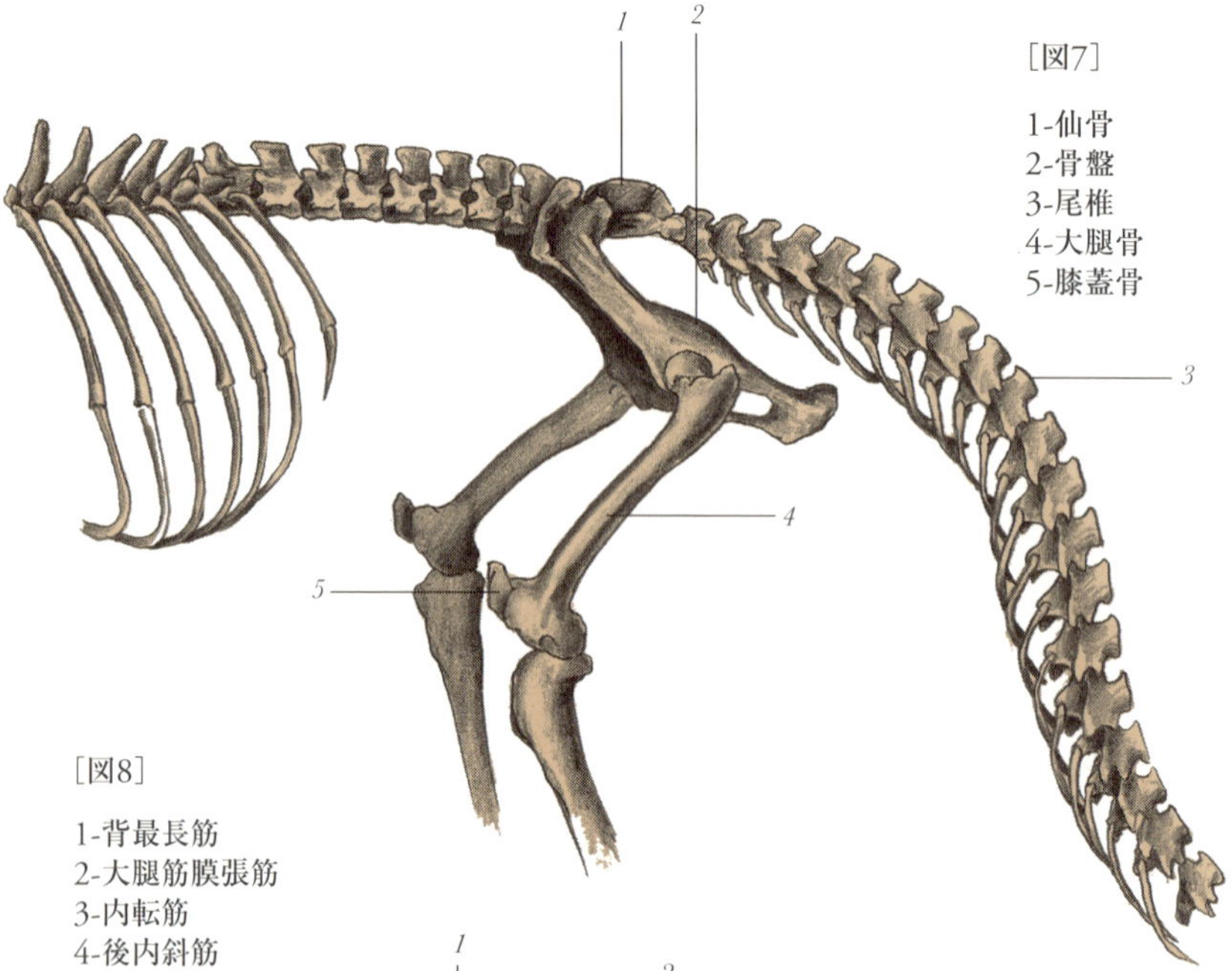

［図7］

1-仙骨
2-骨盤
3-尾椎
4-大腿骨
5-膝蓋骨

［図8］

1-背最長筋
2-大腿筋膜張筋
3-内転筋
4-後内斜筋
5-大腿四頭筋
6-縫工筋

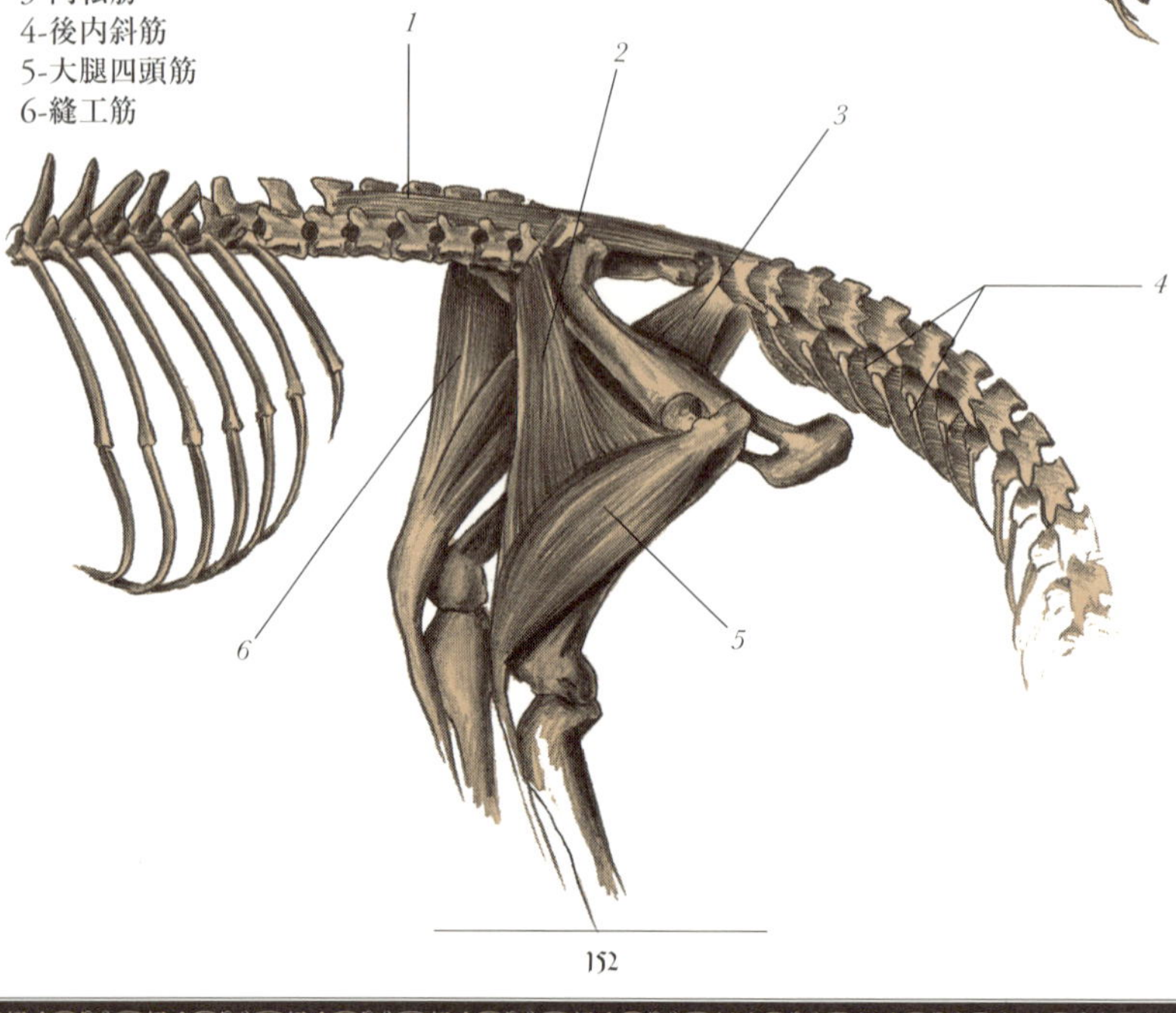

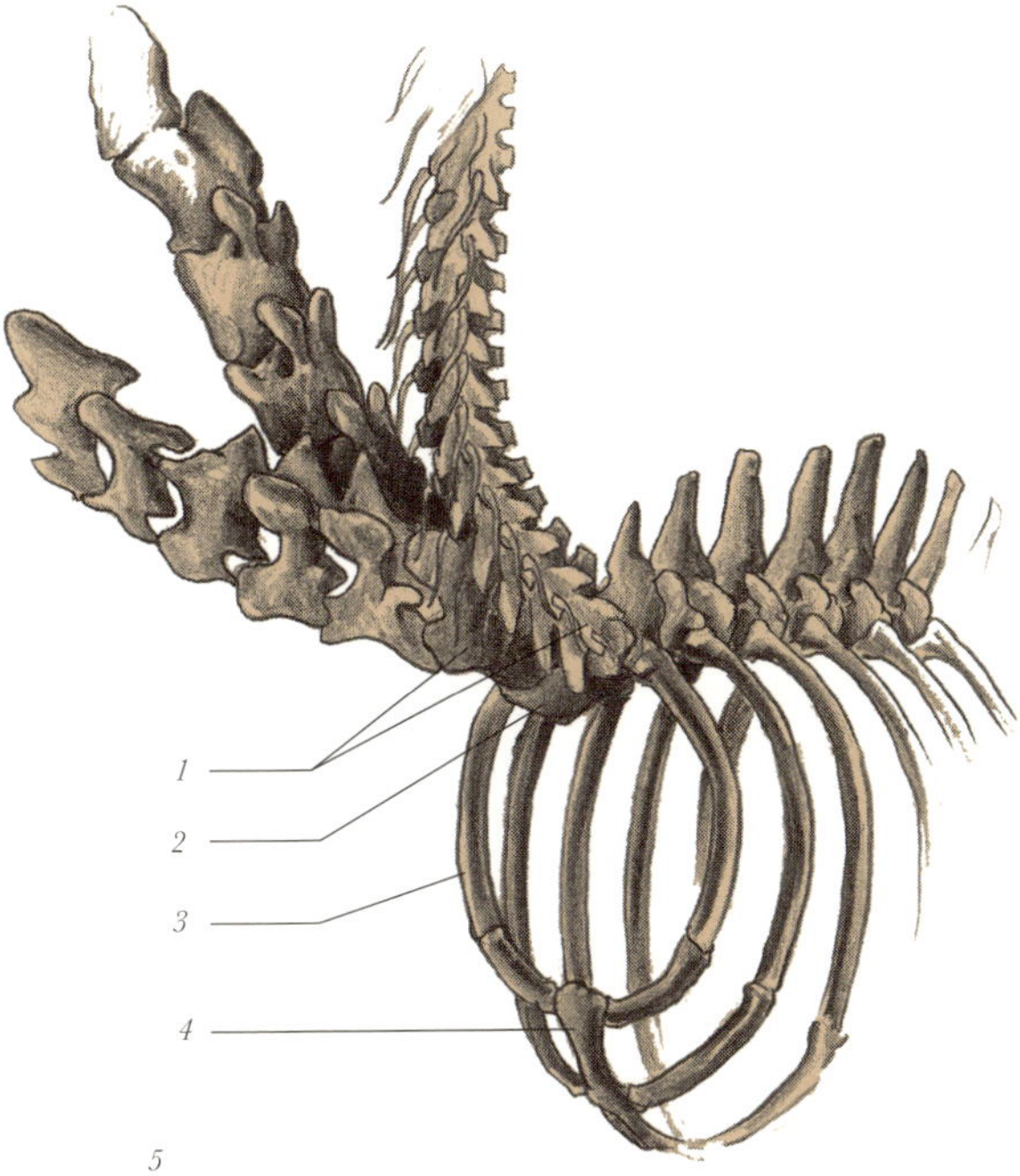

［図9/10］

1-第七頸椎
2-第三胸椎
3-肋骨
4-胸骨
5-腹横筋
6-半棘筋
7-背最長筋
8-内肋間筋
9-長椎骨肋骨筋
10-頸腹鋸筋

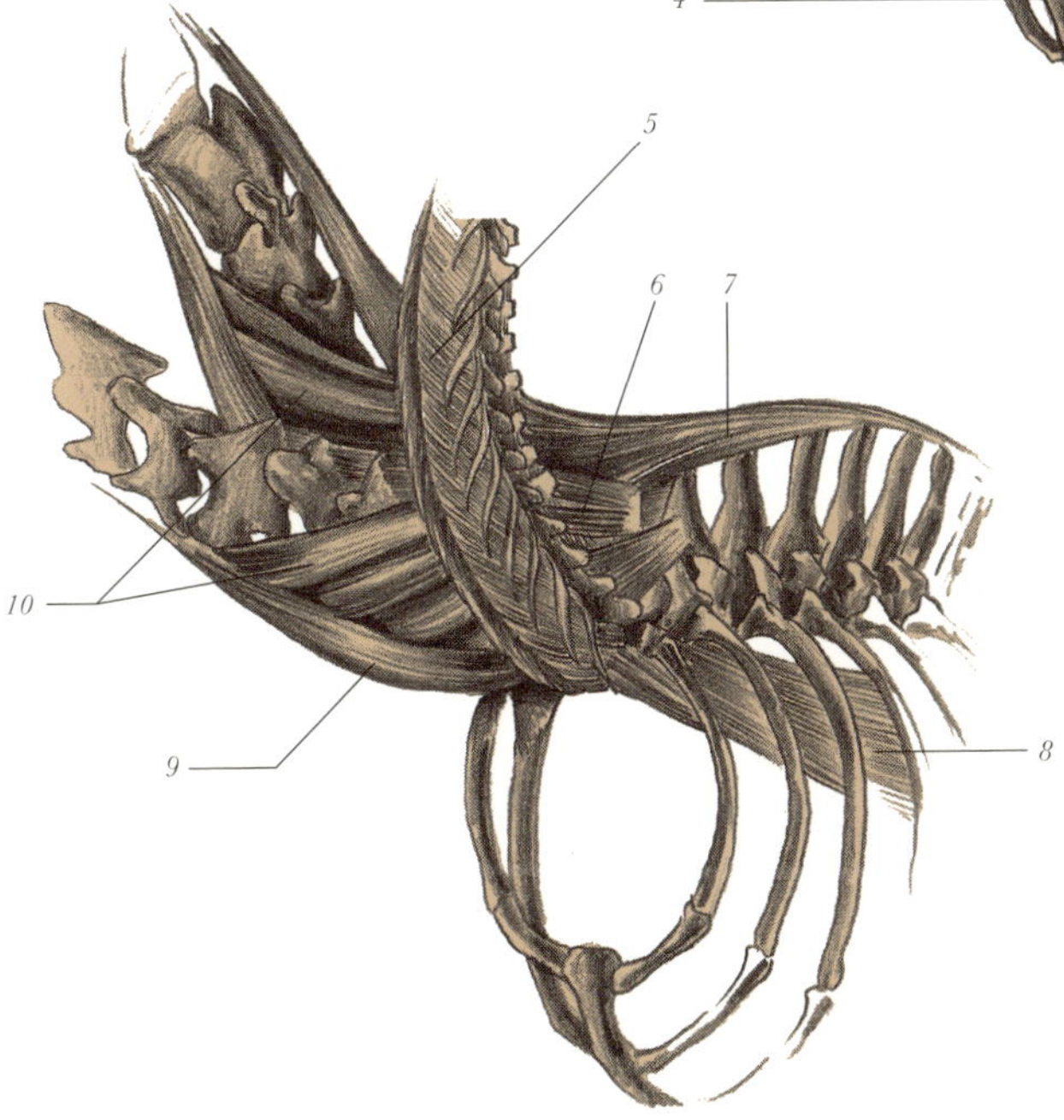

冥界イヌは、ケルベロスという名でも知られている。キマイラと同じく三つの頭を持つ。ただし、冥界イヌの頭は三つとも犬の頭である。ブラック博士は、生きた犬を様々な姿に変える試みを行っている。「ダーウィンのビーグル犬」に変えることには成功しているが、多頭の犬に変えることができたのかどうかは、誰にも分からない。

冥界イヌ

界	動物界
門	脊椎動物亜門
綱	エキドナ綱
目	プラエシディウム
科	イヌ科
属	イヌ属
種	冥界イヌ

ガネーシャやキマイラと同じく、多頭の犬も、ひとつの種しか存在しなかったのではないか。私はずっとそんな風に思っていたのだが、どういうめぐり合わせか、ある場所で八匹の多頭の犬を見つけた。その八匹はすべて異なる種だった。それらは、その場所で同時に死んだものと思われた。一匹は六つの頭を持ち、その他はふたつか三つの頭を持っていた。そのうちの一匹が、三つの頭と蛇の尻尾を持つ冥界イヌだった。

冥界イヌやキマイラの骨や血液や脳には、三つの頭の成長を促す役割を担う因子が含まれていたのではないだろうか。このふたつの動物のことを、何らかの異常により生まれた奇形だと考える者もいるが、両者とも、それぞれの意図、意思に従って生まれた、歴とした種である。両者は頭を三つ持つが、類縁関係はないようだ。私と魚は、頭はひとつだが類縁関係はない。それと同じことである。

冥界イヌは、哺乳動物と同じく、四つの部屋に分かれた心臓や乳腺を持っていた。心臓以外の各臓器も、哺乳動物の臓器と同様だったようだ。そして、冥界イヌは恒温性だった。冥界イヌの蛇の部分も（キマイラの蛇の部分も）変温性ではなく恒温性だったと考える方が自然である。革状の背中を持つカメであるオサガメなども、爬虫類だが恒温性だ。恒温性の爬虫類はみな、共通の祖先を持っているのかもしれない。また、現在確認されているもの以外にも、恒温性の爬虫類は数多く存在し、各地に生息しているのではないだろうか。

［図1］

1-頬骨弓
2-後頭関節丘
3-側頭骨
4-椎骨
5-第一～第六胸椎
6-腰椎
7-骨盤
8-仙骨
9-尾椎
10-肋骨
11-指骨
12-中足骨
13-足根骨
14-腓骨
15-脛骨
16-大腿骨
17-肋骨
18-尺骨突起
19-橈骨
20-尺骨
21-手根骨
22-中手骨
23-指骨
24-上腕骨
25-肩甲骨
26-下顎骨
27-切歯骨
28-鼻骨

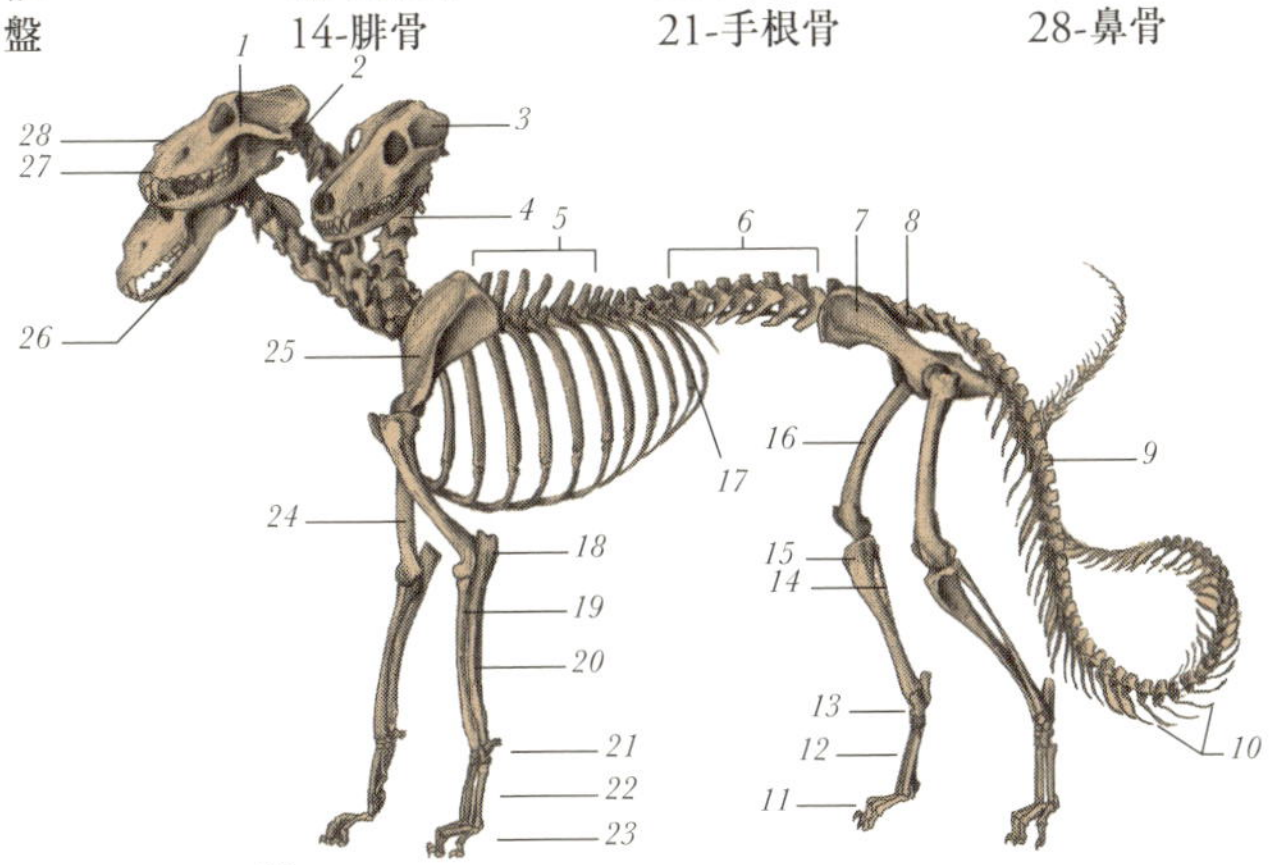

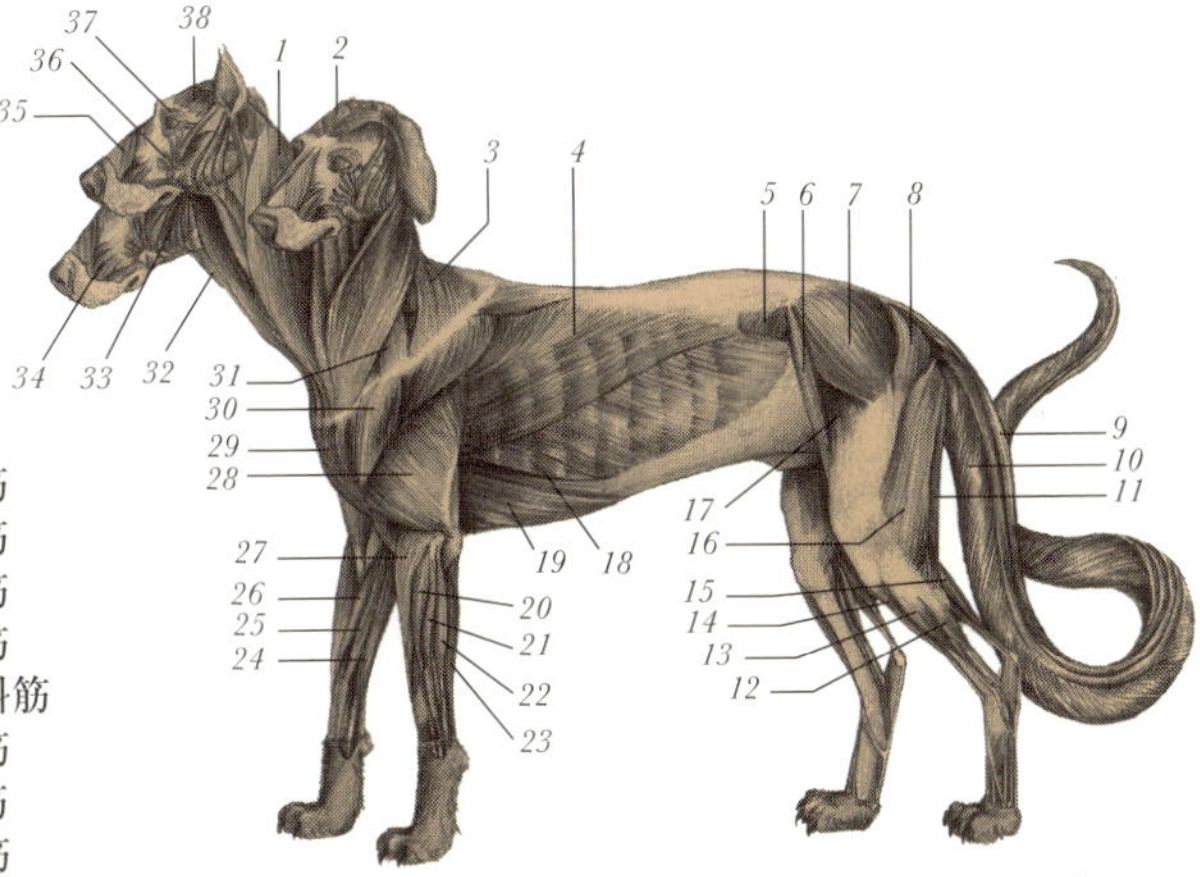

［図2］

1-腕頭筋
2-前頭筋
3-僧帽筋
4-広背筋
5-内腹斜筋
6-縫工筋
7-中臀筋
8-浅臀筋
9-背最長筋
10-尾部複合筋
11-半腱様筋
12-長母指屈筋
13-長腓骨筋
14-長指伸筋
15-下腿三頭筋
16-大腿二頭筋
17-大腿筋膜張筋
18-外肋間筋
19-深胸筋
20-総指伸筋
21-長指伸筋
22-尺側手根伸筋
23-尺側手根屈筋
24-尺側手根屈筋
25-橈側手根屈筋
26-円回内筋
27-腕橈骨筋
28-上腕三頭筋
29-鎖骨腱隔膜
30-三角筋
31-肩横突筋
32-胸骨舌骨筋
33-頬筋
34-犬歯筋
35-鼻唇挙筋
36-頬筋
37-眼輪筋
38-側頭筋

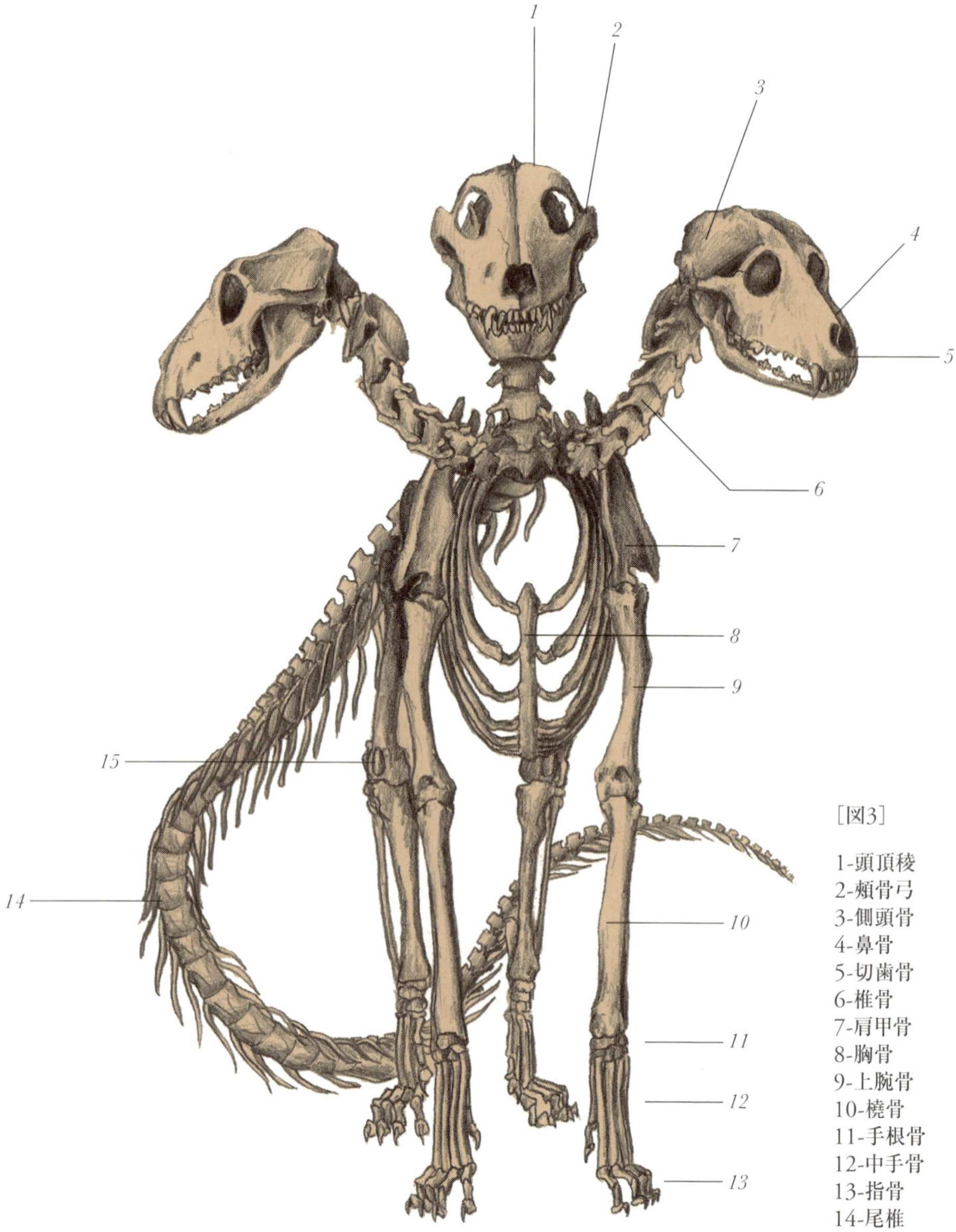

［図3］

1-頭頂稜
2-頬骨弓
3-側頭骨
4-鼻骨
5-切歯骨
6-椎骨
7-肩甲骨
8-胸骨
9-上腕骨
10-橈骨
11-手根骨
12-中手骨
13-指骨
14-尾椎
15-膝蓋骨

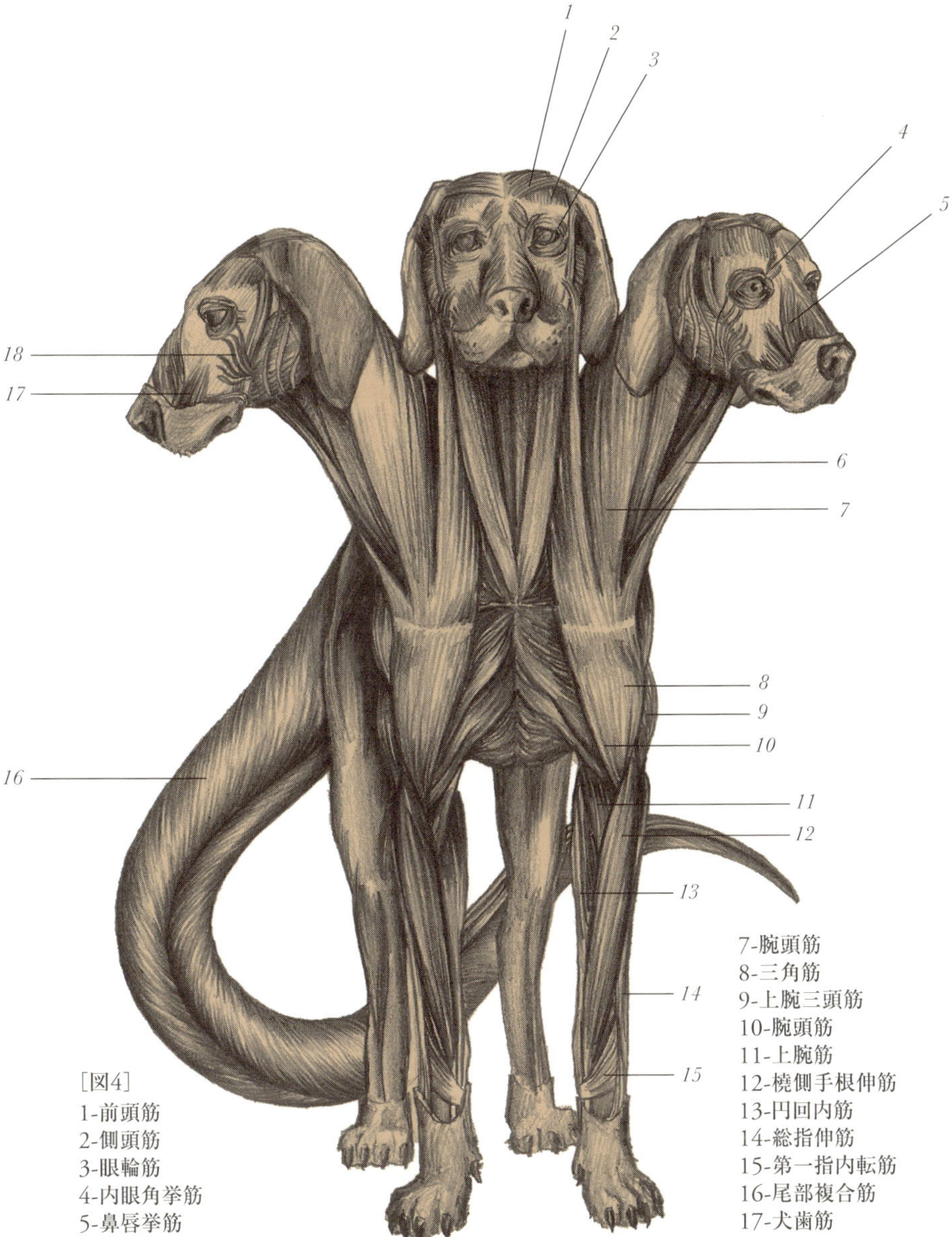

[図4]
1-前頭筋
2-側頭筋
3-眼輪筋
4-内眼角挙筋
5-鼻唇挙筋
6-胸骨頭筋
7-腕頭筋
8-三角筋
9-上腕三頭筋
10-腕頭筋
11-上腕筋
12-橈側手根伸筋
13-円回内筋
14-総指伸筋
15-第一指内転筋
16-尾部複合筋
17-犬歯筋
18-頬筋

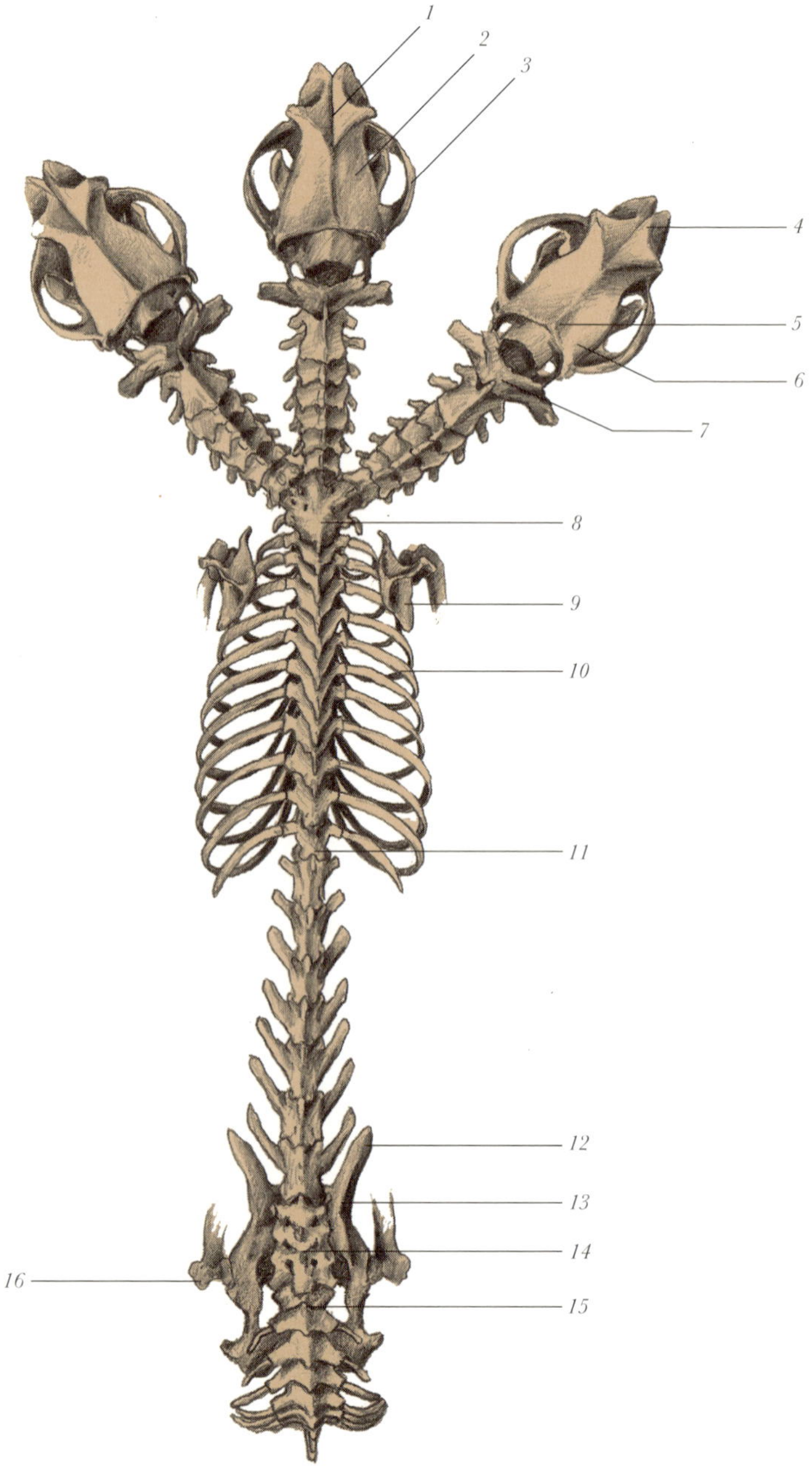

［図5］

1-前頭骨
2-頭頂骨
3-頬骨弓
4-鼻骨
5-後頭骨
6-側頭骨
7-第一頸椎
8-第三胸椎
9-肩甲骨
10-肋骨
11-第一二胸椎
12-寛結節
13-骨盤
14-仙骨
15-第一尾椎
16-大転子

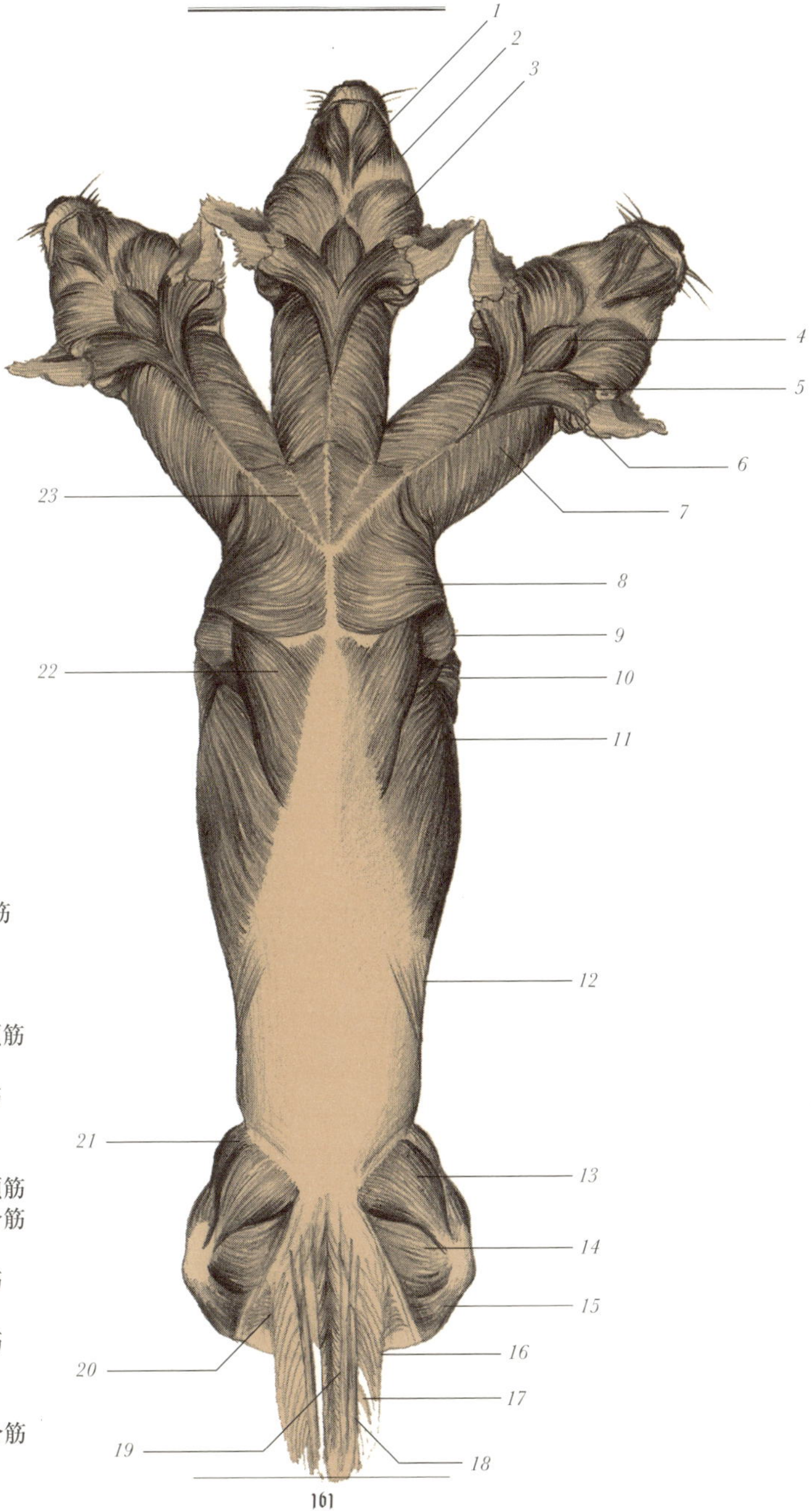

［図6］

1-鼻唇挙筋
2-頬筋
3-前頭筋
4-後頭筋
5-耳介挙筋
6-長耳介挙筋
7-腕頭筋
8-僧帽筋
9-三角筋
10-上腕三頭筋
11-広背筋
12-外腹斜筋
13-中臀筋
14-大臀筋
15-大腿二頭筋
16-尾部複合筋
17-腸肋筋
18-背最長筋
19-棘骨
20-内閉鎖筋
21-縫工筋
22-僧帽筋
23-背部接合筋

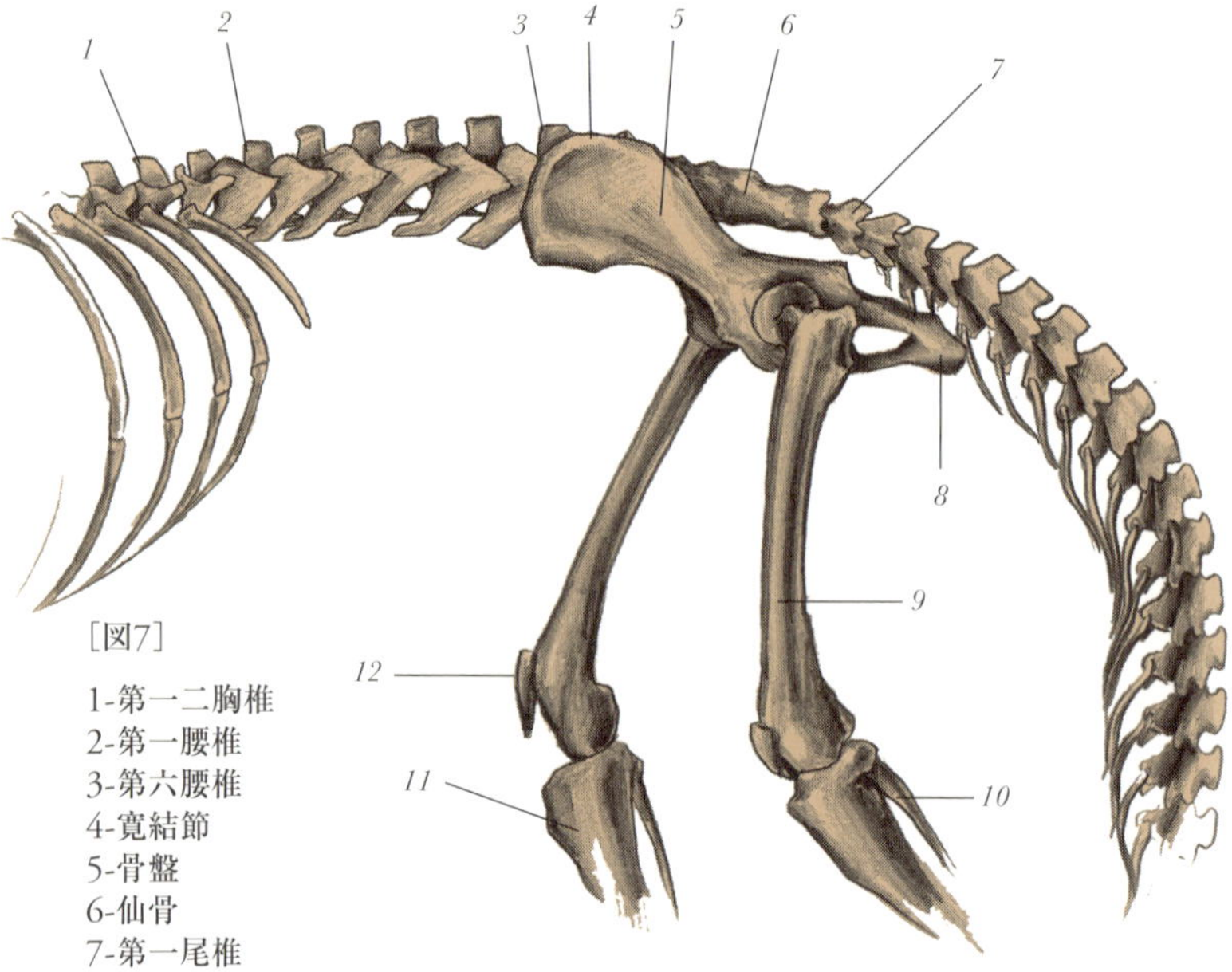

［図7］

1-第一二胸椎
2-第一腰椎
3-第六腰椎
4-寛結節
5-骨盤
6-仙骨
7-第一尾椎
8-仙骨結節
9-大腿骨
10-腓骨
11-脛骨
12-膝蓋骨

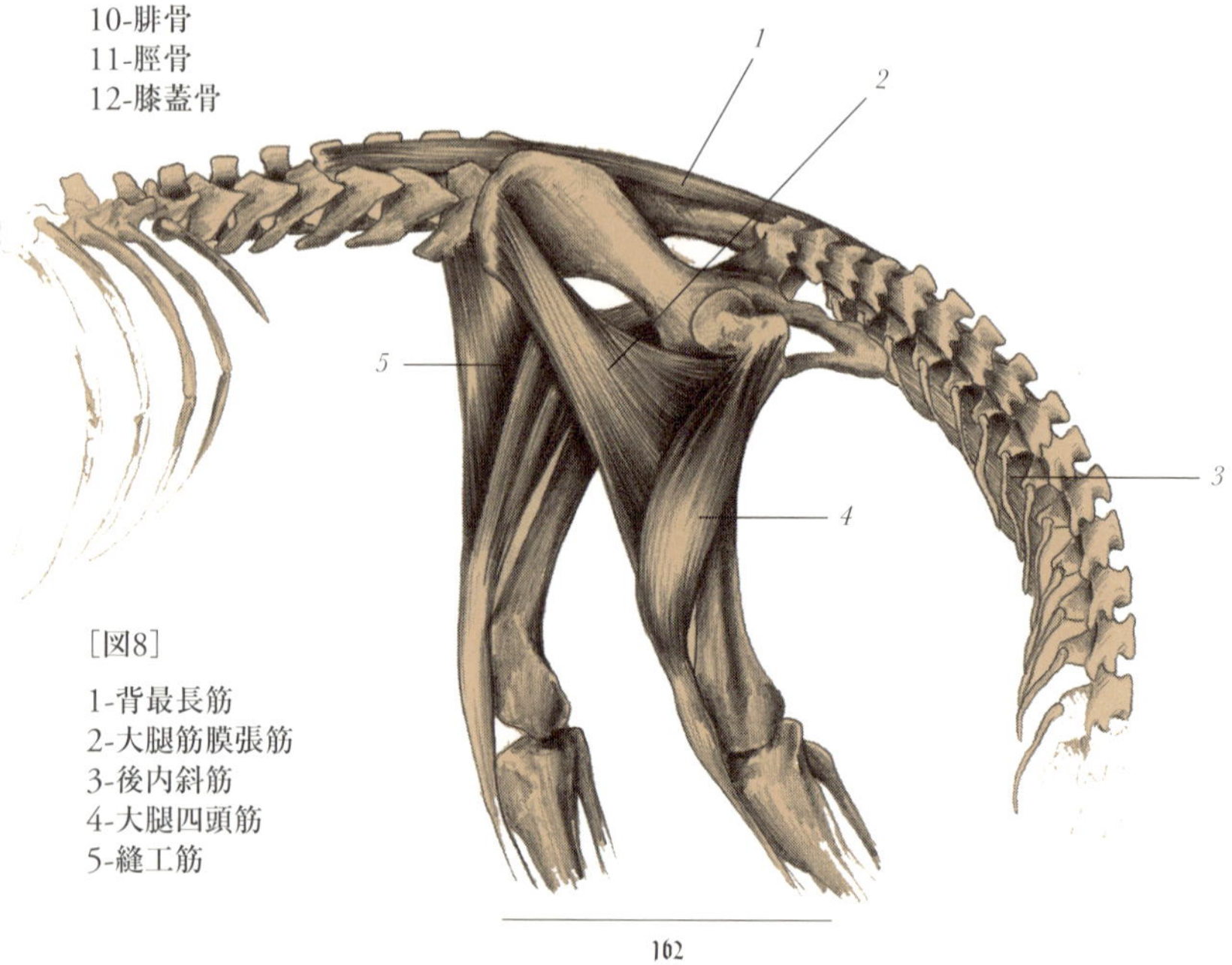

［図8］

1-背最長筋
2-大腿筋膜張筋
3-後内斜筋
4-大腿四頭筋
5-縫工筋

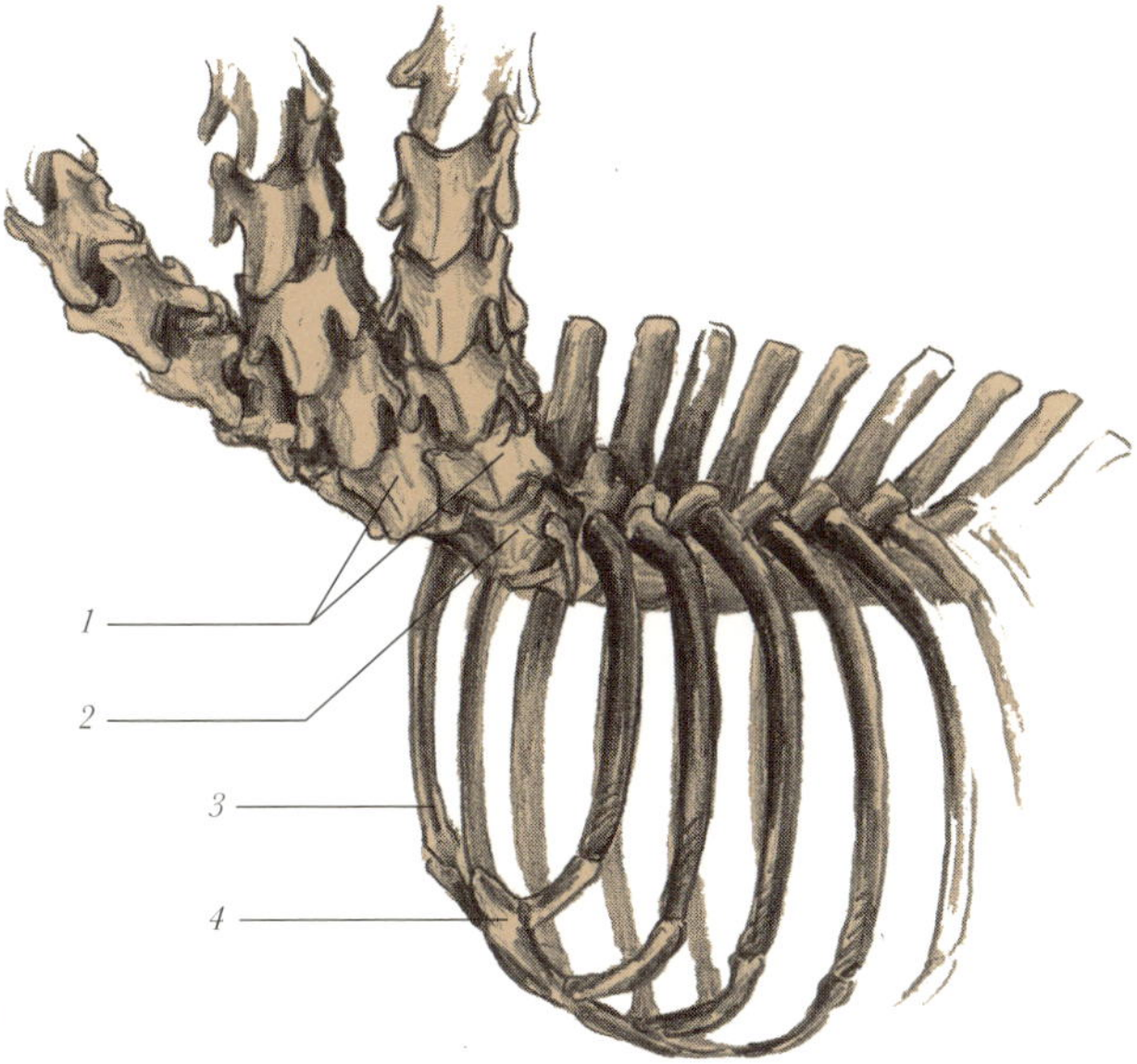

［図9/10］

1-第七頸椎
2-第三胸椎
3-肋骨
4-胸骨
5-半棘筋
6-背最長筋
7-内肋間筋
8-長椎骨肋骨筋
9-頸腹鋸筋

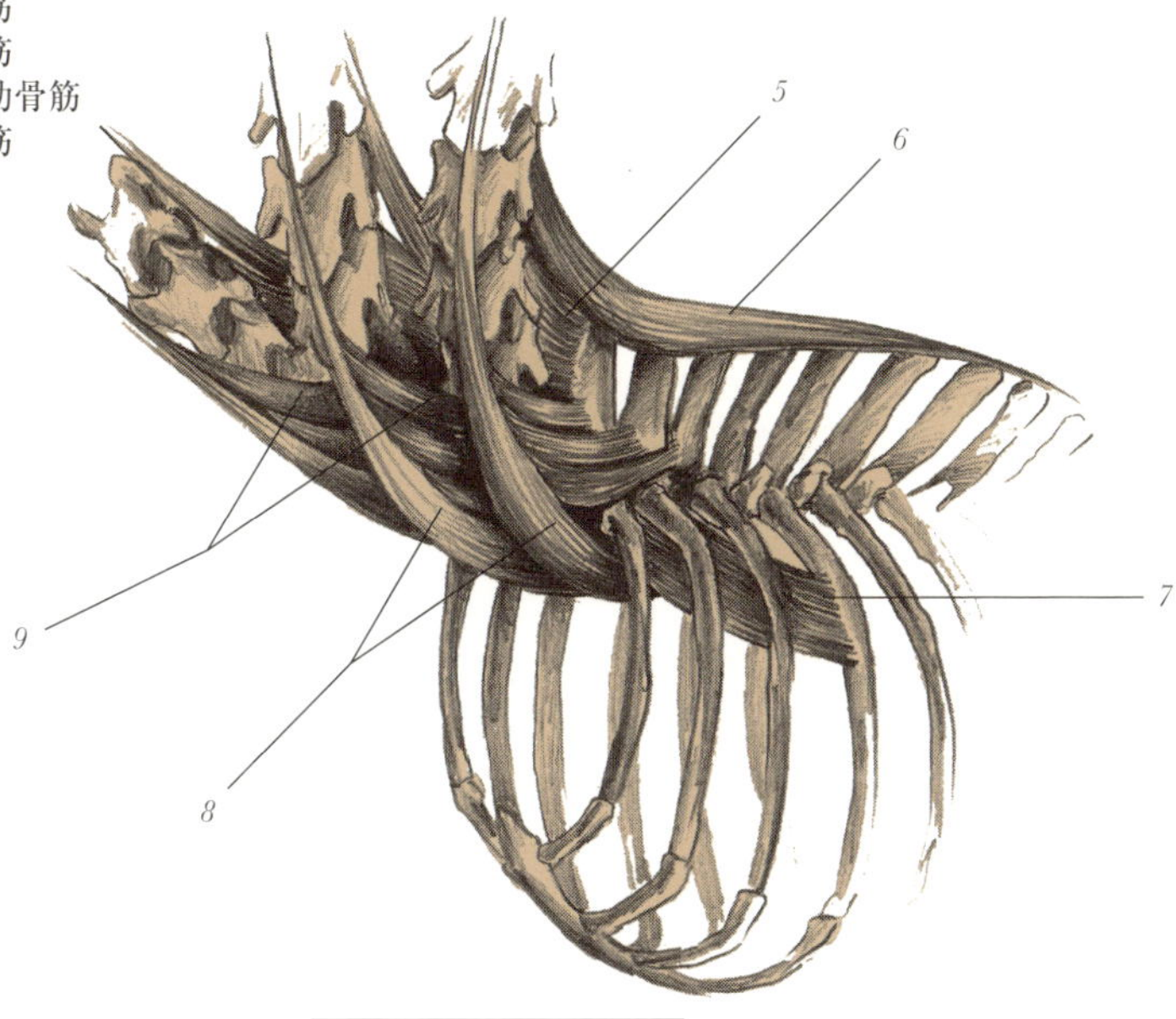

ペガサスは、博士が作った動物の中でとくに大きかったため、制作にはかなり労力を要したようだ。博士は、ペガサスを手術台の上に載せるための、特別な滑車を作っている。展示する時は(次頁の図のように翼を広げた格好で展示していたようだ)、体を支える道具も必要だった。

翼の移植に取り組み始めて数か月になるが、なかなかうまくいかない。筋肉、神経、皮膚、繊維性組織を、慎重に、細心の注意を払いながら縫合している……それなのに、翼は動かない。ペガサスは実在したのだ。そのことを証明するために、僕はペガサスを作っている。――スペンサー・ブラック博士

ペガサス・ゴルゴネス

界	動物界
門	脊椎動物亜門
綱	ゴルゴネス綱
目	奇蹄目
科	等翼科
属	ペガサス属
種	ペガサス・ゴルゴネス

ペガサスがオリュンポス山の山頂へ飛翔したという伝説は、よく知られている。ペガサスにまつわる伝説には、驚嘆するようなものが多い。ペガサスは翼が大きくて広いため、飛翔能力が非常に高かったと思われる。体の中には、酸素が薄い上空を飛ぶためにどうしても必要なものが備わっていた。それは気嚢である。ペガサスの体に占める気嚢の容積の割合は、一般的な鳥の二倍以上だったようだ。翼を動かす筋肉は非常に発達していた。その筋肉には、並外れた力を生み出す細胞が存在したと思われる。その細胞を顕微鏡で観察することができれば、細胞が力を生み出すしくみを解明することができるのだが。人の筋肉にも、同様の機能を持つ細胞が存在するのではないだろうか。その細胞は活動していないだけで、おそらく、刺激を与えれば活発に働き始めるだろう。そして、人もペガサスと同じように、驚異的なことを行えるようになるだろう。

ペガサス・ゴルゴネスの体の骨格は、馬の体の骨格と同じだ。翼の骨格は、一般的な鳥の翼の骨格と同じである。馬と鳥の骨格を知っている解剖学者が見れば、そのことは一目で分かるだろう。馬や鳥とはまったく異なる骨格を持つ種も存在したと考えられる。

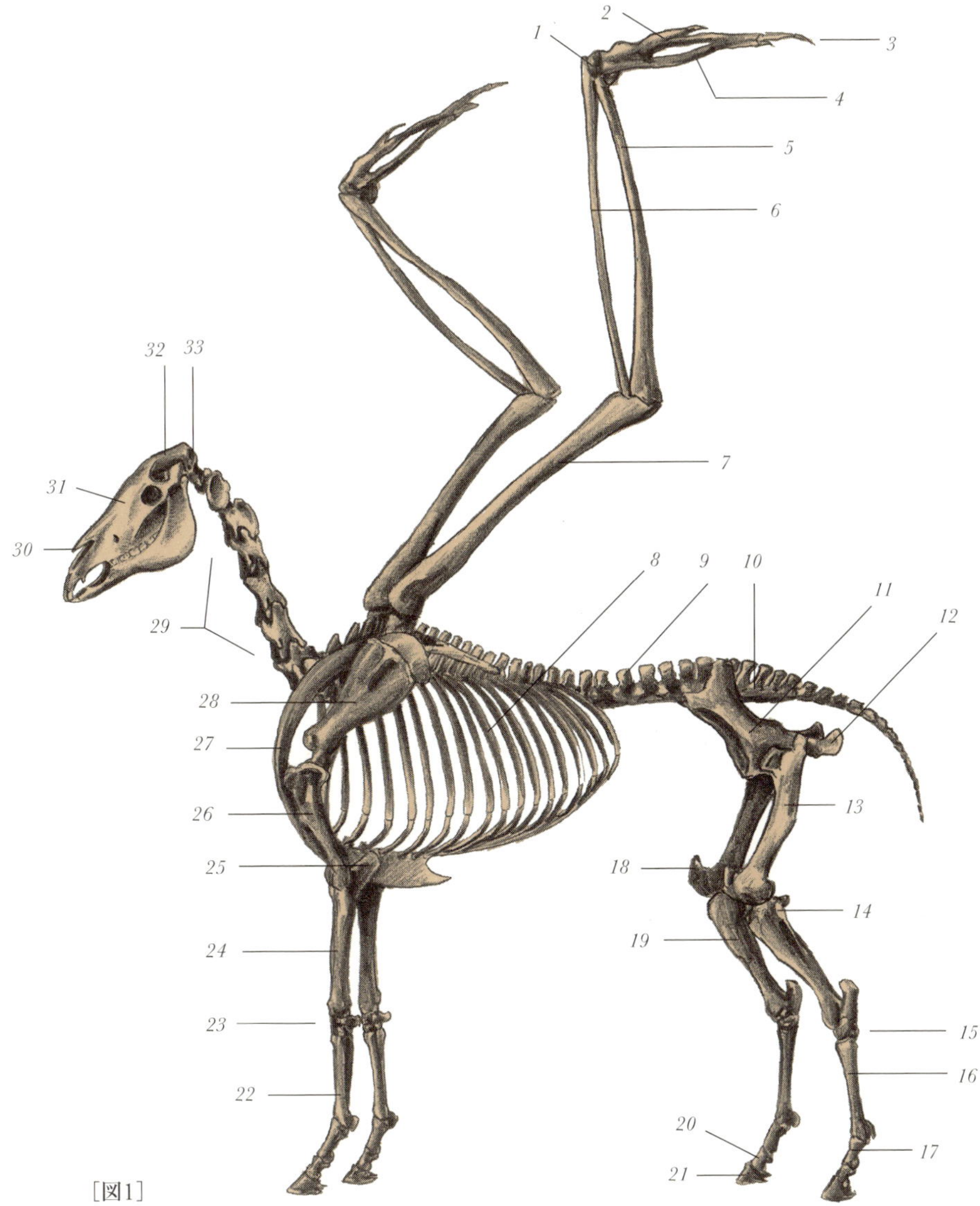

[図1]

1-橈側手根骨
2-第一指骨
3-指骨
4-手根中手骨
5-尺骨
6-橈骨
7-上腕骨
8-肋骨
9-椎骨
10-仙骨
11-骨盤
12-座骨
13-大腿骨
14-腓骨
15-足根骨
16-第三中足骨
17-基節骨（繋骨）
18-膝蓋骨
19-脛骨
20-中節骨（冠骨）
21-末節骨（蹄骨）
22-第三中足骨
23-手根骨
24-橈骨
25-肘頭
26-上腕骨
27-叉骨
28-肩甲骨
29-頸椎
30-鼻骨
31-上顎骨
32-頭頂骨
33-後頭関節丘

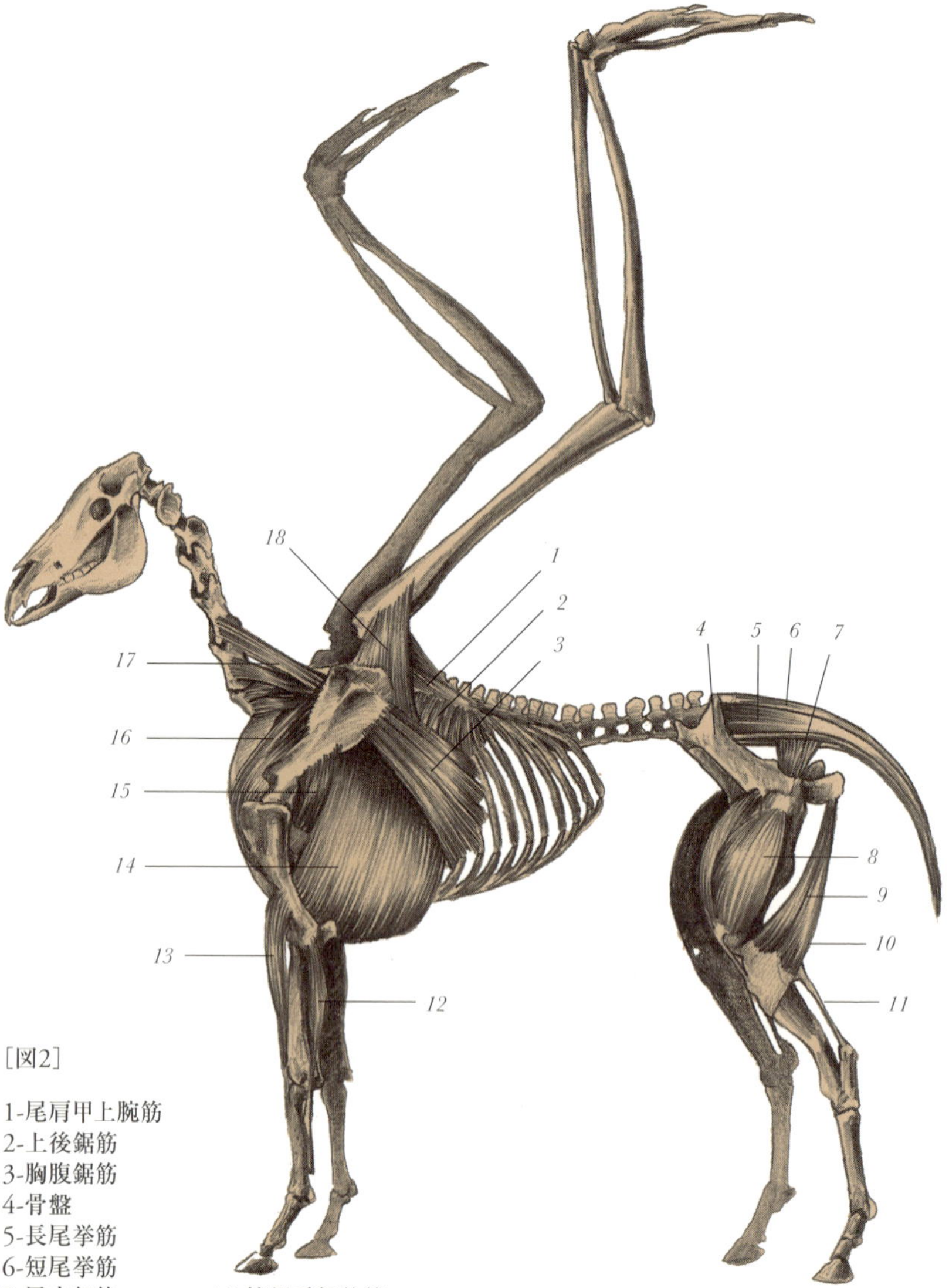

［図2］

1-尾肩甲上腕筋
2-上後鋸筋
3-胸腹鋸筋
4-骨盤
5-長尾挙筋
6-短尾挙筋
7-尾内転筋
8-大腿四頭筋
9-半膜様筋
10-大腿二頭筋
11-浅指屈筋
12-尺側手根伸筋
13-橈側手根伸筋
14-胸筋
15-大円筋
16-小胸筋
17-頸腹鋸筋
18-胸筋

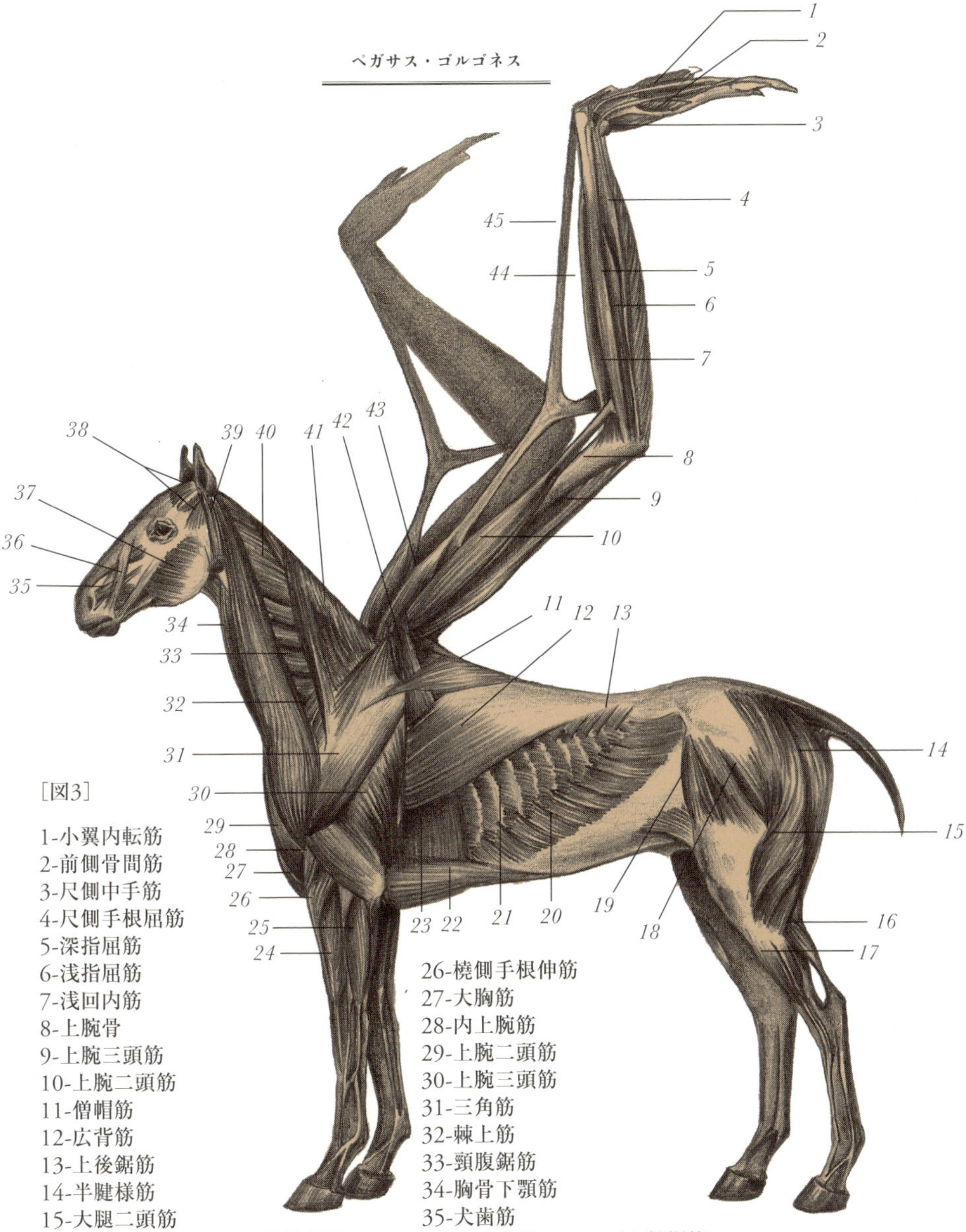

［図3］

1-小翼内転筋
2-前側骨間筋
3-尺側中手筋
4-尺側手根屈筋
5-深指屈筋
6-浅指屈筋
7-浅回内筋
8-上腕骨
9-上腕三頭筋
10-上腕二頭筋
11-僧帽筋
12-広背筋
13-上後鋸筋
14-半腱様筋
15-大腿二頭筋
16-腓腹筋
17-長指伸筋
18-大臀筋
19-大腿筋膜
20-外腹斜筋
21-外肋間筋
22-深胸筋
23-胸筋
24-総指伸筋
25-尺側手根伸筋
26-橈側手根伸筋
27-大胸筋
28-内上腕筋
29-上腕二頭筋
30-上腕三頭筋
31-三角筋
32-棘上筋
33-頸腹鋸筋
34-胸骨下顎筋
35-犬歯筋
36-鼻唇挙筋
37-咬筋
38-耳筋
39-耳下腺筋
40-板状筋
41-僧帽筋
42-胸筋
43-前翼膜張筋
44-橈側中手伸筋
45-前翼膜張筋長腱

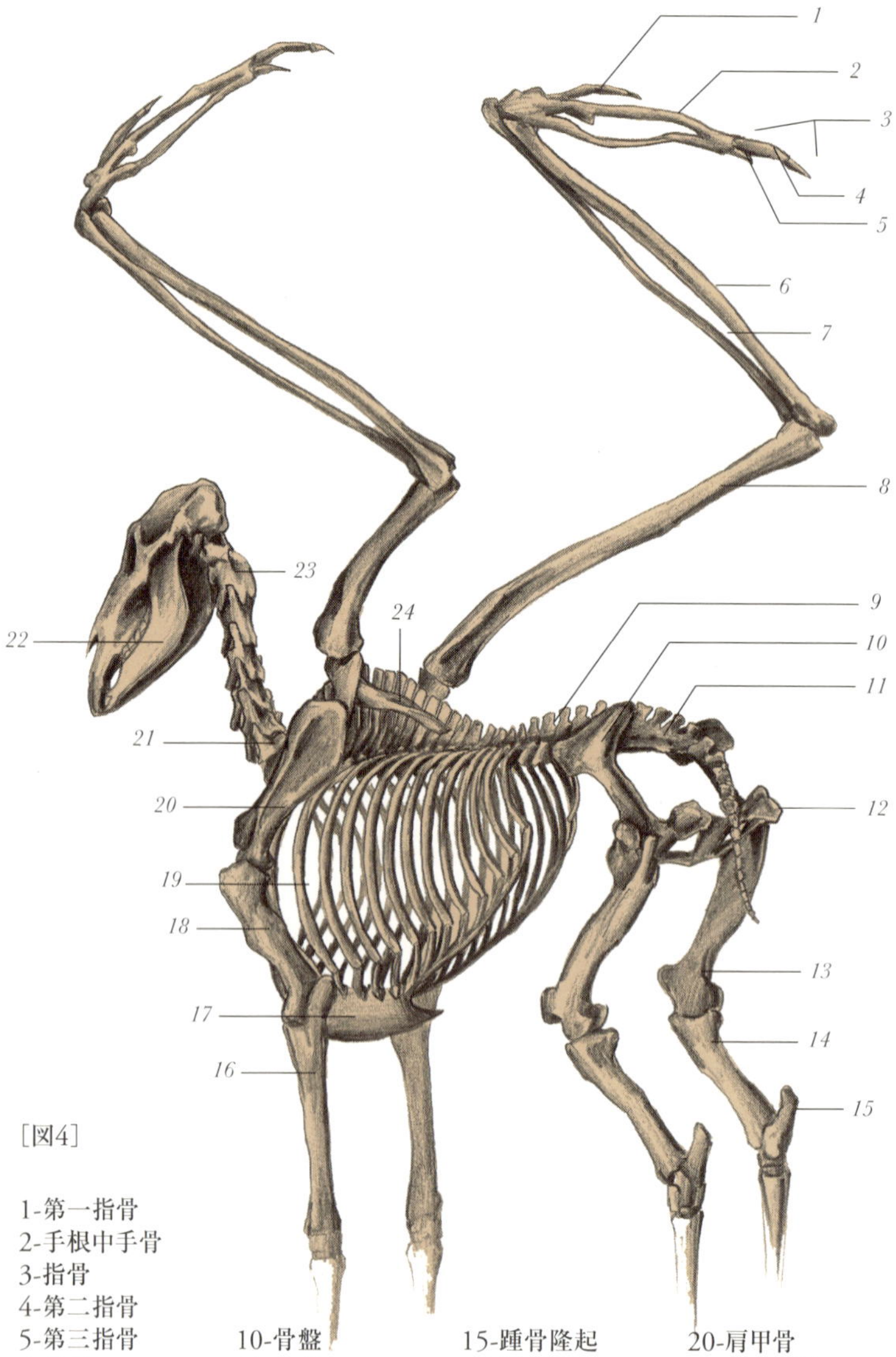

［図4］

1-第一指骨
2-手根中手骨
3-指骨
4-第二指骨
5-第三指骨
6-尺骨
7-橈骨
8-上腕骨
9-椎骨
10-骨盤
11-仙骨
12-座骨結節
13-大腿骨
14-脛骨
15-踵骨隆起
16-橈骨
17-竜骨突起
18-上腕骨
19-肋骨
20-肩甲骨
21-第七頸椎
22-下顎骨
23-第一頸椎
24-後肩甲骨

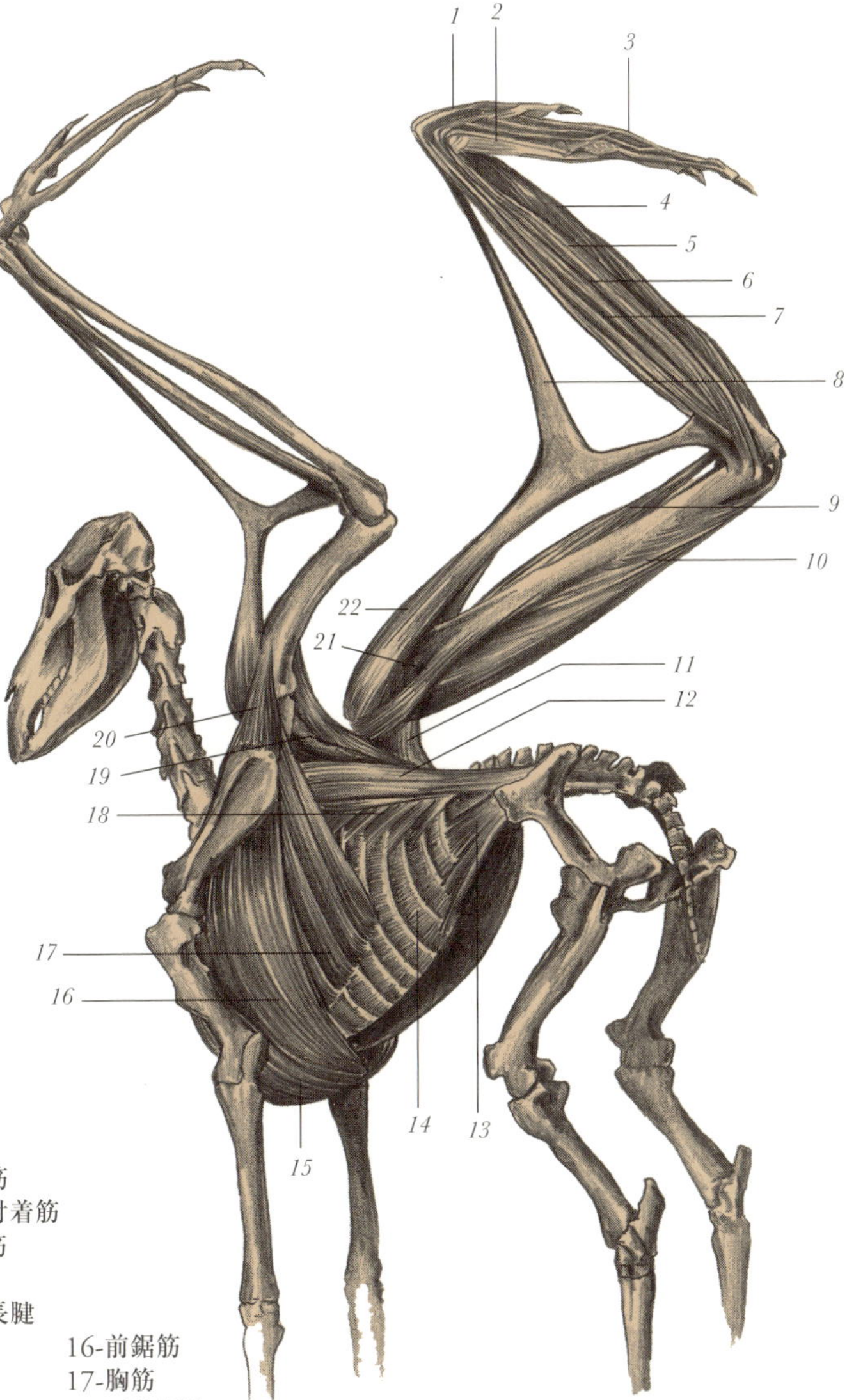

［図5］

1-小翼内転筋
2-尺側中手筋
3-大長指伸筋
4-尺側手根屈筋
5-上腕骨上顆付着筋
6-尺側中手伸筋
7-総指伸筋
8-前翼膜張筋長腱
9-上腕二頭筋
10-上腕三頭筋
11-広背筋
12-背最長筋
13-内腹斜筋
14-肋間筋
15-小胸筋
16-前鋸筋
17-胸筋
18-下後鋸筋
19-尾肩甲上腕筋
20-羽部二頭筋
21-大三角筋
22-前翼膜張筋

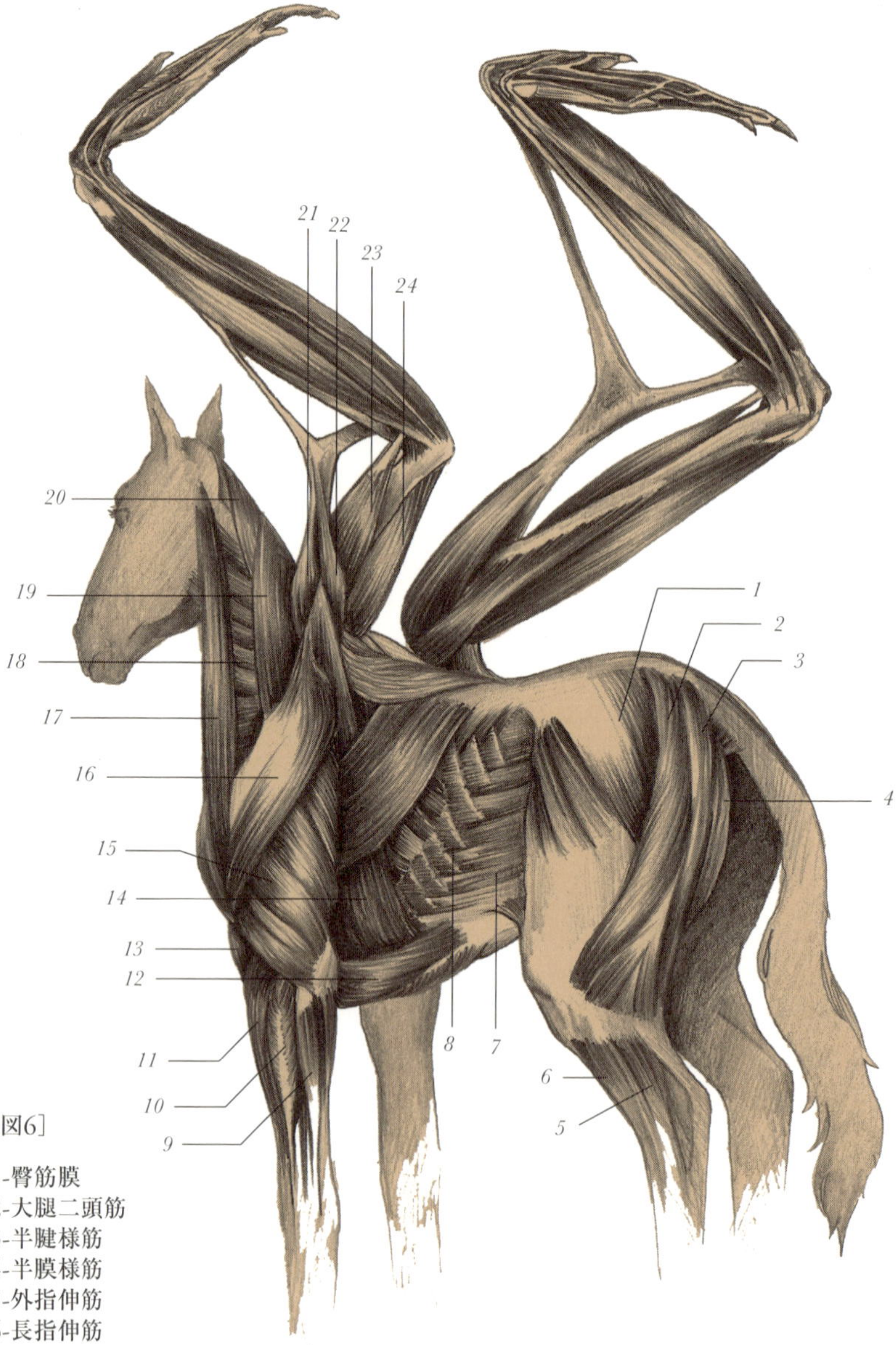

［図6］

1-臀筋膜
2-大腿二頭筋
3-半腱様筋
4-半膜様筋
5-外指伸筋
6-長指伸筋
7-内腹斜筋
8-肋間筋
9-尺側手根伸筋
10-総指伸筋
11-橈側手根伸筋
12-小胸筋
13-内上腕筋
14-胸筋
15-上腕三頭筋
16-三角筋
17-腕頭筋
18-頸腹鋸筋
19-僧帽筋
20-板状筋
21-前翼膜張筋
22-羽部二頭筋
23-上腕二頭筋
25-上腕三頭筋

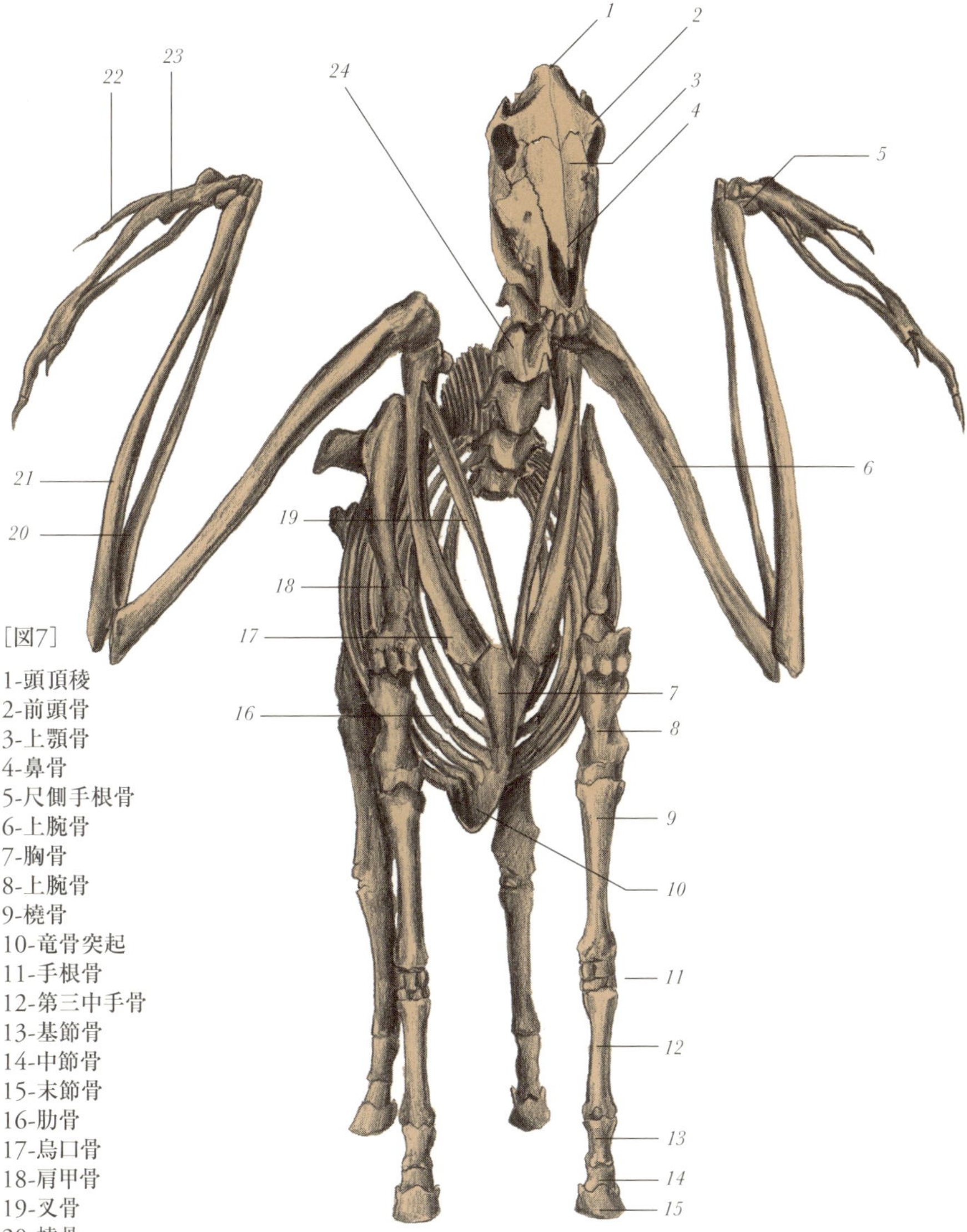

［図7］

1-頭頂稜
2-前頭骨
3-上顎骨
4-鼻骨
5-尺側手根骨
6-上腕骨
7-胸骨
8-上腕骨
9-橈骨
10-竜骨突起
11-手根骨
12-第三中手骨
13-基節骨
14-中節骨
15-末節骨
16-肋骨
17-烏口骨
18-肩甲骨
19-叉骨
20-橈骨
21-尺骨
22-第一指骨
23-手根中手骨
24-椎骨

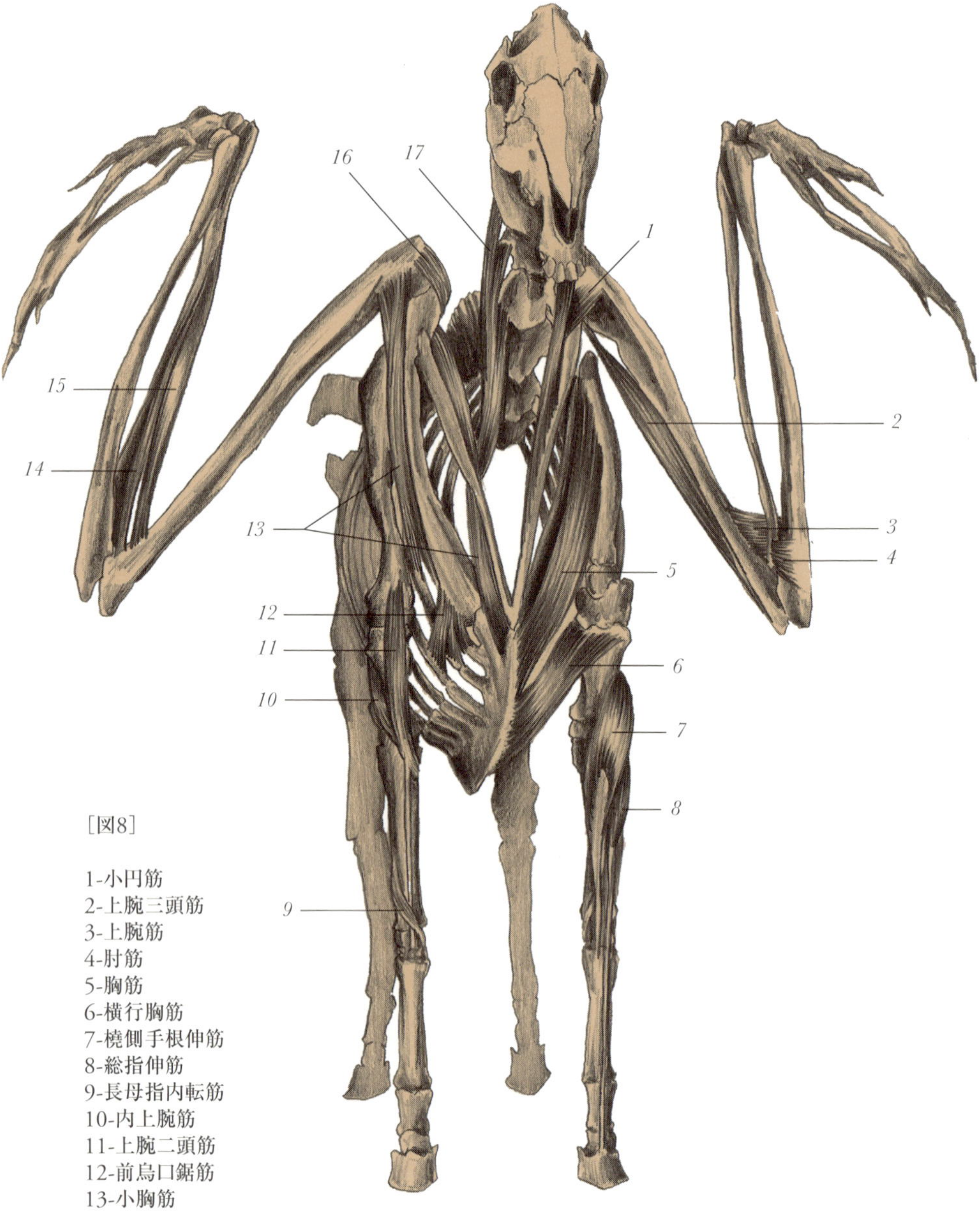

［図8］

1-小円筋
2-上腕三頭筋
3-上腕筋
4-肘筋
5-胸筋
6-横行胸筋
7-橈側手根伸筋
8-総指伸筋
9-長母指内転筋
10-内上腕筋
11-上腕二頭筋
12-前烏口鋸筋
13-小胸筋
14-深回内筋
15-浅回内筋
16-棘上筋
17-頭長筋

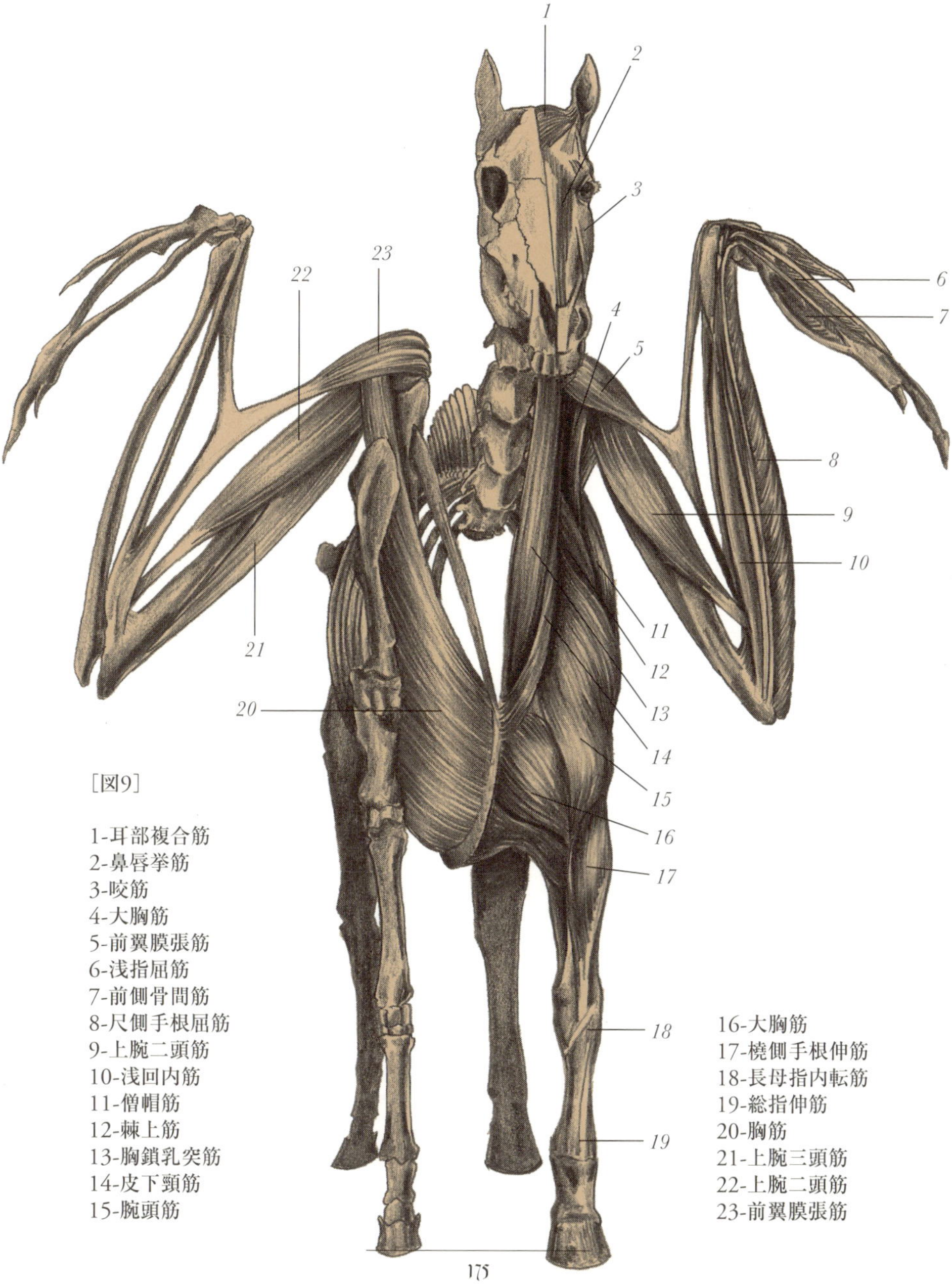

［図9］

1-耳部複合筋
2-鼻唇挙筋
3-咬筋
4-大胸筋
5-前翼膜張筋
6-浅指屈筋
7-前側骨間筋
8-尺側手根屈筋
9-上腕二頭筋
10-浅回内筋
11-僧帽筋
12-棘上筋
13-胸鎖乳突筋
14-皮下頸筋
15-腕頭筋
16-大胸筋
17-橈側手根伸筋
18-長母指内転筋
19-総指伸筋
20-胸筋
21-上腕三頭筋
22-上腕二頭筋
23-前翼膜張筋

東洋ドラゴンは、ブラック博士が作った動物の中でも、とりわけよくできていたようだ。博士は、東洋ドラゴンやそれに似た種は現存すると信じていた。博士の説によると、東洋ドラゴンは形質が両性動物に似ていたという。そして、地球史上最大級の種のひとつであり、天敵はおらず、かつては地球上のあらゆる場所を縦横無尽に動き回っていたらしい。

博士は解説の中で、西洋のドラゴン（火を吹く種）についても触れている。博士は、ドラゴンなどの伝説の動物は、どれもすべて実在した可能性があると考えていた。

東洋ドラゴン

界	動物界
門	脊椎動物亜門
綱	両生綱
目	有尾目
科	丘ドラゴン科
属	ドラゴン属
種	東洋ドラゴン

私は、日本の東方に浮かぶ中ノ鳥島の古い寺院において、東洋ドラゴンの骨格の一部を発見した。一緒にいた仲間は、東洋ドラゴンの骨格ではないと考えたが、私はその骨を購入した。大きな蛇の骨格だと誰もが思っていたが、確かに大きな蛇の骨格に似ていた。骨格の長さは四〇フィートだった。私はそれを参考にして、この堂々として威厳に満ちた動物を作った。東洋ドラゴンは巨大で、背中に突起があり、鉤爪が発達していた。また、防御能力が高く、生きていく上で有利な特長を多く持っていたと思われる。

西洋のドラゴンとは、祖先は同じかもしれないが、類縁関係は遠いのではないだろうか。西洋のドラゴンは翼を持ち、リンを含む息を吐くと伝えられているから、リヴァイアサンやヒュドラに近いと思われるが、西洋のドラゴンについてはまだ研究していないので、この説を証拠立てることはできない。

極東地域の伝説には、ドラゴンのことがとても詳しく描かれており、話の内容も深い。昔の人にとって、ドラゴンは馴染み深い存在であり、ドラゴンのことをみんながよく知っていたのだろう。ヘビやトカゲ、両性動物などと同じように、多様な種が存在したと思われる。環境変化に応じて、姿や性格を変えていったのだろう。私は、ドラゴンのすべての種が絶滅したとは思っていない。ドラゴンがこの世に存在しないとはどうしても思えない。ドラゴンはきっと、深い海の底や奥地の沼で生き続けている。

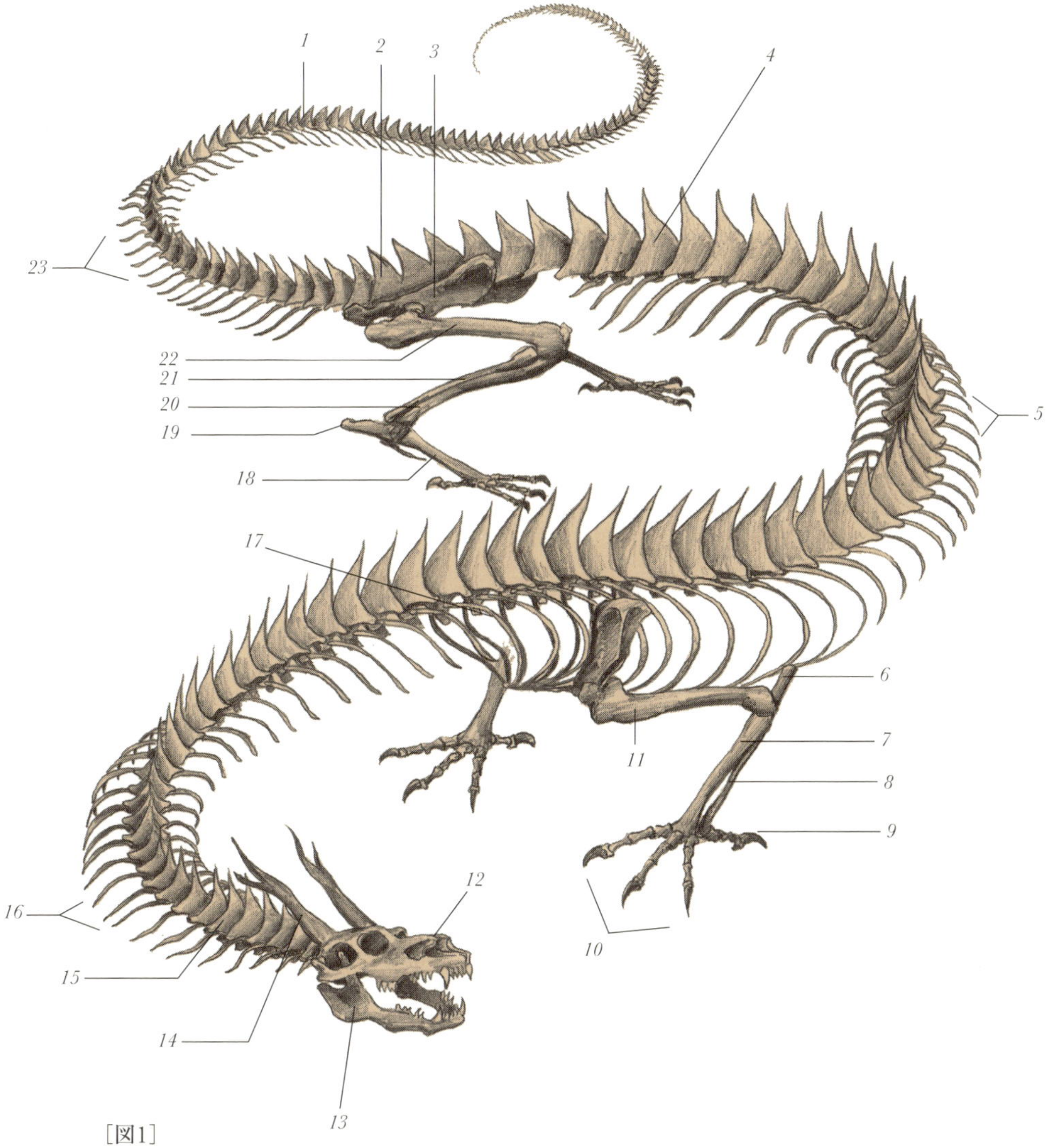

［図1］

1-尾椎棘突起	9-親指骨（第一指骨）	
2-仙骨	10-指骨	17-第一胸肋骨
3-骨盤	11-上腕骨	18-中足骨
4-腰椎棘突起	12-鼻骨	19-踵骨隆起
5-胸肋骨	13-下顎骨	20-脛骨
6-肘頭	14-角	21-腓骨
7-橈骨	15-頸椎棘突起	22-大腿骨
8-尺骨	16-頸肋骨	23-尾肋骨

［図2］

1-尾
2-大腿筋膜張筋
3-縫工筋
4-腸肋筋
5-尾部複合筋
6-背最長筋
7-広背筋
8-上腕三頭筋
9-総指伸筋
10-鎖骨胸筋
11-三角筋
12-僧帽筋
13-大胸筋
14-鼻唇挙筋
15-眼輪筋
16-頬筋
17-咬筋
18-頸部複合筋
19-腸肋筋
20-大腿二頭筋
21-半腱様筋
22-半膜様筋
23-尾内転筋

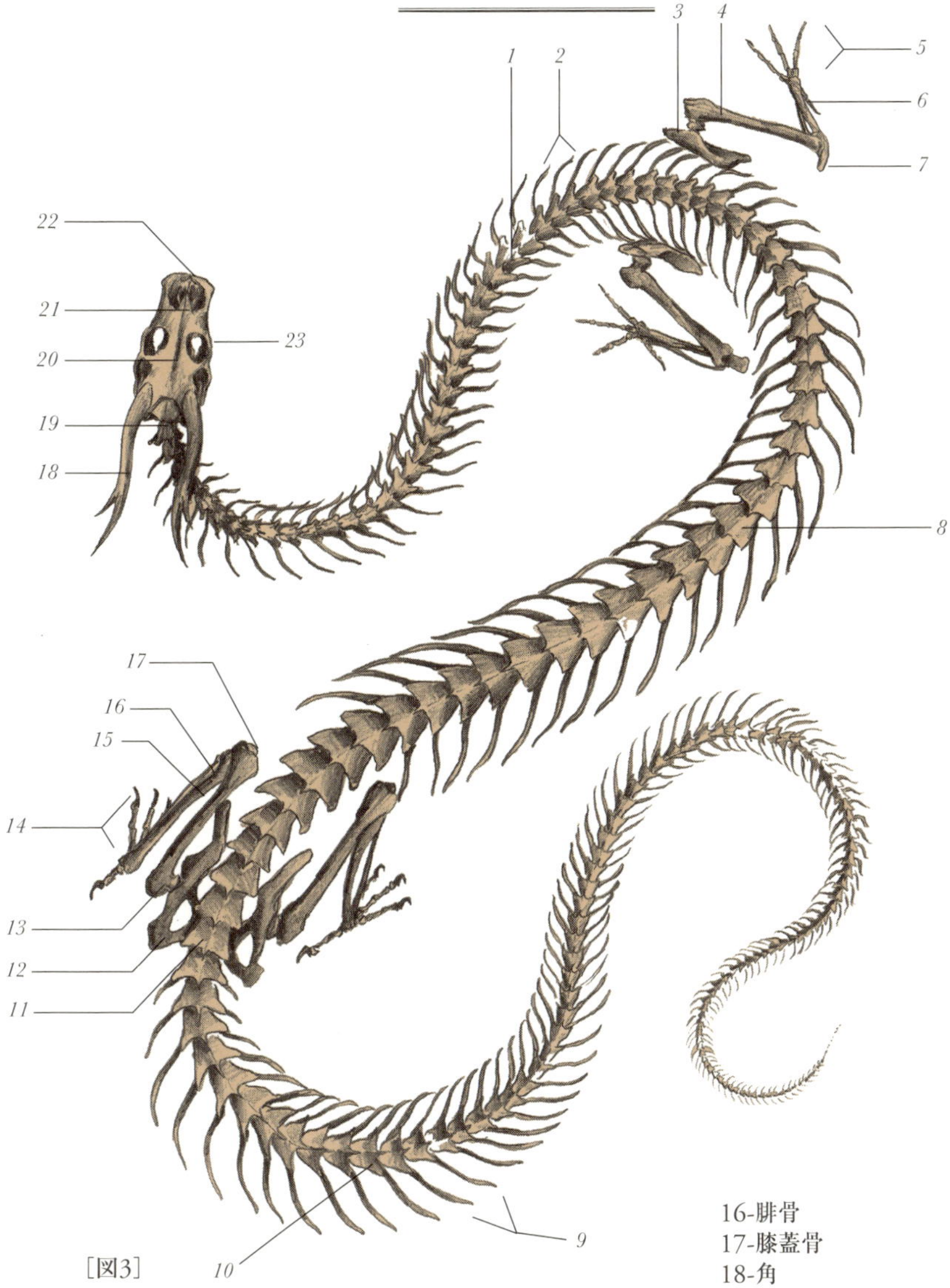

［図3］

1-頸椎棘突起
2-頸肋骨
3-肩甲骨
4-上腕骨
5-指骨
6-橈骨
7-肘頭
8-胸椎棘突起
9-尾肋骨
10-尾椎棘突起
11-仙骨
12-骨盤
13-大腿骨
14-指骨
15-脛骨
16-腓骨
17-膝蓋骨
18-角
19-第一頸椎（環椎）
20-頭頂骨
21-鼻骨
22-切歯骨
23-頬骨弓

[図4]

1-腸肋筋
2-僧帽筋
3-三角筋
4-上腕三頭筋
5-尺側手根伸筋
6-長指伸筋
7-広背筋
8-腸肋筋
9-半腱様筋
10-下腿内転筋
11-大臀筋
12-中臀筋
13-背最長筋
14-耳介挙筋
15-耳筋
16-鼻唇挙筋
17-頬筋

東洋ドラゴン

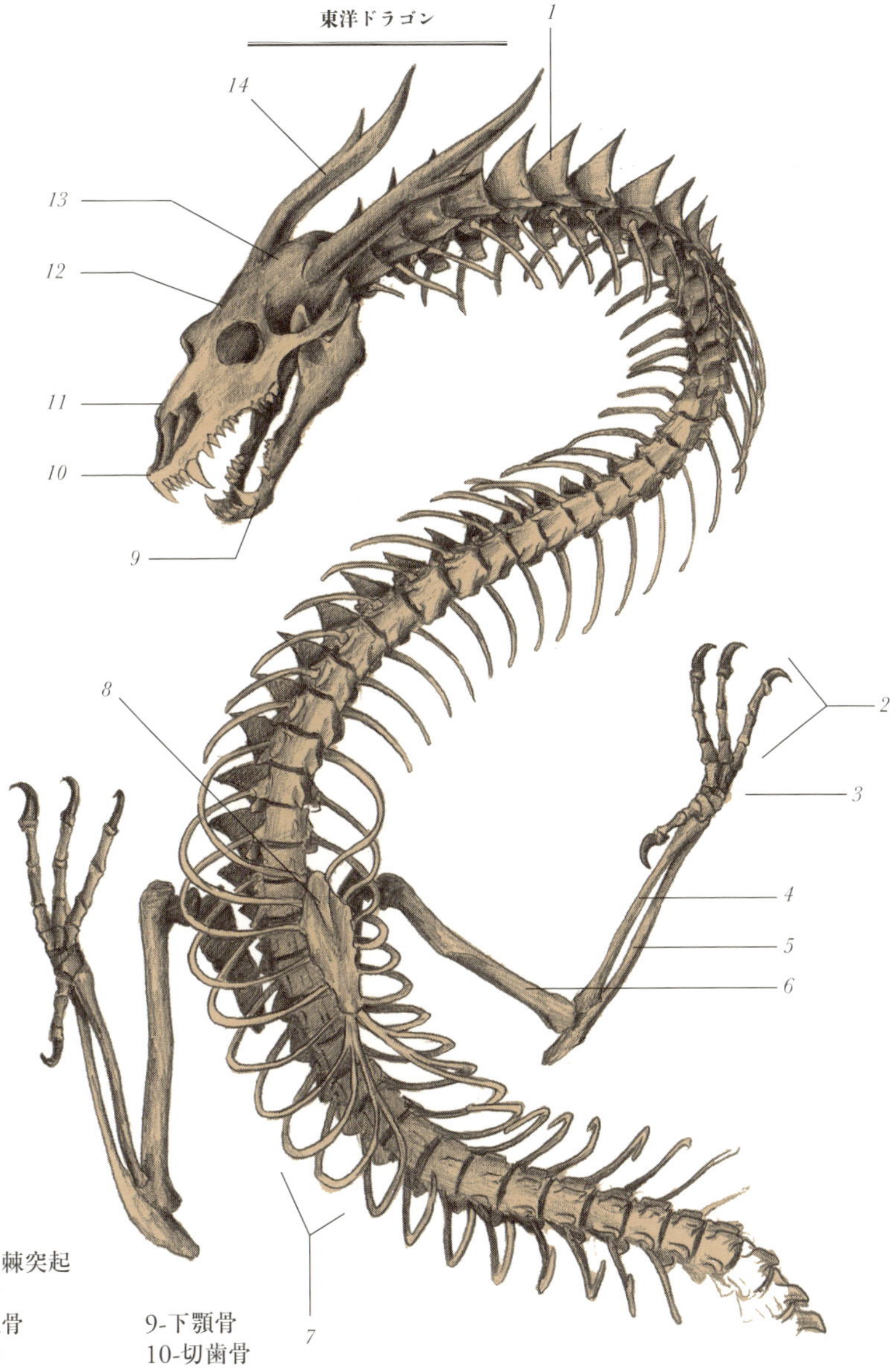

［図5］

1-頸椎棘突起
2-指骨
3-手根骨
4-橈骨
5-尺骨
6-上腕骨
7-肋骨
8-胸骨
9-下顎骨
10-切歯骨
11-鼻骨
12-前頭骨
13-頭頂骨
14-角

［図6］

1-背最長筋
2-腸肋筋
3-頸部複合筋
4-大胸筋
5-三角筋
6-上腕二頭筋
7-上腕三頭筋
8-腕橈骨筋
9-橈側手根屈筋
10-長掌筋
11-上腕筋
12-腹筋
13-前鋸筋
14-尺側手根屈筋
15-第一長指内転筋・
　第一短指内転筋
16-鼻唇挙筋
17-眼輪筋
18-側頭筋
19-咬筋
20-頬筋
21-翼突筋

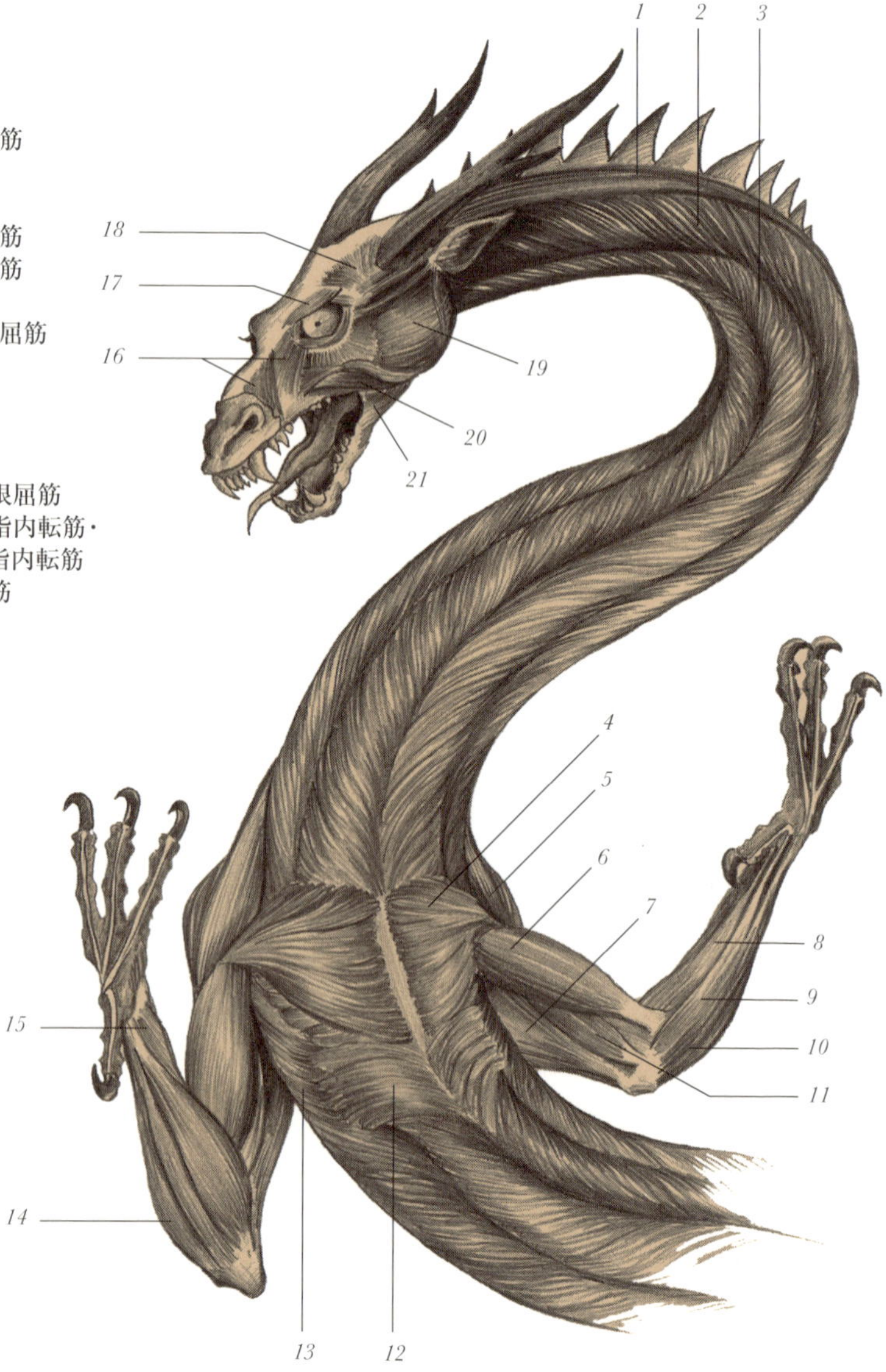

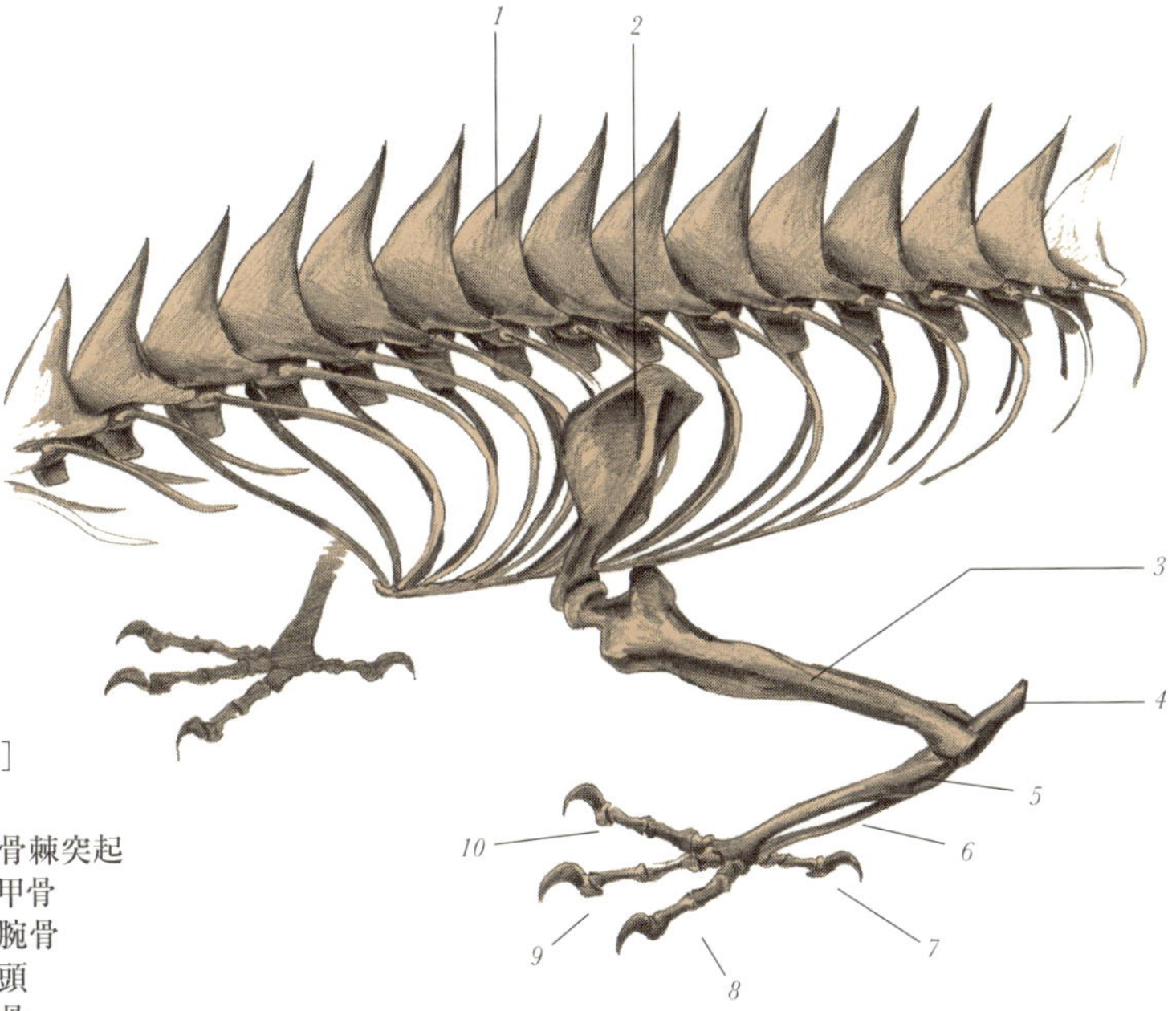

［図7］

1-椎骨棘突起
2-肩甲骨
3-上腕骨
4-肘頭
5-橈骨
6-尺骨
7-親指骨（第一指骨）
8-第四指骨
9-第三指骨
10-第二指骨

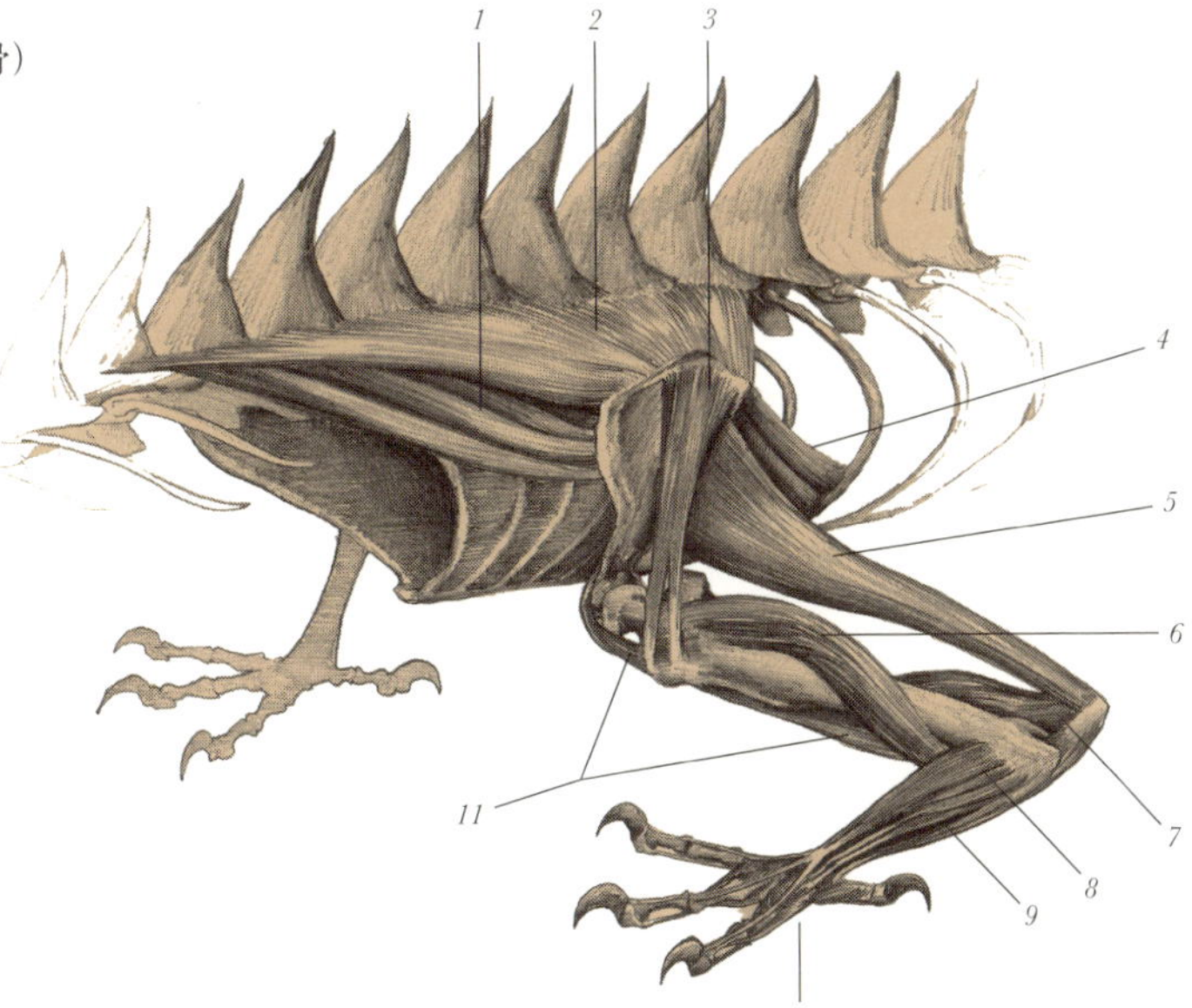

［図8］

1-腹鋸筋
2-菱形筋
3-棘下筋
4-上後鋸筋
5-上腕三頭筋
6-上腕筋
7-肘筋
8-橈側手根伸筋
9-長指伸筋
10-小指固有伸筋
11-上腕二頭筋

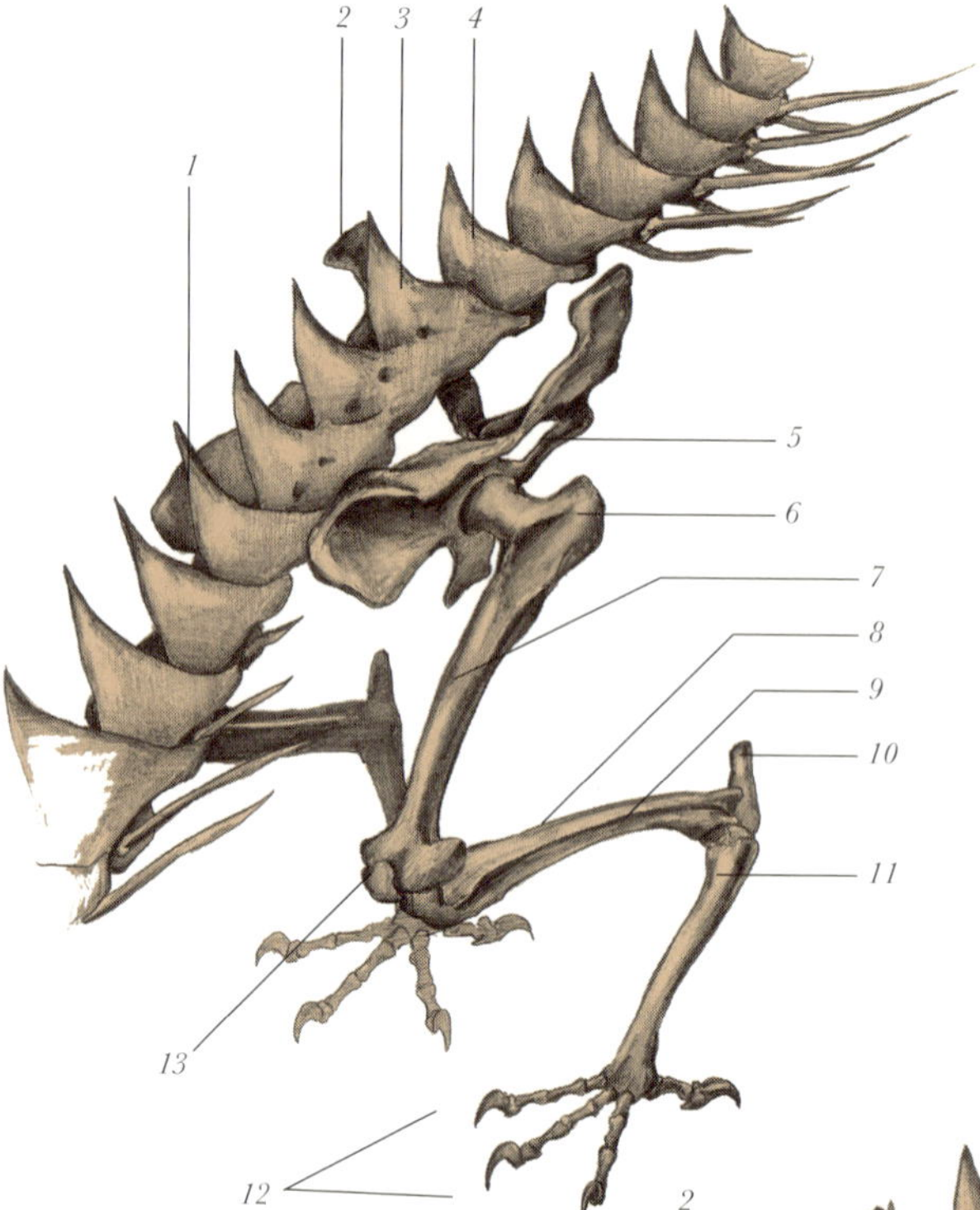

［図9］

1-棘突起
2-座骨
3-仙骨
4-第一尾椎
5-骨盤
6-大転子
7-大腿骨
8-腓骨
9-脛骨
10-踵骨隆起
11-中足骨
12-指骨
13-膝蓋骨

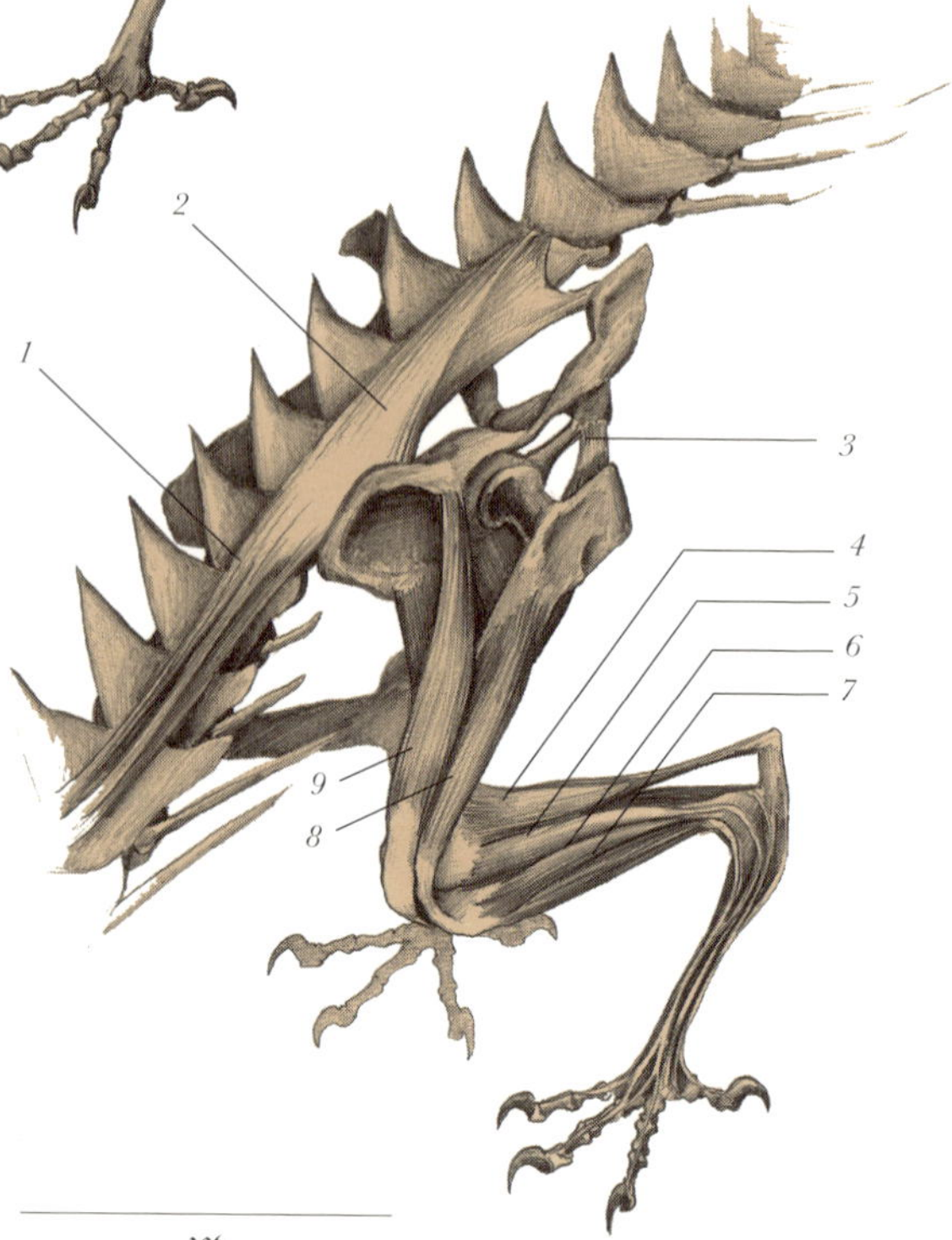

［図10］

1-背最長筋
2-背腰筋膜
3-薄筋
4-腓腹筋
5-深指屈筋
6-外指伸筋
7-長指伸筋
8-外広筋
9-大腿直筋

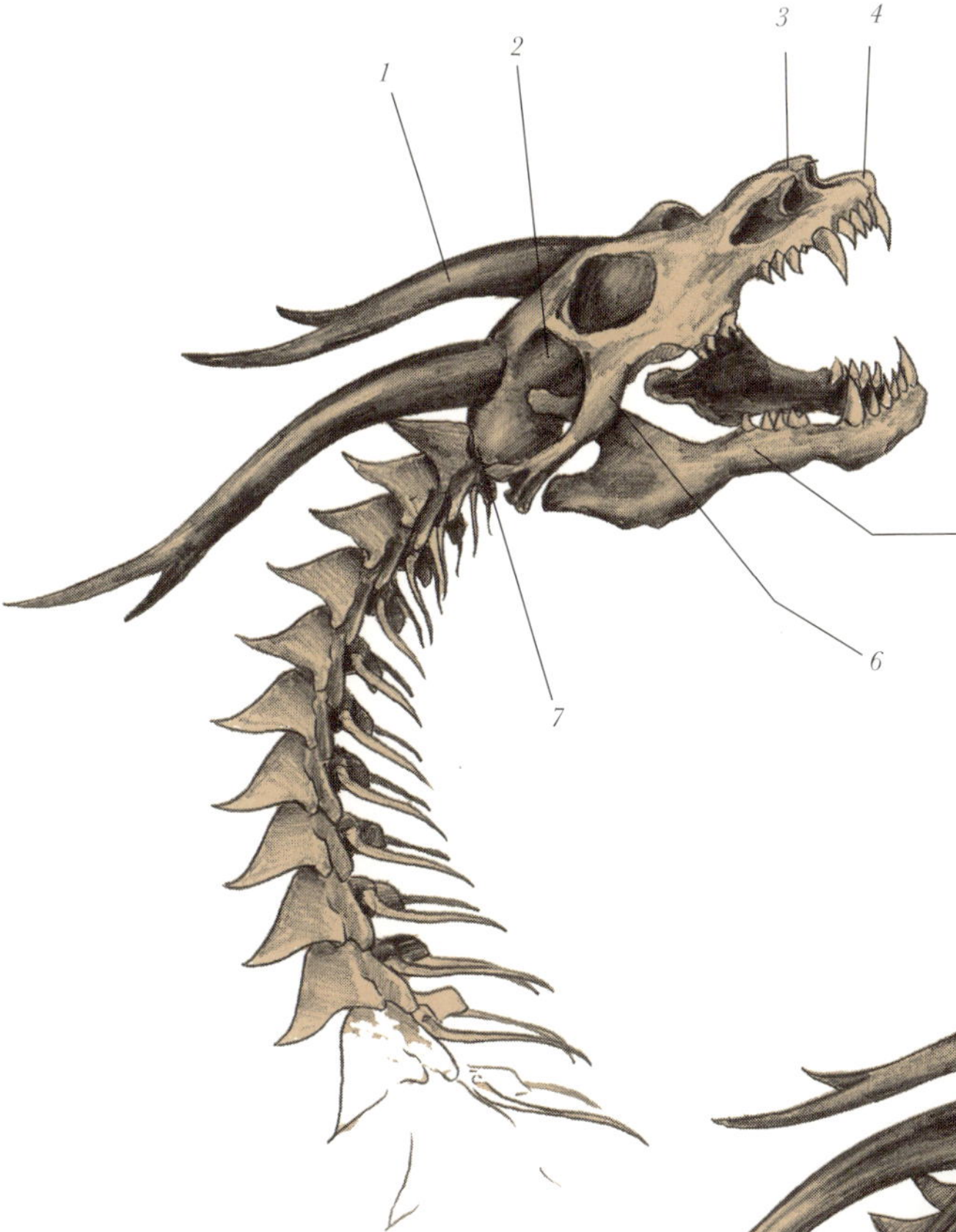

［図11］

1-角
2-側頭骨
3-鼻骨
4-切歯骨
5-下顎骨
6-頬骨弓
7-第一頸椎（環椎）

［図12］

1-側頭筋
2-眼輪筋
3-鼻唇挙筋
4-頬筋
5-翼突筋
6-咬筋
7-後内斜筋
8-棘筋

ブラック博士が作ったケンタウロスは大きかったため、博士は制作時、ペガサスを作った時に使用した滑車を再び使ったようだ。博士が作った動物の一部は、現在も残っていると考えられている。ただし、そのほとんどが個人の秘蔵品になっているようだ。博士が卓越した技術を用いて作ったものだったため、多くの収集家が探し求めたらしい。そしてかなりの高額で取引されたようだ。

ブラック博士は解説の中で、ブルガリアの小さな村でケンタウロスが実在したことを示す証拠を発見したと述べている。しかし、博士の言葉を信じる考古学者はいない。

馬ケンタウロス

界	動物界
門	脊椎動物亜門
綱	哺乳綱
目	奇蹄目
科	人馬科
属	ケンタウロス属
種	馬ケンタウロス

ケンタウロスにまつわる伝説には、ケンタウロスのことをことさら悪く描いたものが多い。ケンタウロスは、敵によって絶滅へ追いやられた可能性がある。私は、切り刻まれたケンタウロスの体を発見し、それを丁寧に埋葬した。ケンタウロスの敵は、情け容赦なく彼らを襲ったのだろう。しかし、ケンタウロスは、わりと長い間繁栄したようだ。そのため、ケンタウロス・イポタネス（人の体と馬の脚を持つ種）や有翼ケンタウロス、オノ・ケンタウロス（半分が人で半分が雄牛かロバである種）をはじめとする多様な種が生まれた。

私は発掘調査のため、バルカン半島に位置するブルガリアへ赴いた。そして、首都ソフィアの東にある小さな村で、ケンタウロスを知る手がかりとなるものをいくつも発見した。さらに発掘を進めれば、人類学研究が大いに進展するだろう。あの美しい村にもっと長く滞在したかったのだが、残念ながらそれは叶わなかった。いつの日か、後進の科学者が発掘調査を行い、ケンタウロスの知られざる文化や能力について解き明かしてくれるかもしれない。

［図1］

1-頭頂骨
2-側頭骨
3-後頭骨
4-椎骨
5-肩甲骨
6-上腕骨
7-肩甲骨
8-第一〇胸椎
9-第五腰椎
10-仙骨
11-骨盤
12-座骨
13-大腿骨
14-腓骨
15-脛骨
16-踵骨隆起
17-足根骨
18-第三中足骨
19-基節骨（繋骨）
20-中節骨（冠骨）
21-末節骨（蹄骨）
22-肘頭
23-第三中手骨
24-手根骨
25-橈骨
26-上腕骨
27-指骨
28-中手骨
29-手根骨
30-尺骨
31-橈骨
32-胸骨
33-下顎骨
34-上顎骨
35-頬骨弓
36-頬骨突起
37-前頭骨

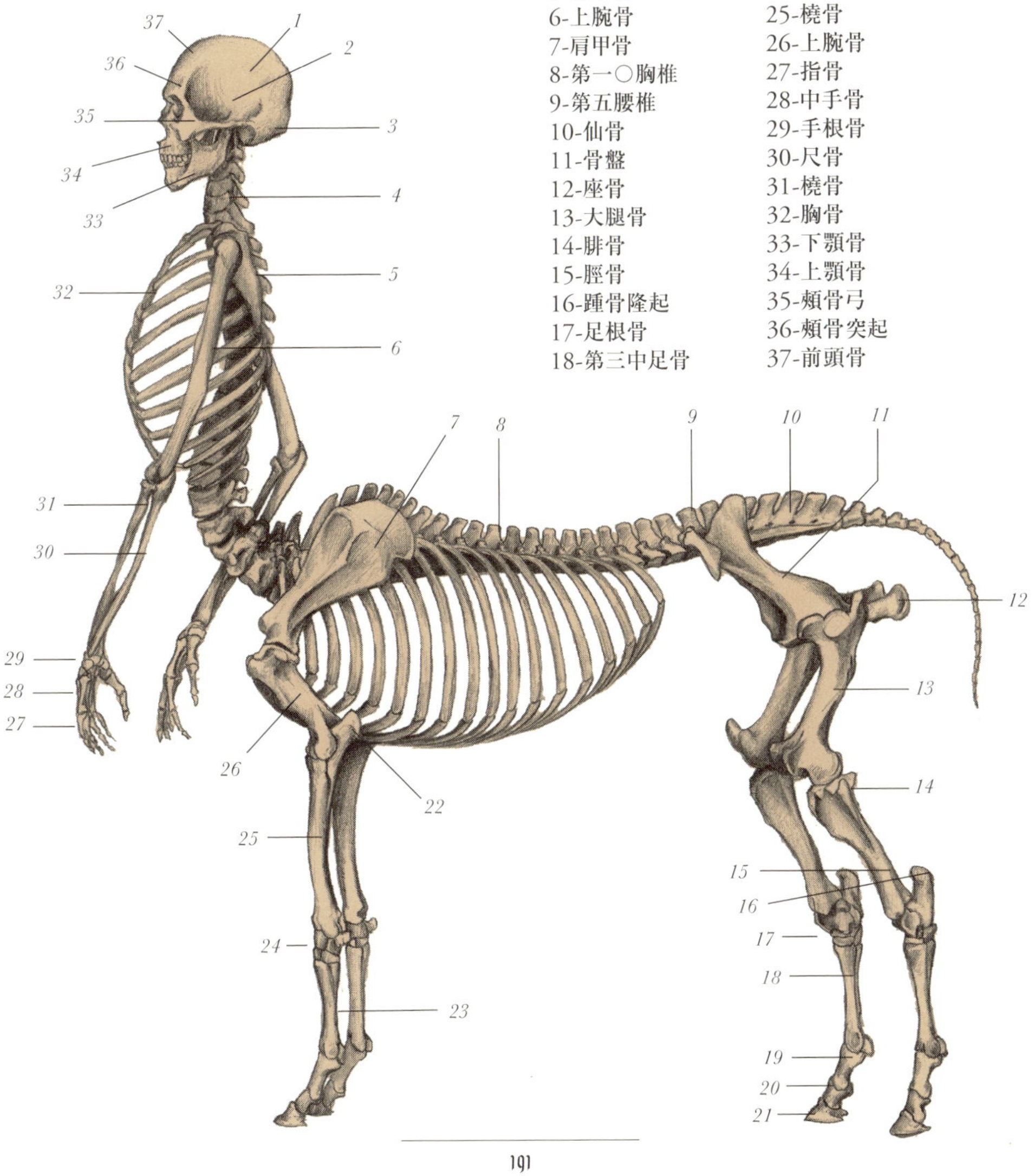

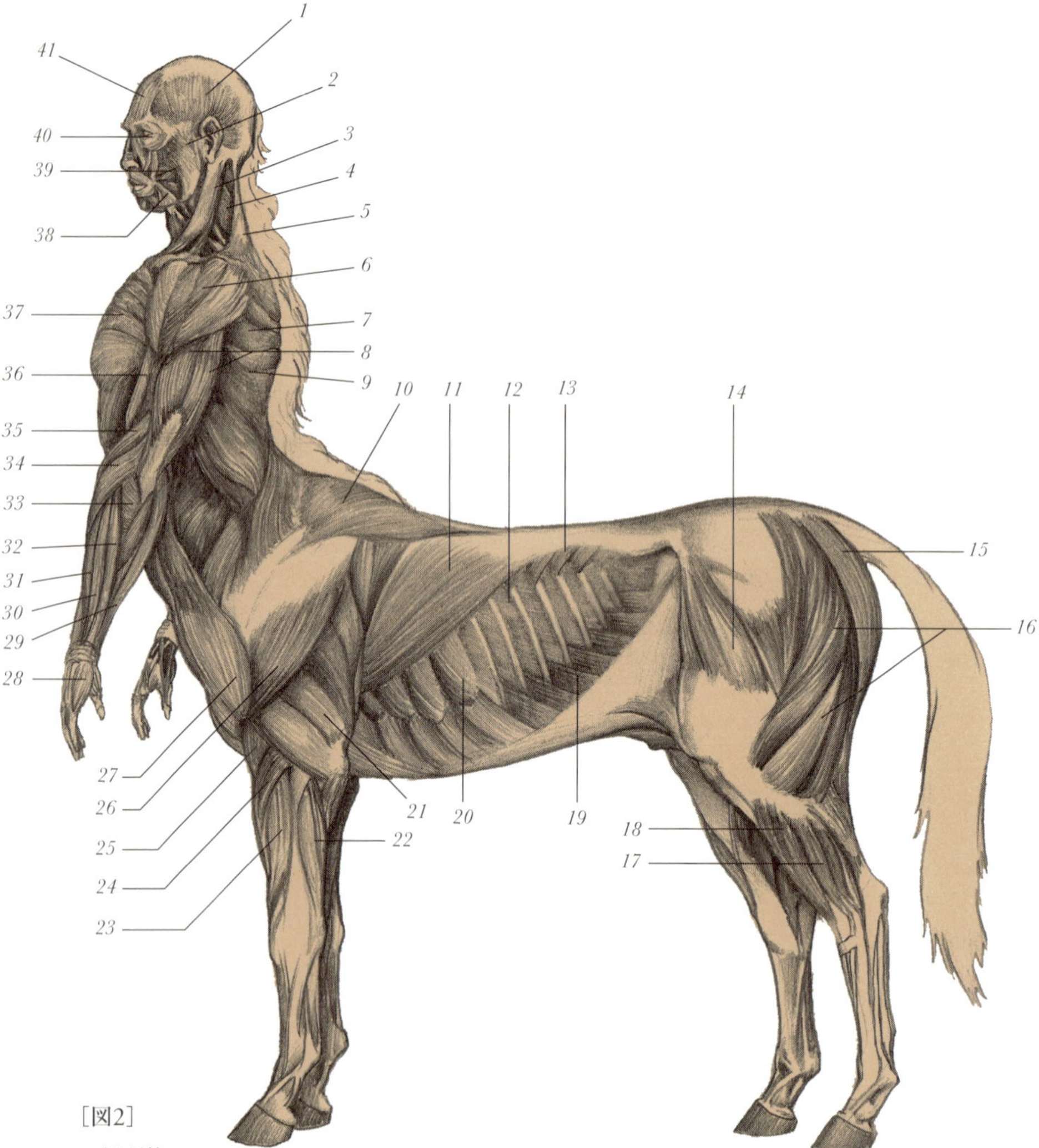

[図2]

1-側頭筋
2-咬筋
3-胸鎖乳突筋
4-肩甲挙筋
5-僧帽筋
6-三角筋
7-大円筋
8-上腕三頭筋
9-広背筋
10-僧帽筋
11-広背筋
12-外肋間筋
13-下後鋸筋
14-大腿筋膜張筋
15-半腱様筋
16-大腿二頭筋
17-外指伸筋
18-後脛骨筋
19-外腹斜筋
20-胸鋸筋
21-上腕三頭筋
22-尺側手根伸筋
23-総指伸筋
24-橈側手根伸筋
25-上腕筋
26-三角筋
27-腕頭筋
28-小指球筋
29-浅指屈筋
30-総指伸筋
31-短橈側手根伸筋
32-尺側手根伸筋
33-肘筋
34-橈側手根伸筋
35-腕橈骨筋
36-上腕二頭筋
37-大胸筋
38-口角下制筋
39-笑筋
40-眼輪筋
41-前頭筋

[図3]

1-頭頂骨
2-後頭骨
3-肩甲骨
4-椎骨
5-胸椎棘突起
6-骨盤
7-仙骨結節
8-仙骨
9-座骨
10-大腿骨
11-上腕骨
12-肩甲骨

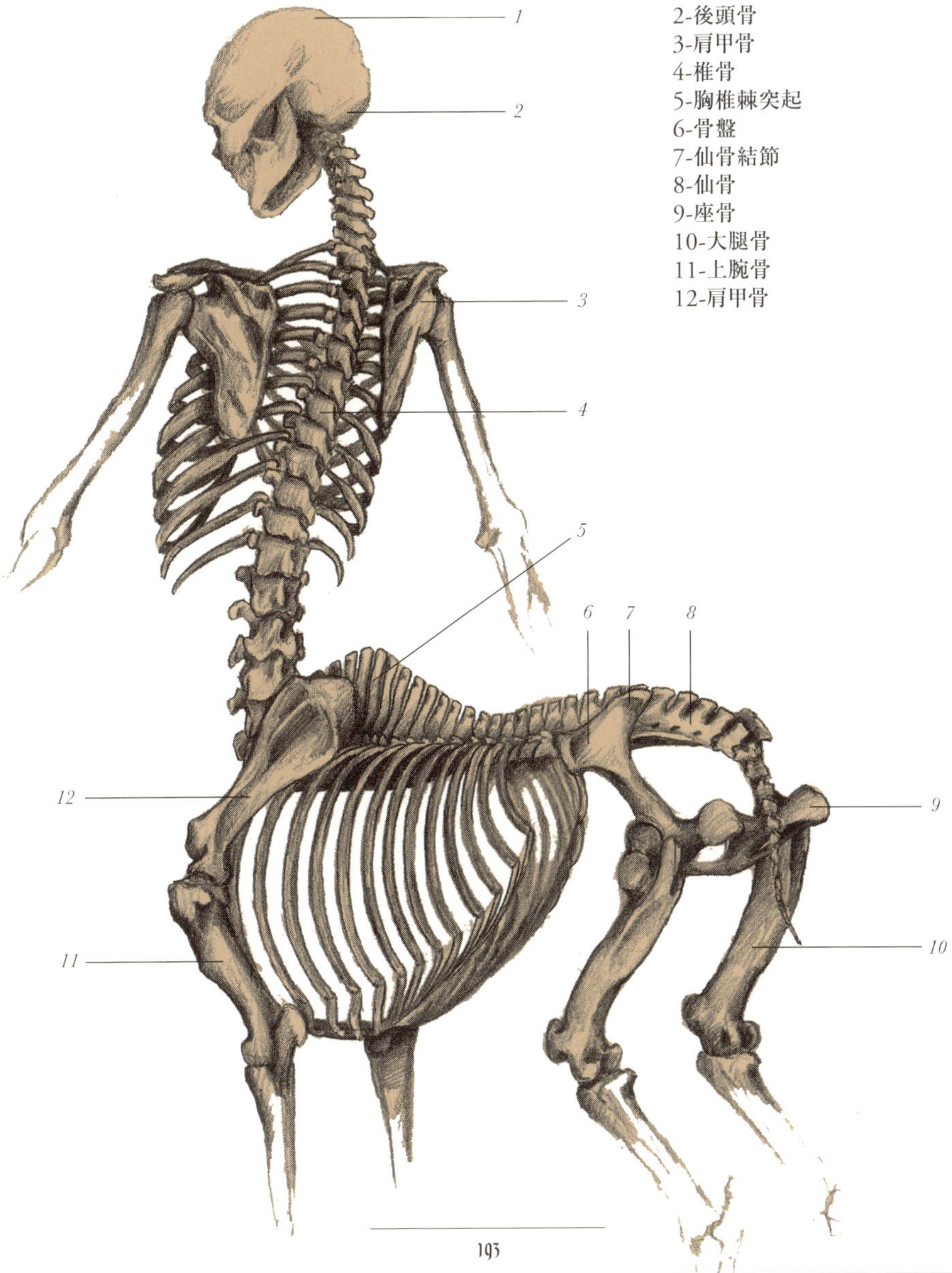

［図4］

1-胸鎖乳突筋
2-僧帽筋
3-三角筋
4-上腕三頭筋
5-広背筋
6-僧帽筋
7-広背筋
8-外肋間筋
9-大腿筋膜張筋
10-浅臀筋
11-大腿二頭筋
12-半腱様筋
13-半膜様筋
14-薄筋
15-長指伸筋
16-外腹斜筋
17-橈側手根伸筋
18-上腕三頭筋
19-腹鋸筋
20-三角筋
21-腕頭筋
22-胸骨臂筋
23-外腹斜筋
24-大円筋
25-小円筋
26-棘下筋

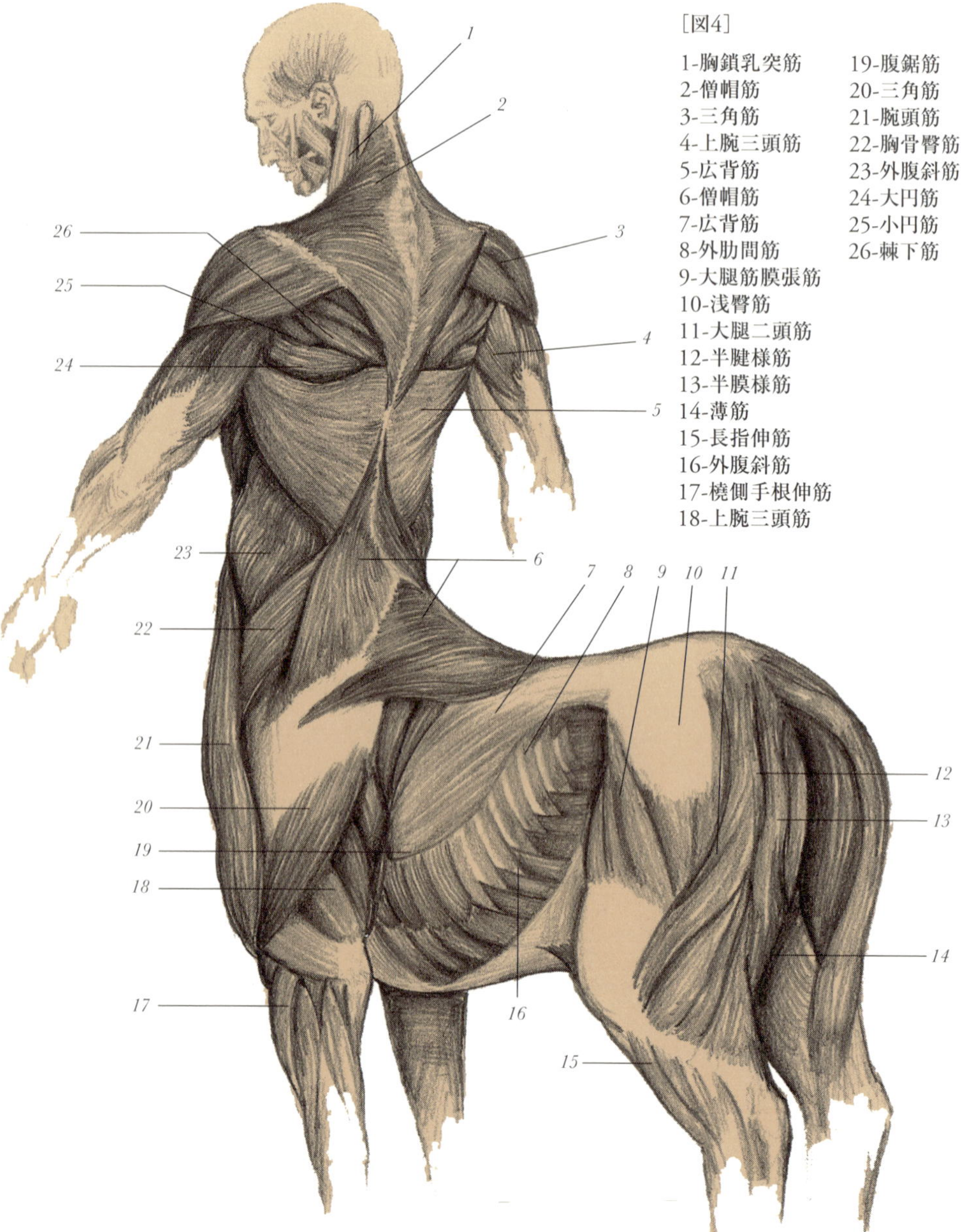

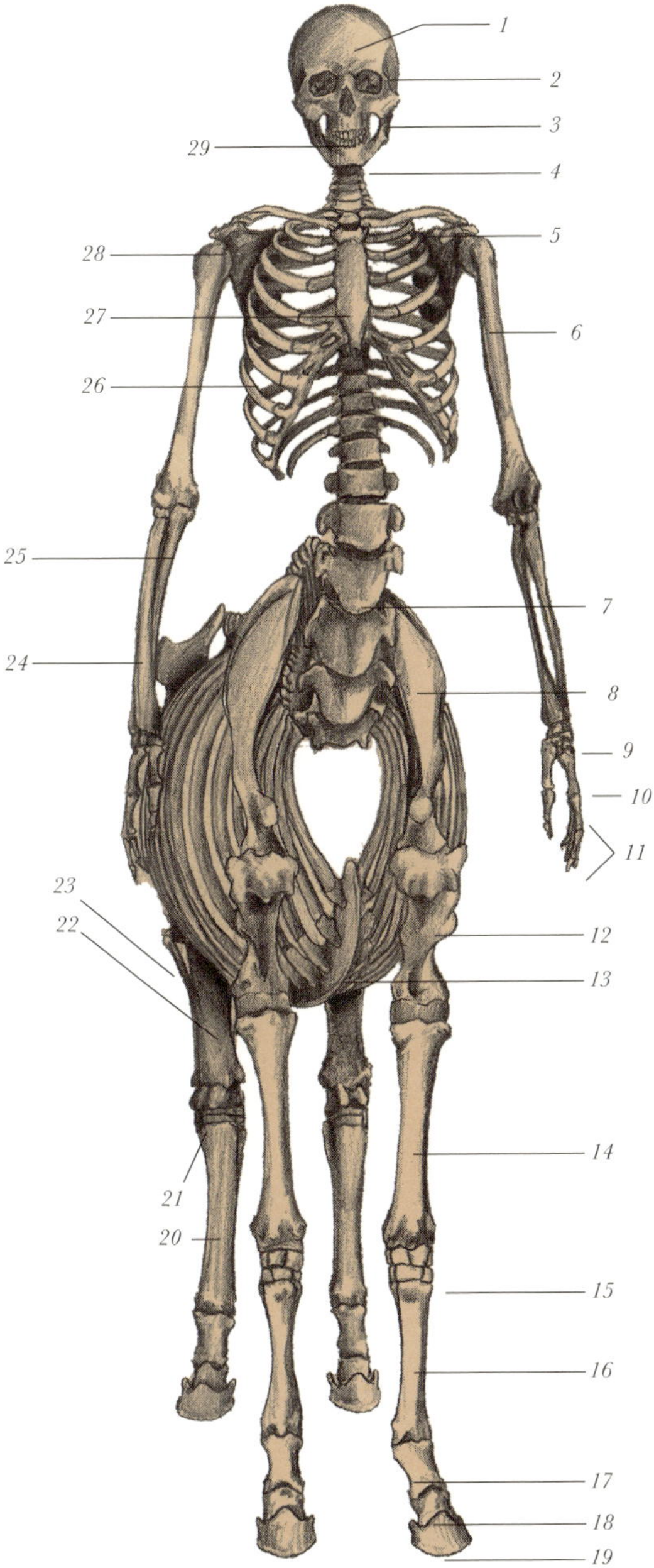

[図5]

1-前頭骨
2-側頭骨
3-頬骨弓
4-下顎骨
5-鎖骨
6-上腕骨
7-腰頚椎
8-肩甲骨
9-手根骨
10-中手骨
11-指骨
12-上腕骨
13-胸骨
14-橈骨
15-手根骨
16-第三中手骨
17-基節骨
18-中節骨
19-末節骨
20-第三中足骨
21-足根骨
22-脛骨
23-腓骨
24-橈骨
25-尺骨
26-肋骨
27-胸骨
28-肩甲骨
29-上顎骨

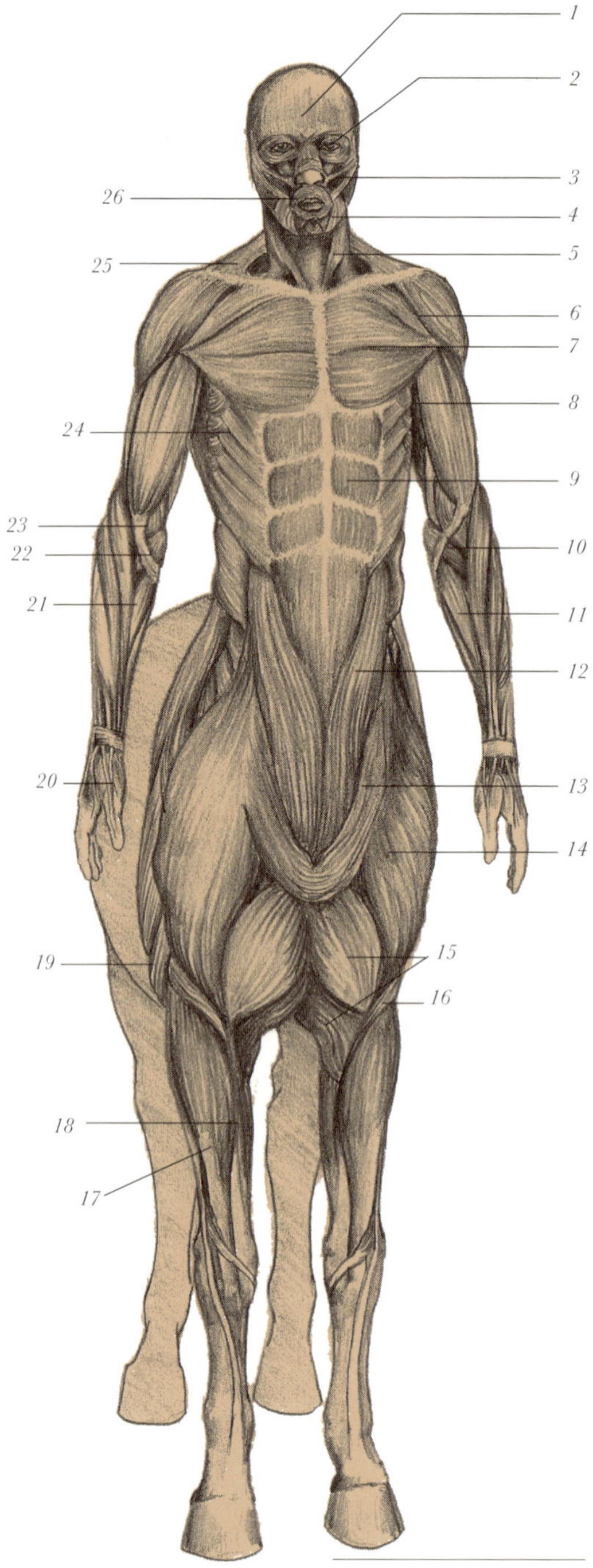

［図6］

1-前頭筋
2-眼輪筋
3-上唇挙筋
4-口角下制筋
5-胸鎖乳突筋
6-三角筋
7-大胸筋
8-上腕二頭筋
9-腹直筋
10-腕橈骨筋
11-橈側手根伸筋
12-胸骨筋
13-腰頸皮下筋
14-腕頭筋
15-大胸筋
16-上腕筋
17-橈側手根伸筋
18-橈側手根屈筋
19-上腕三頭筋
20-母指球筋
21-橈側手根屈筋
22-円回内筋
23-上腕筋
24-前鋸筋
25-僧帽筋
26-口輪筋

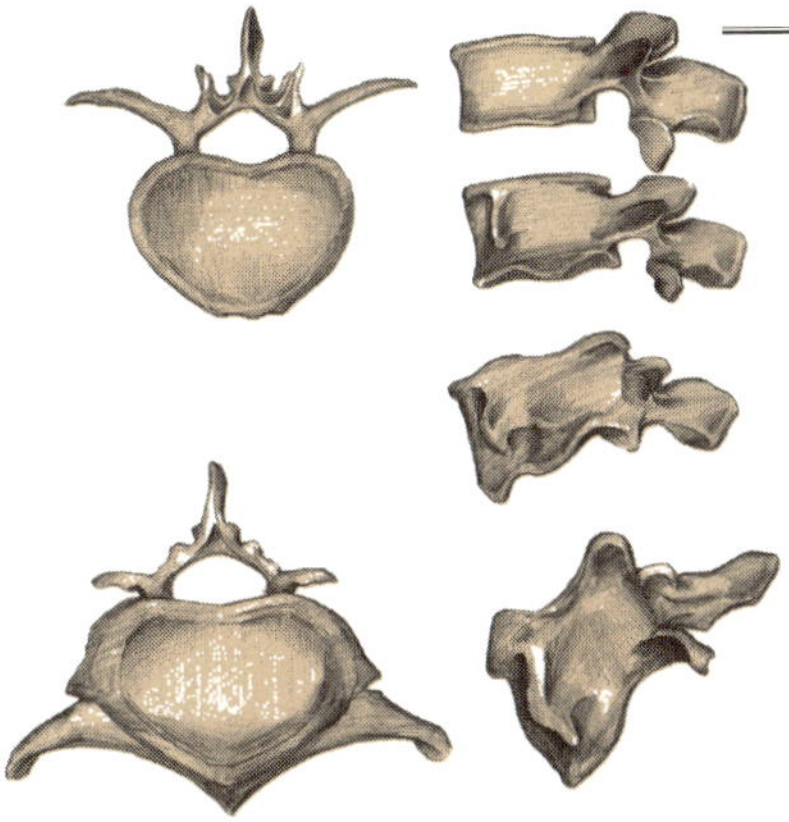

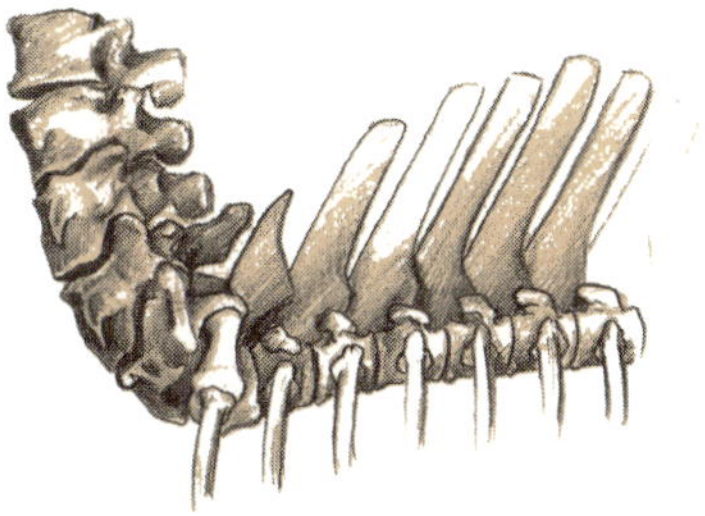

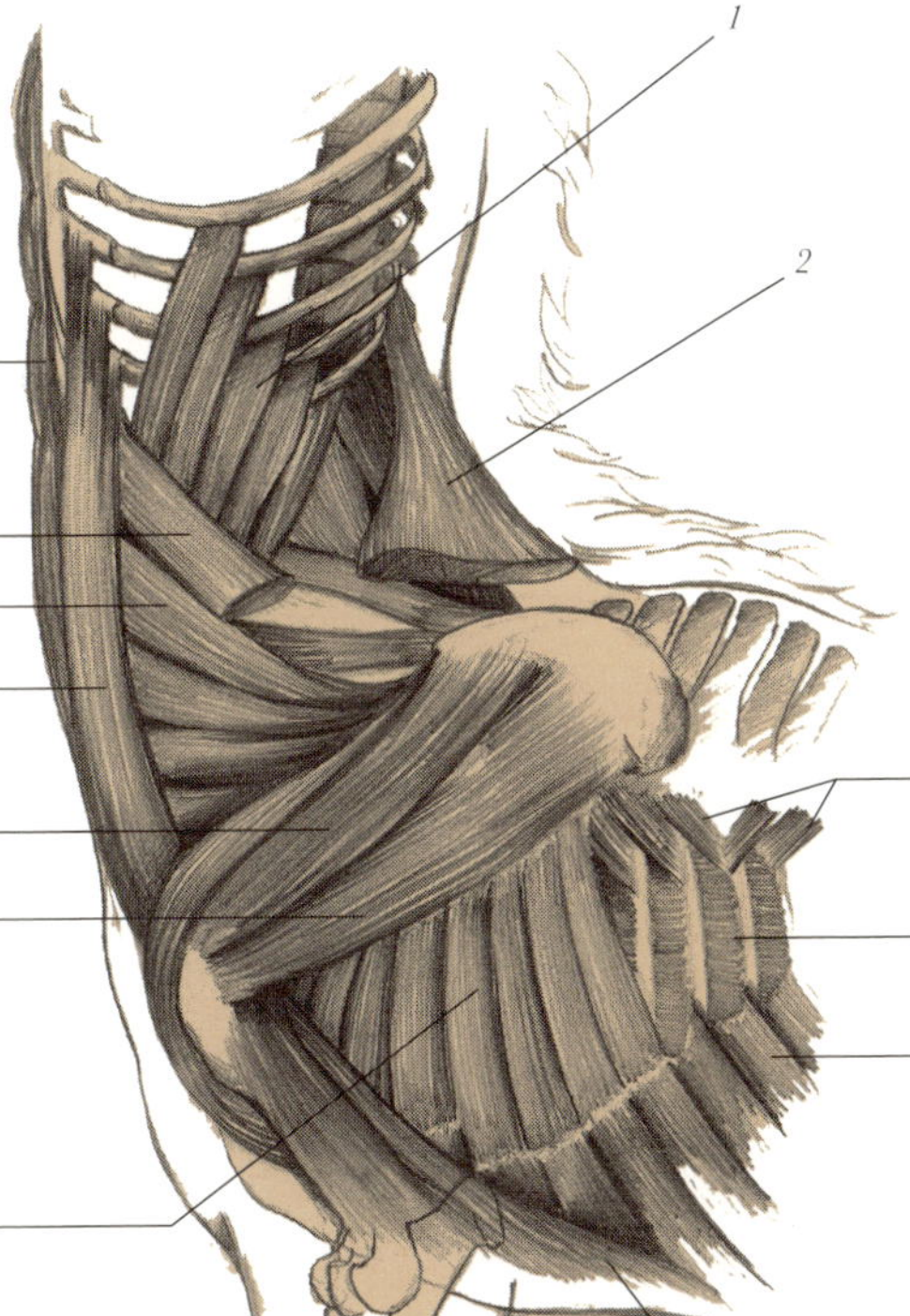

［図7］

1-外腹斜筋
2-僧帽筋（断面）
3-後鋸筋
4-外肋間筋
5-外腹斜筋
6-深胸筋
7-腹鋸筋
8-棘下筋
9-棘上筋
10-腰頸皮下筋
11-腹鋸筋
11a-腹鋸筋（断面）
12-腹直筋

ハルピュイアは、ブラック博士が最後に作った動物である。博士は、ハルピュイアの血を引く者は、ハルピュイアの姿に変わる可能性があると考えていた。博士は、この章にもっとも紙数を当てており、筋肉と骨格の図に加え、生殖器などの器官の図も載せている。

ハルピュイア・エリニュス

界	動物界
門	脊椎動物亜門
綱	哺乳翼綱
目	ハルピュイア型目
科	ハルピュイア科
属	ハルピュイア属
種	ハルピュイア・エリニュス

ハルピュイア・エリニュスは、かつては美しい女神の姿で描かれ、人びとに愛されていた。ところが時代を下ると、下品な怪物の姿で描かれるようになった。おそらく、ハルピュイア・エリニュスに関する知識がない者が増え、ハルピュイア・エリニュスと別の種を混同するようになったのだろう。なお、ハルピュイアは、ケルビムや、双子のカライスとゼテスなどと姿が似ており、これらの動物と混同されがちだ。ハルピュイア・エリニュスは古い種である。ハルピュイアの中には、大型で不愉快な性格の種も存在した。

ハルピュイアの小型の種は人の腕を持たず、人よりも鳥に近かったようだ。人の頭と首を持つが、唇の内側の上顎と下顎には、嘴のような硬い突起があった。歯は、奥歯である臼歯と知恵歯が生えているだけで、嘴状の突起が、門歯と犬歯の代わりとなっていたようだ。顔の表面（内頬と外頬）は柔らかな羽毛に覆われており、遠目には鳥の顔のように見えたと思われる。

ハルピュイアの呼吸器は鳥の呼吸器に似ており、たいへん優れていた。気嚢は、体の熱を逃す役割と、肺に絶えず空気を送り込む役割を担っていた。気嚢があるため、ハルピュイアは、空気を吐く時でも体に酸素を取り込むことができたし、内臓から翼の先端にいたる体全体の熱を取ることもできた。

生殖器も鳥の生殖器と似ており、卵巣は、片方の卵巣だけが機能していた。ハルピュイアは卵を産んだ。大型の種の卵は、直径が一七センチから二〇センチほどあったようだ。抱卵期間は五週間程度だったと思われる。子供の額には、卵歯（硬い小さな突起。鳥の子供はこれを使って殻を割る。孵化後すぐに消失する）があったようだ。

ハルピュイアは鳴管と喉頭の両方を持っていたため、鳥のようにさえずり、人のように話すことができたと考えられる。どのような言語を使用していたのかを知る手がかりは、まだ見つかっていない。循環系には、医者や解剖学者にとっては、とくに目新しい点はない。他の動物と同様に、動脈と静脈が複雑に張り巡らされていた。

内臓についても記しておきたい。ハルピュイアの胃は人の胃に似ており、砂嚢はなかった。膵臓は大きく、腸は人の腸より短く、鳥の腸より長かった。心臓は四つの部屋に分かれており、腎臓がとりわけ大きかった。ハルピュイアは、人と鳥の両方の生理的特徴を持つが、ハルピュイアの腎臓は、その生理的な違いを調和させる役割を担っていたと考えられる。ハルピュイアは基本的には肉食性だが、ほとんど何でも食べていたと思われる。壊死を引き起こすため、他の動物は食べないような食物でも、食べることができたようだ。

[図1]

1-僧帽筋
2-前翼膜張筋
3-上腕二頭筋
4-上腕三頭筋
5-小翼内転筋
6-前側骨間筋
7-大指内転筋
8-指屈筋
9-尺側手根屈筋

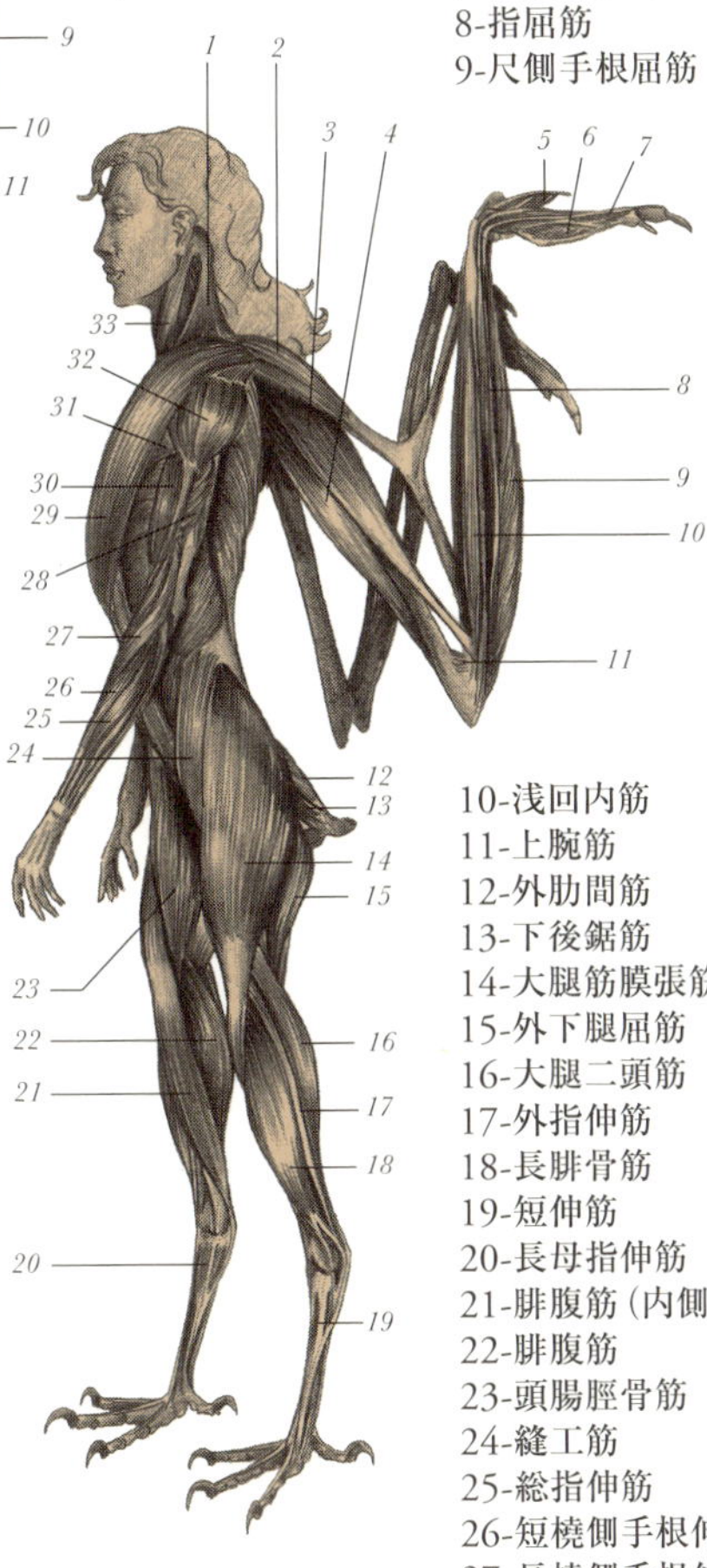

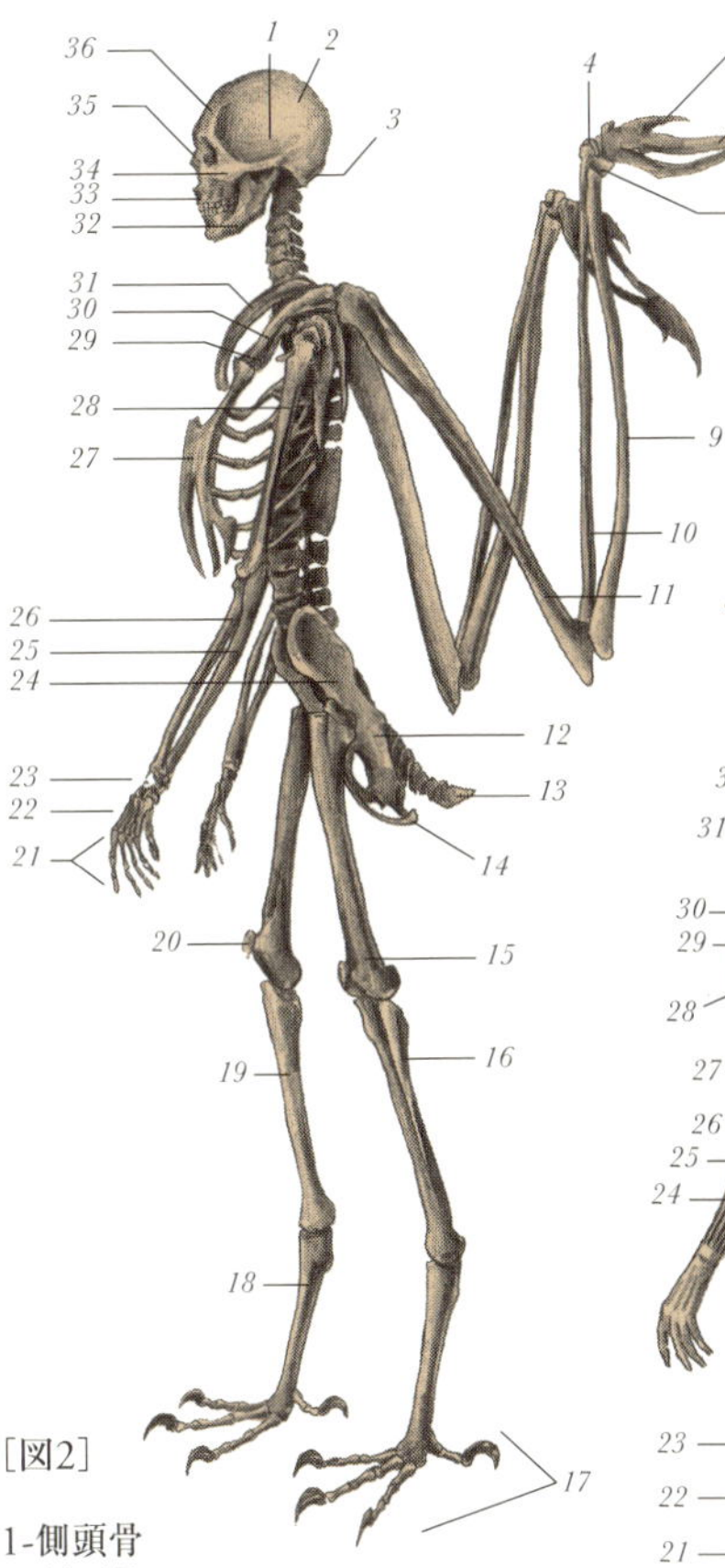

10-浅回内筋
11-上腕筋
12-外肋間筋
13-下後鋸筋
14-大腿筋膜張筋
15-外下腿屈筋
16-大腿二頭筋
17-外指伸筋
18-長腓骨筋
19-短伸筋
20-長母指伸筋
21-腓腹筋（内側頭）
22-腓腹筋
23-頭腸脛骨筋
24-縫工筋
25-総指伸筋
26-短橈側手根伸筋
27-長橈側手根伸筋
28-上腕三頭筋
29-胸筋
30-上腕二頭筋
31-大胸筋
32-三角筋
33-胸鎖乳突筋

[図2]

1-側頭骨
2-頭頂骨
3-後頭骨
4-橈側手根骨
5-第一指骨
6-手根中手骨
7-指骨
8-橈側手根骨
9-尺骨
10-橈骨
11-上腕骨
12-座骨
13-尾端骨
14-恥骨
15-大腿骨
16-腓骨
17-指骨
18-足根中足骨
19-脛足根骨
20-膝蓋骨
21-指骨
22-中手骨
23-手根骨
24-骨盤
25-尺骨
26-橈骨
27-胸骨
28-上腕骨
29-鎖骨
30-烏口骨
31-叉骨
32-下顎骨
33-上顎骨
34-頬骨弓
35-鼻骨
36-前頭骨

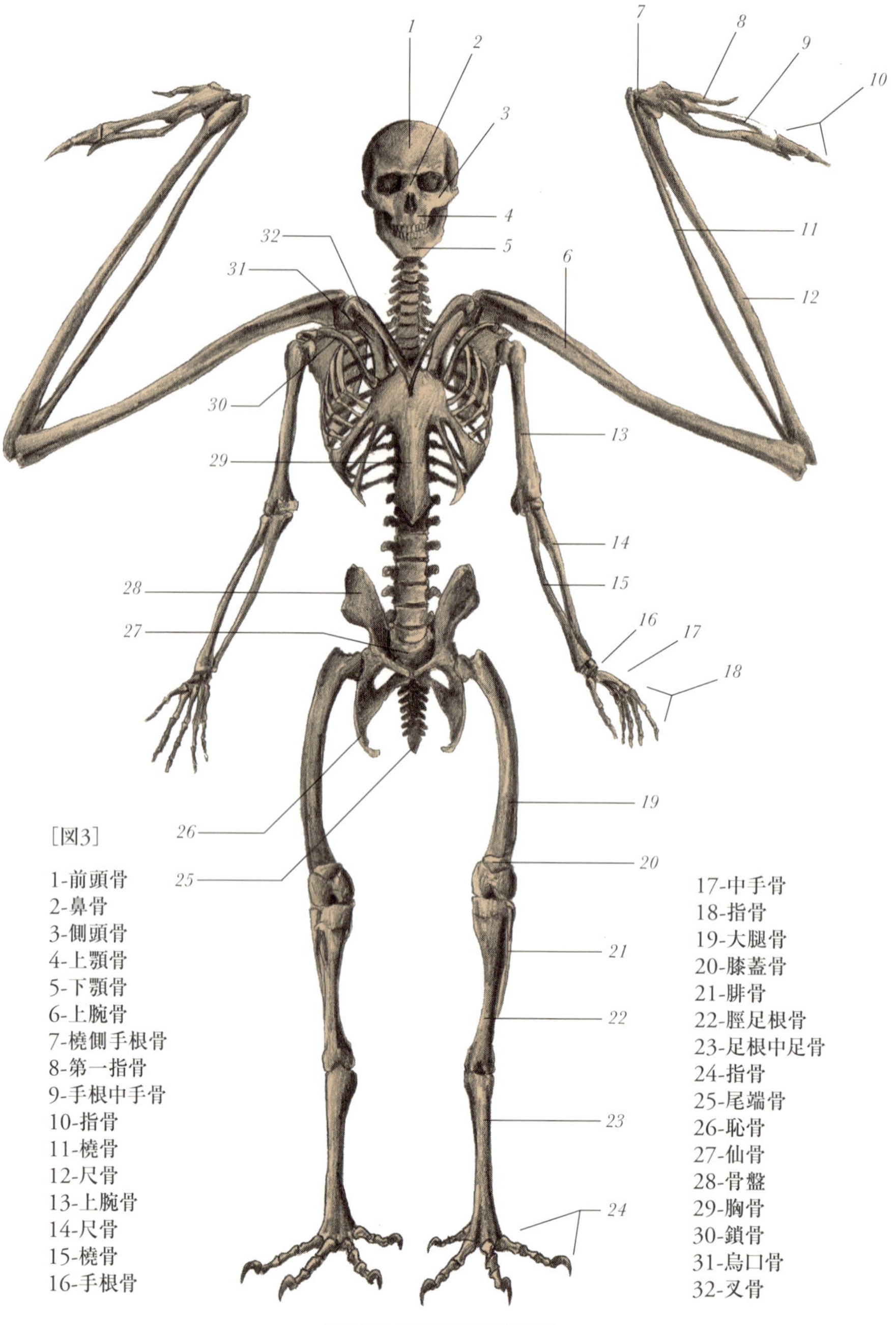

［図3］

1-前頭骨
2-鼻骨
3-側頭骨
4-上顎骨
5-下顎骨
6-上腕骨
7-橈側手根骨
8-第一指骨
9-手根中手骨
10-指骨
11-橈骨
12-尺骨
13-上腕骨
14-尺骨
15-橈骨
16-手根骨
17-中手骨
18-指骨
19-大腿骨
20-膝蓋骨
21-腓骨
22-脛足根骨
23-足根中足骨
24-指骨
25-尾端骨
26-恥骨
27-仙骨
28-骨盤
29-胸骨
30-鎖骨
31-烏口骨
32-叉骨

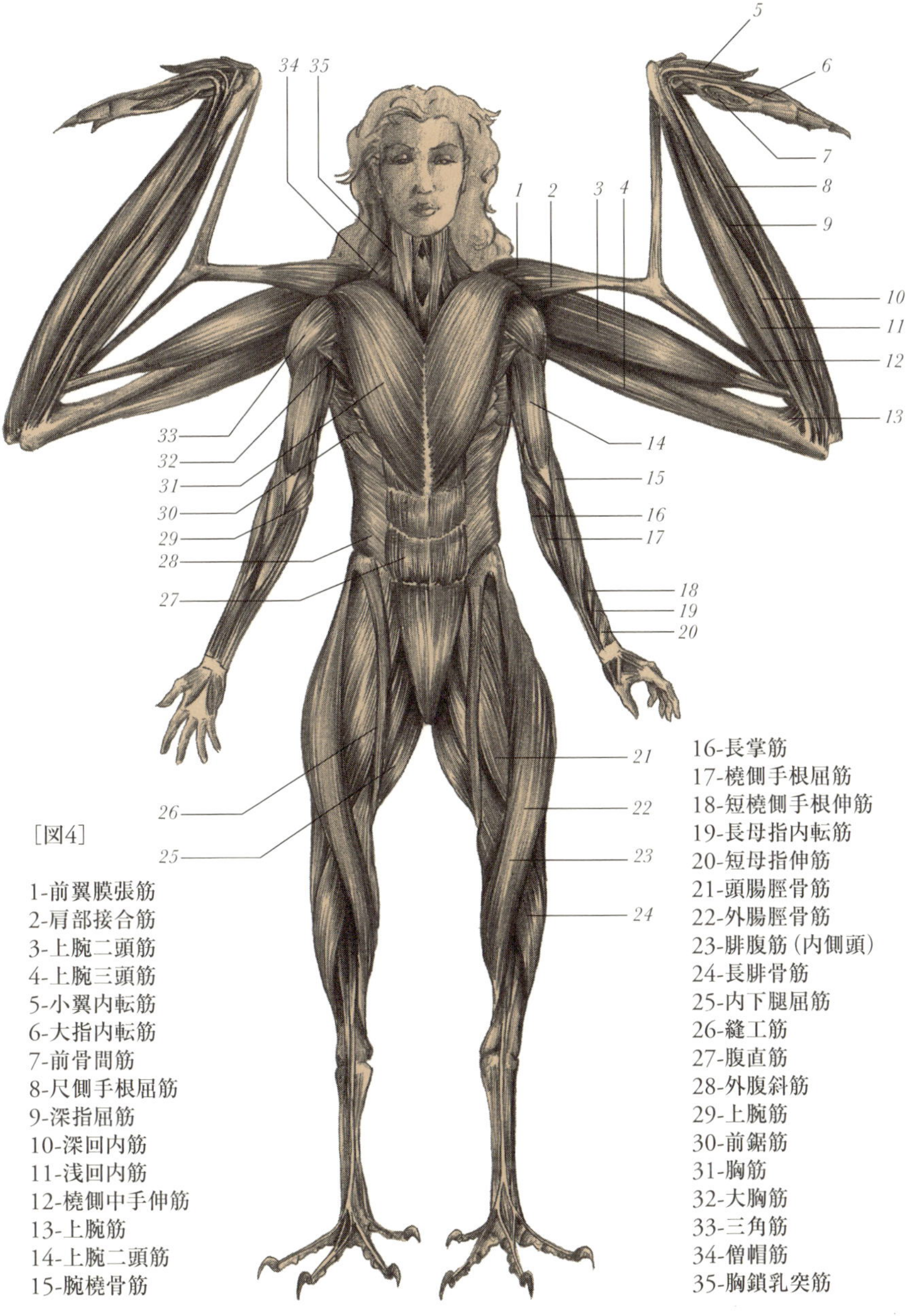

［図4］

1-前翼膜張筋
2-肩部接合筋
3-上腕二頭筋
4-上腕三頭筋
5-小翼内転筋
6-大指内転筋
7-前骨間筋
8-尺側手根屈筋
9-深指屈筋
10-深回内筋
11-浅回内筋
12-橈側中手伸筋
13-上腕筋
14-上腕二頭筋
15-腕橈骨筋
16-長掌筋
17-橈側手根屈筋
18-短橈側手根伸筋
19-長母指内転筋
20-短母指伸筋
21-頭腸脛骨筋
22-外腸脛骨筋
23-腓腹筋（内側頭）
24-長腓骨筋
25-内下腿屈筋
26-縫工筋
27-腹直筋
28-外腹斜筋
29-上腕筋
30-前鋸筋
31-胸筋
32-大胸筋
33-三角筋
34-僧帽筋
35-胸鎖乳突筋

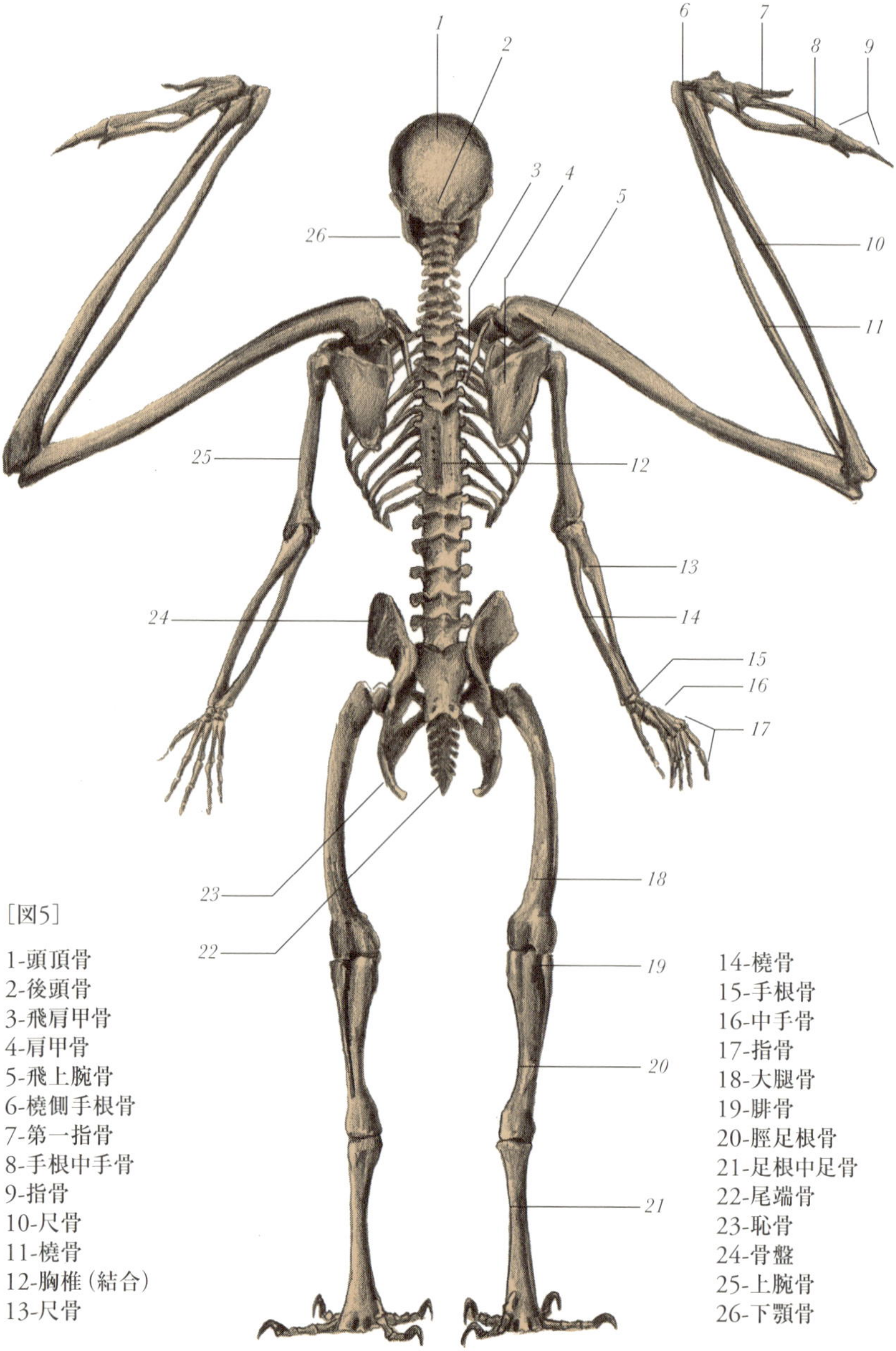

[図5]

1-頭頂骨
2-後頭骨
3-飛肩甲骨
4-肩甲骨
5-飛上腕骨
6-橈側手根骨
7-第一指骨
8-手根中手骨
9-指骨
10-尺骨
11-橈骨
12-胸椎（結合）
13-尺骨
14-橈骨
15-手根骨
16-中手骨
17-指骨
18-大腿骨
19-腓骨
20-脛足根骨
21-足根中足骨
22-尾端骨
23-恥骨
24-骨盤
25-上腕骨
26-下顎骨

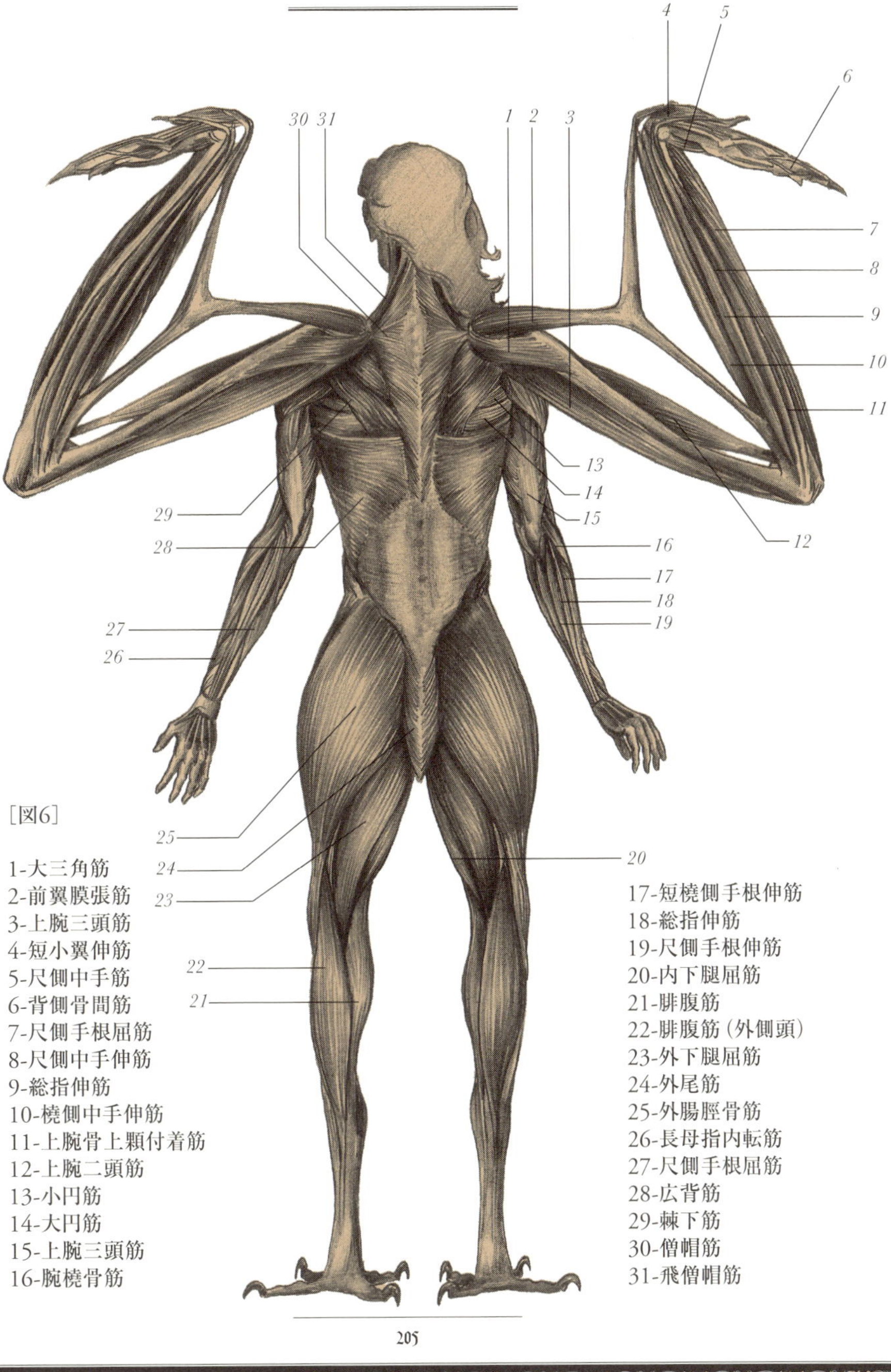

［図6］

1-大三角筋
2-前翼膜張筋
3-上腕三頭筋
4-短小翼伸筋
5-尺側中手筋
6-背側骨間筋
7-尺側手根屈筋
8-尺側中手伸筋
9-総指伸筋
10-橈側中手伸筋
11-上腕骨上顆付着筋
12-上腕二頭筋
13-小円筋
14-大円筋
15-上腕三頭筋
16-腕橈骨筋
17-短橈側手根伸筋
18-総指伸筋
19-尺側手根伸筋
20-内下腿屈筋
21-腓腹筋
22-腓腹筋（外側頭）
23-外下腿屈筋
24-外尾筋
25-外腸脛骨筋
26-長母指内転筋
27-尺側手根屈筋
28-広背筋
29-棘下筋
30-僧帽筋
31-飛僧帽筋

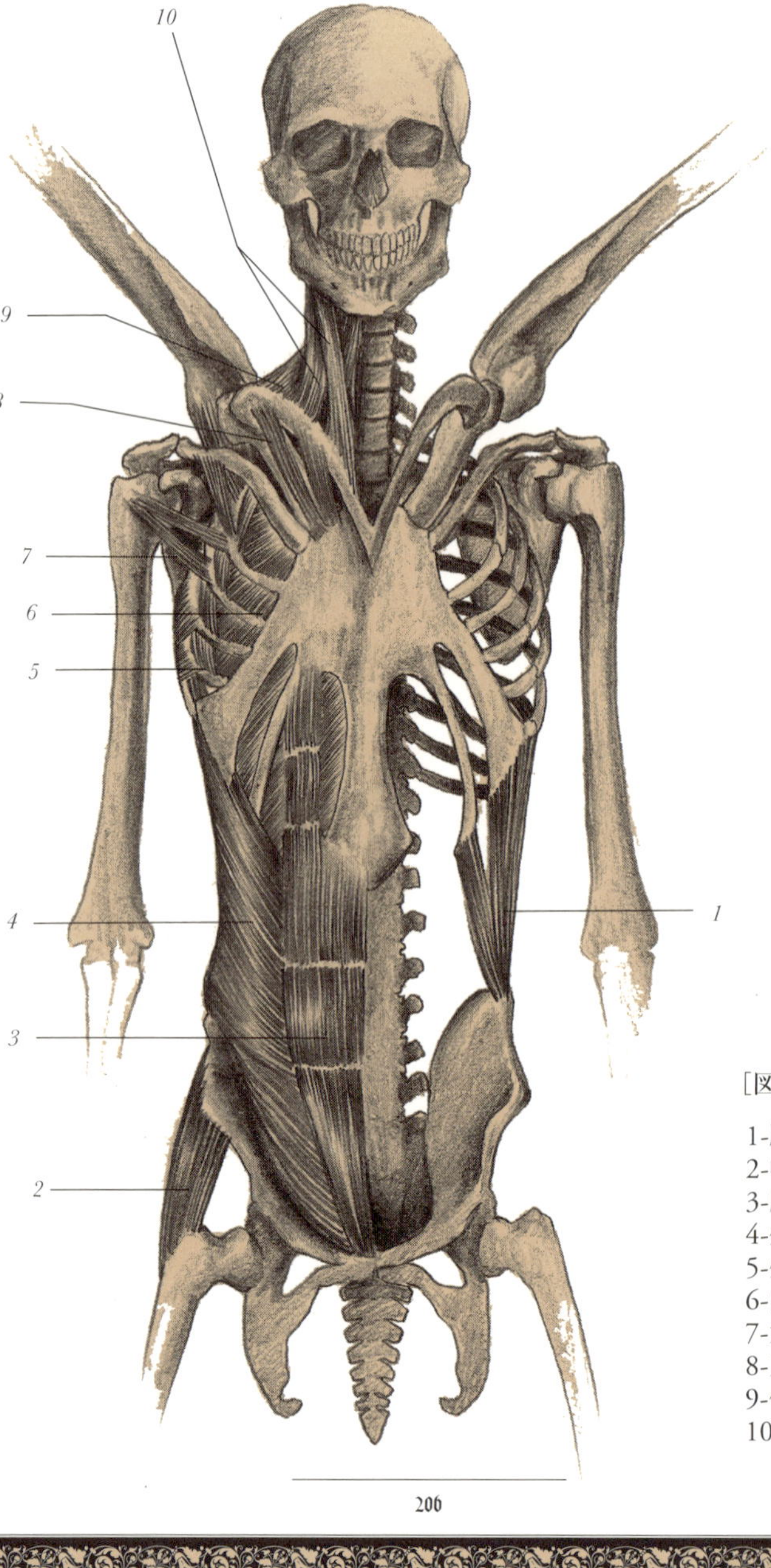

［図7］

1-腰方形筋
2-中臀筋
3-腹直筋
4-外腹斜筋
5-外肋間筋
6-内肋間筋
7-大胸筋
8-叉骨靭帯
9-僧帽筋
10-胸鎖乳突筋

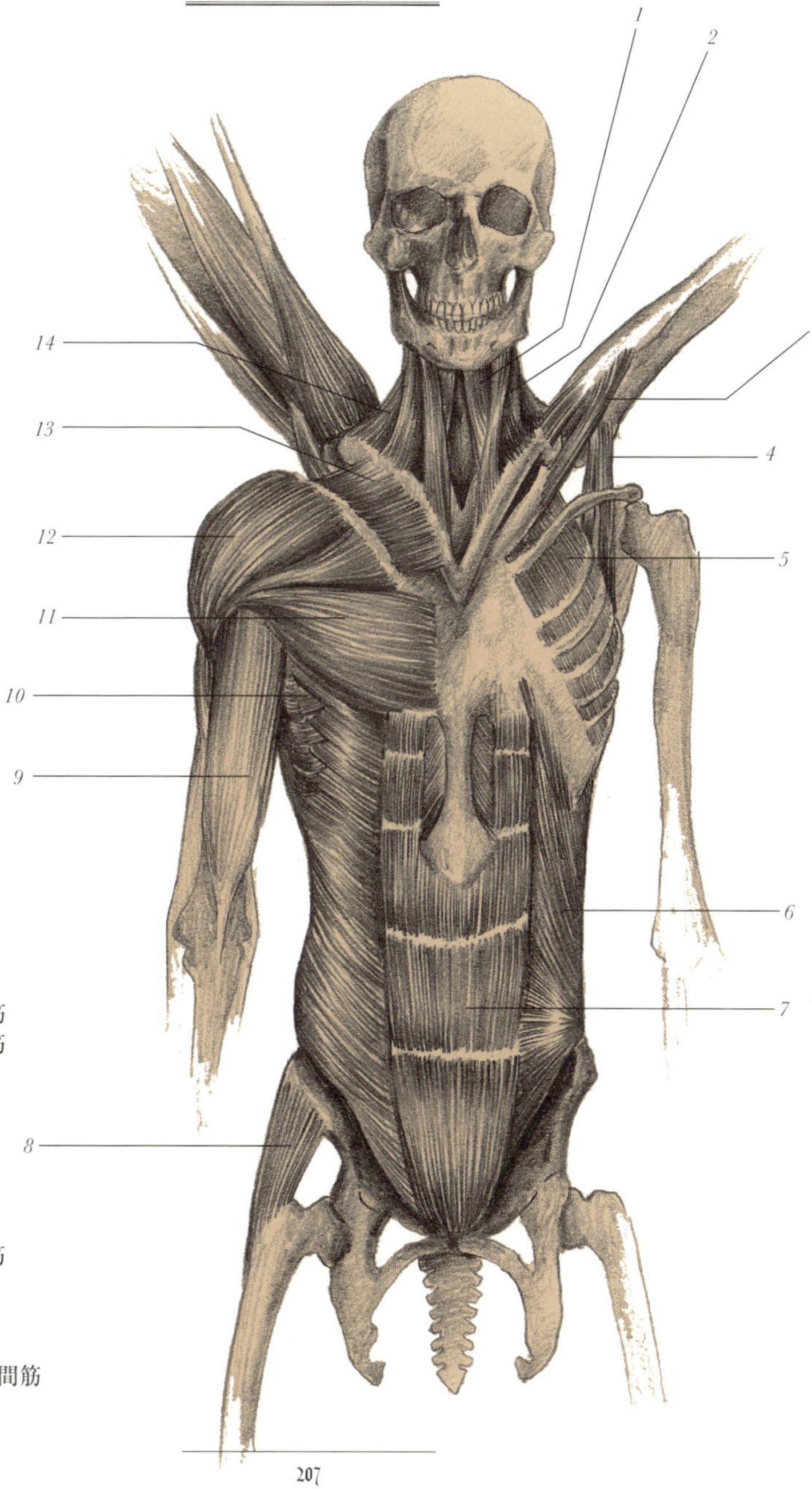

［図8］

1-胸骨舌骨筋
2-胸鎖乳突筋
3-小胸筋
4-後広背筋
5-内肋間筋
6-外腹斜筋
7-腹直筋
8-中臀筋
9-上腕二頭筋
10-前鋸筋
11-大胸筋
12-三角筋
13-叉骨外肋間筋
14-僧帽筋

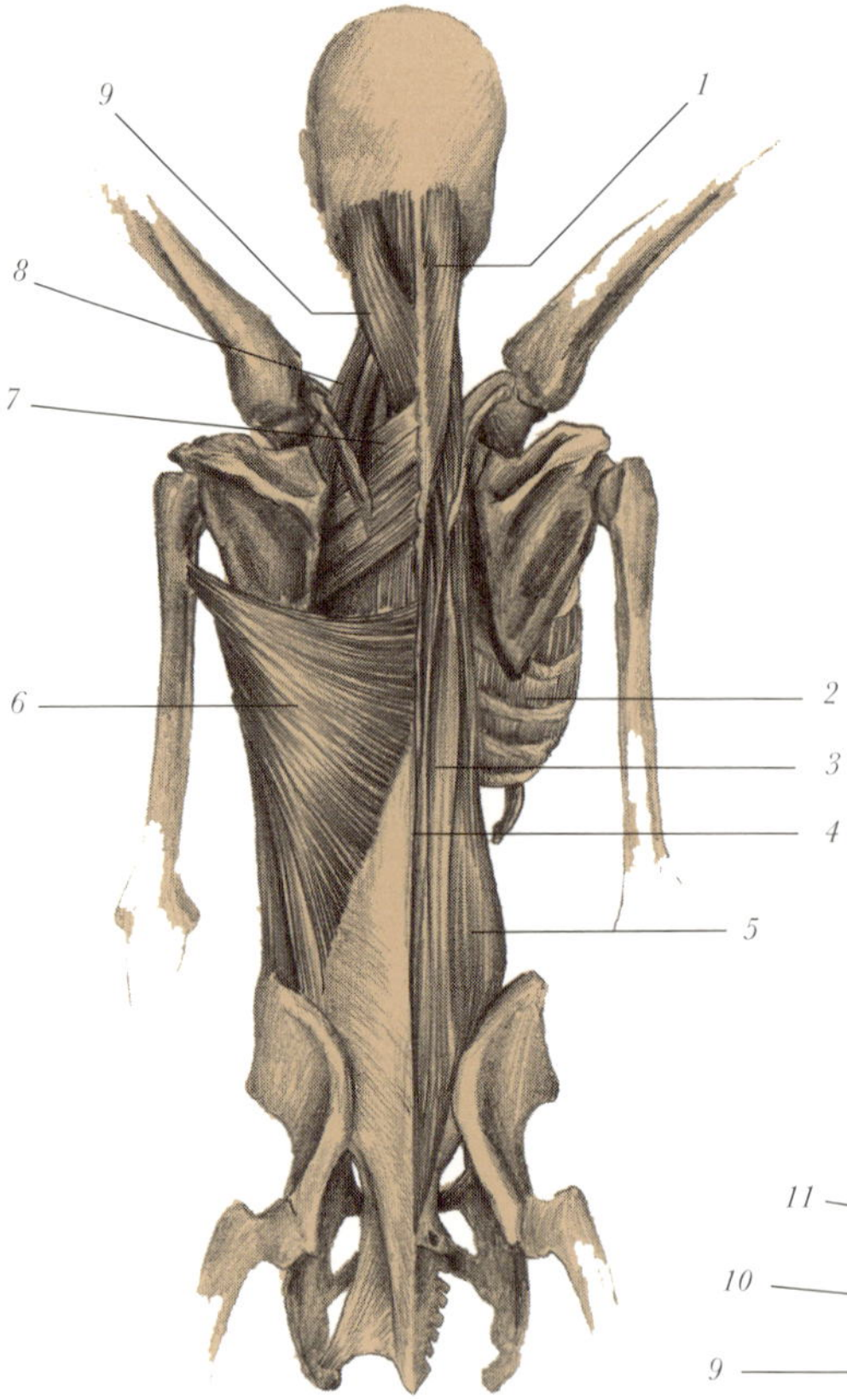

［図9］

1-頭板状筋
2-外肋間筋
3-背最長筋
4-横突棘筋
5-腰方形筋
6-広背筋
7-小菱形筋
8-肩甲挙筋
9-上頭斜筋

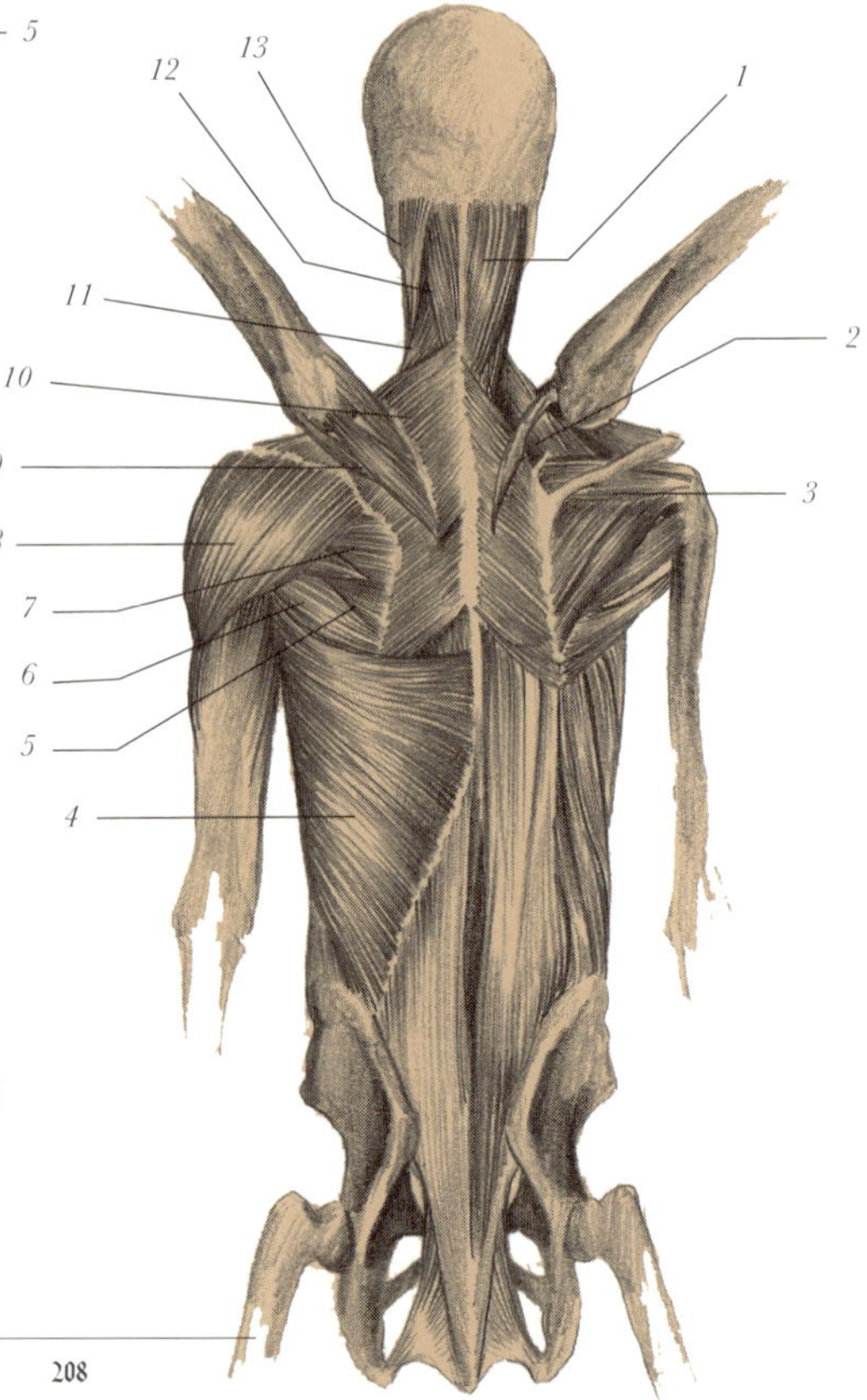

［図10］

1-頭板状筋
2-肩甲挙筋
3-棘上筋
4-広背筋
5-小円筋
6-大円筋
7-棘下筋
8-三角筋
9-後肩甲上腕筋
10-大菱形筋
11-肩甲挙筋
12-上頭斜筋
13-胸鎖乳突筋

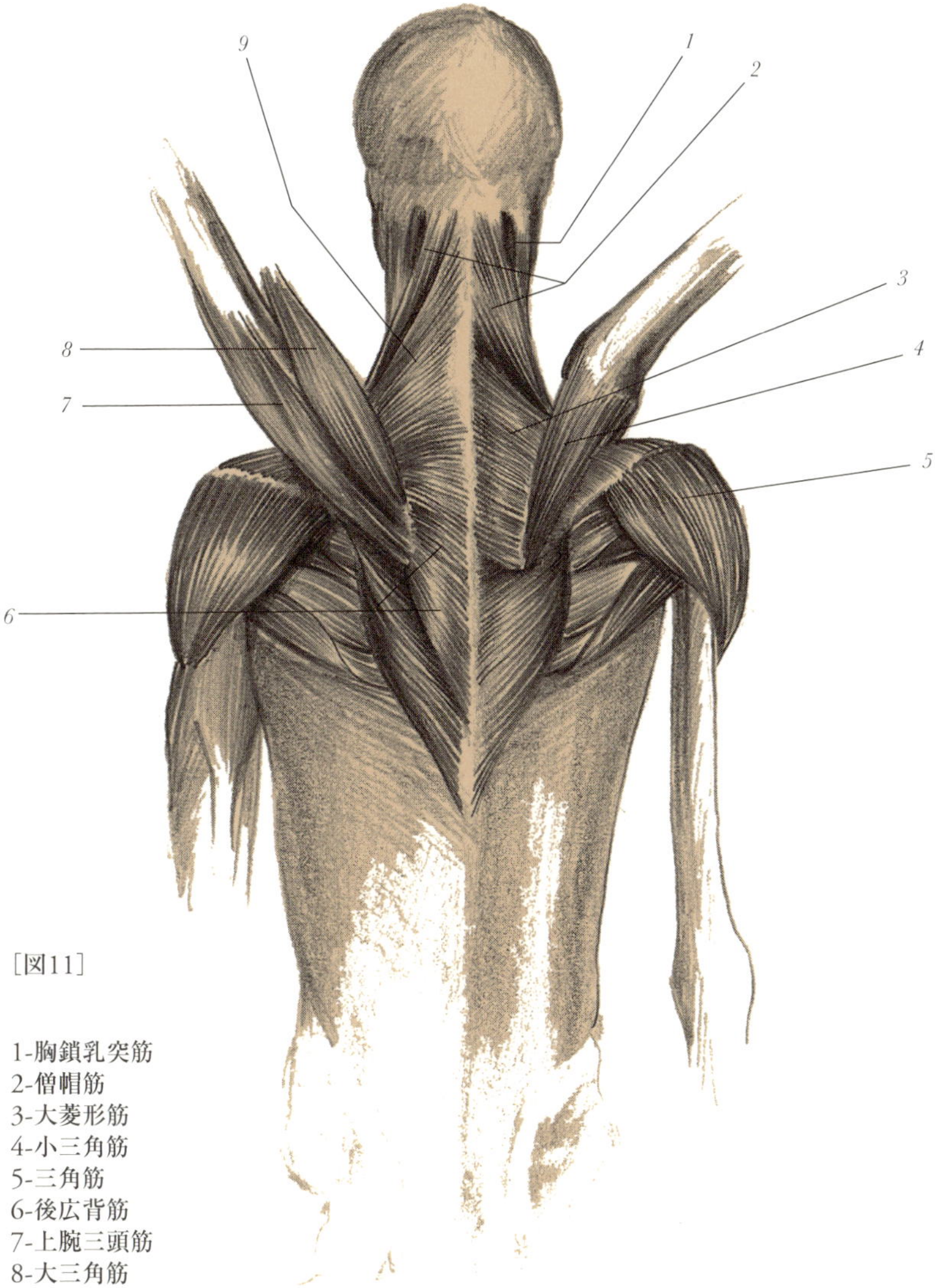

［図11］

1-胸鎖乳突筋
2-僧帽筋
3-大菱形筋
4-小三角筋
5-三角筋
6-後広背筋
7-上腕三頭筋
8-大三角筋
9-後僧帽筋

[図12]

1-喉頭
2-気管
3-鳴管
4-肺
5-腎臓

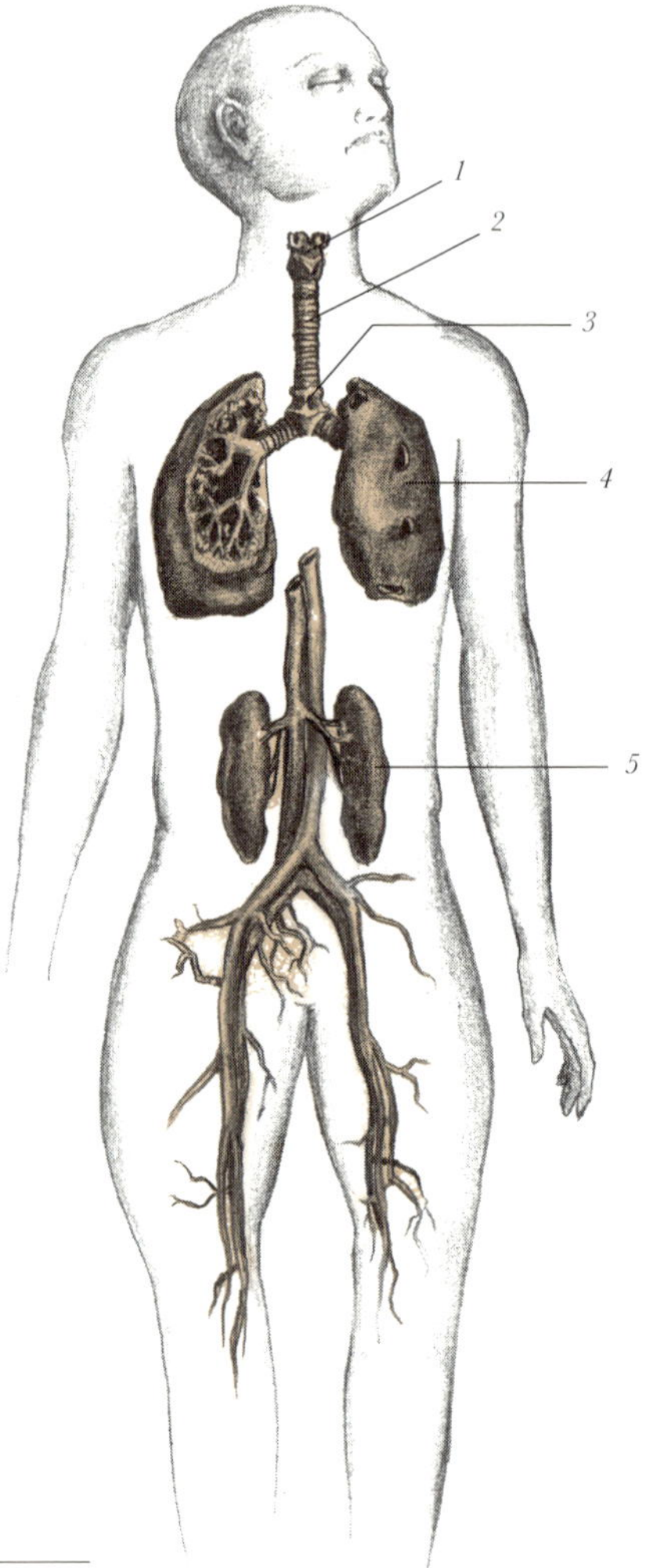

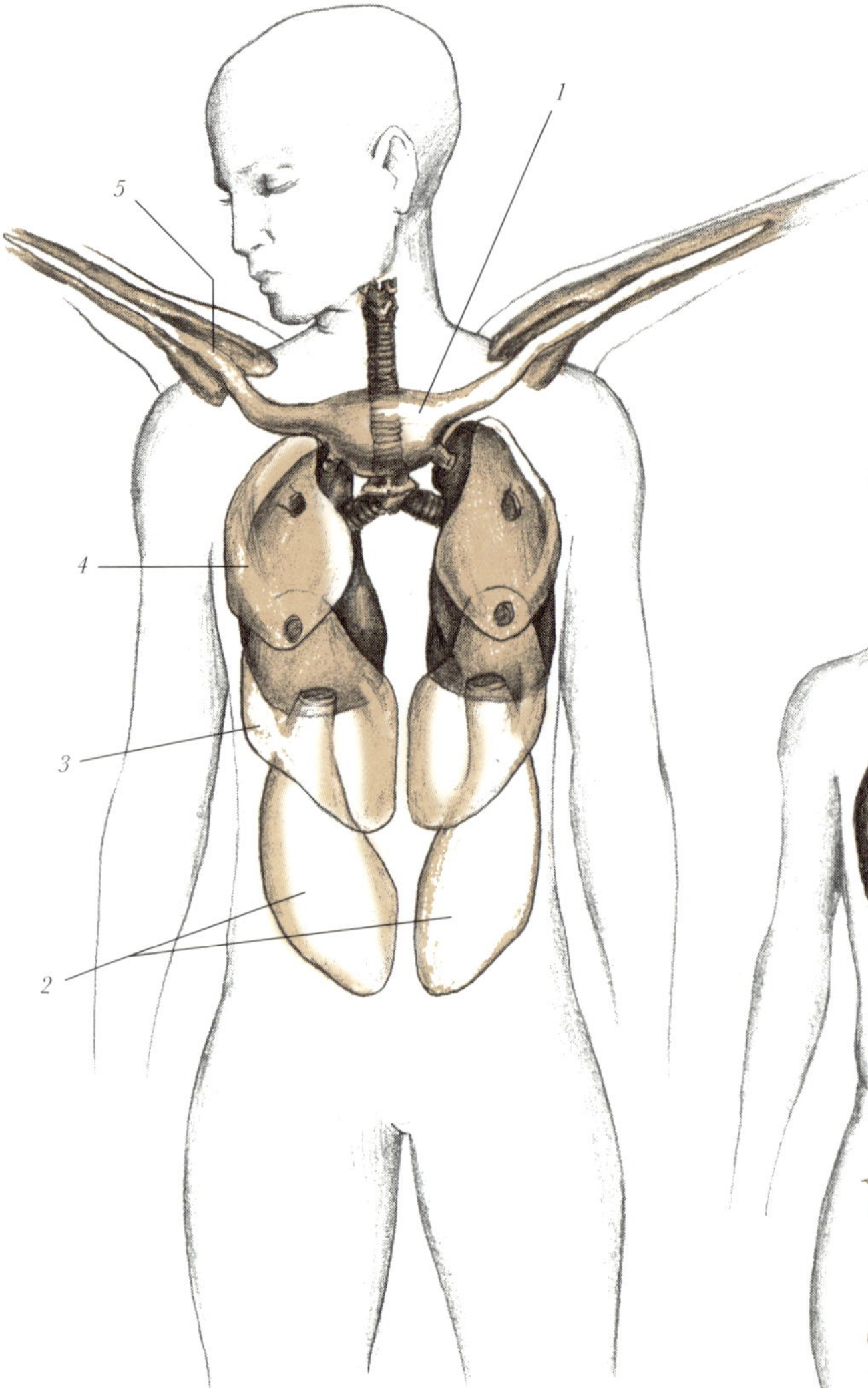

[図13]

1-鎖骨間気嚢
2-腹気嚢
3-後胸気嚢
4-前胸気嚢
5-上腕気嚢

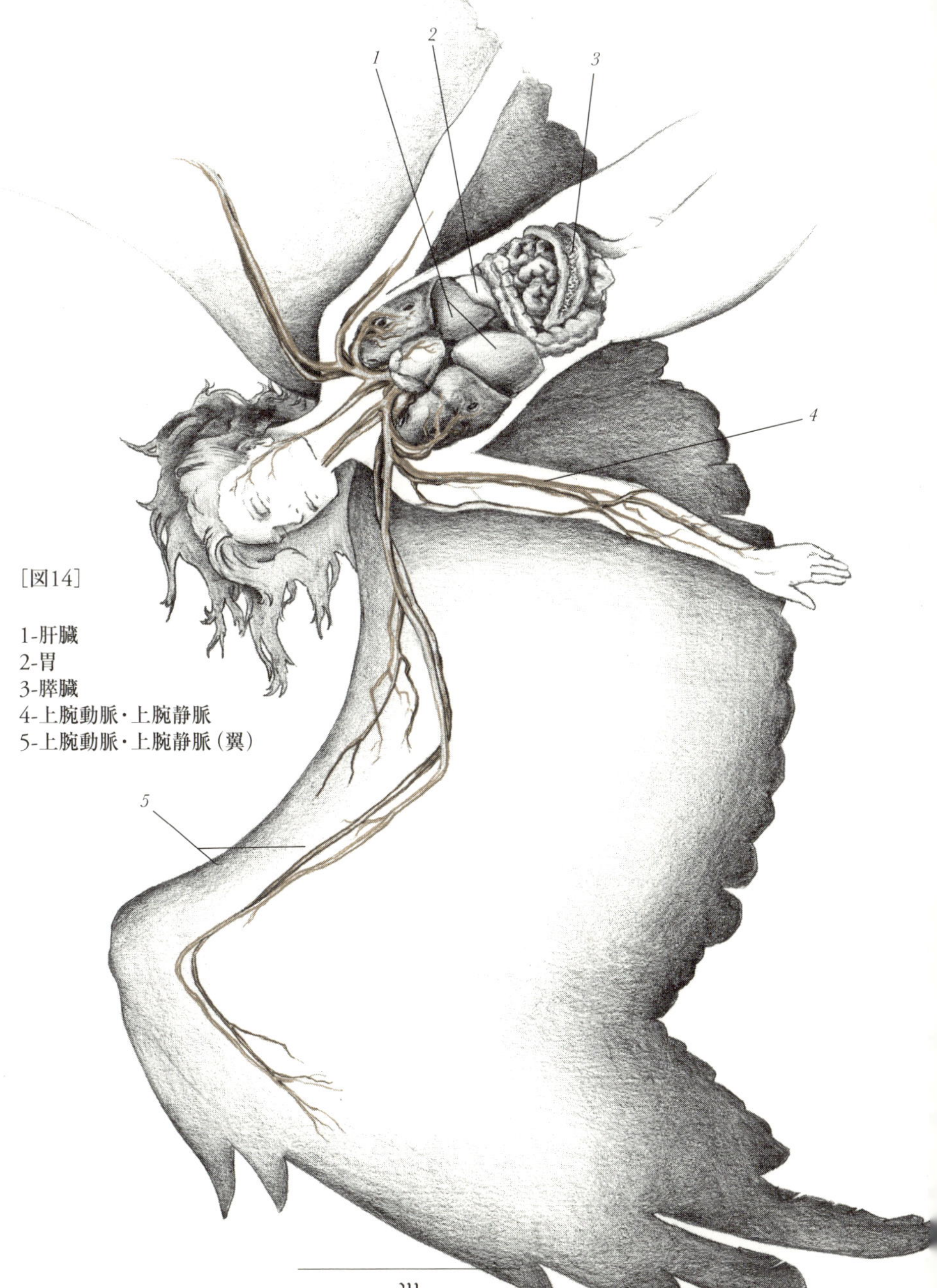

[図14]

1-肝臓
2-胃
3-膵臓
4-上腕動脈・上腕静脈
5-上腕動脈・上腕静脈(翼)

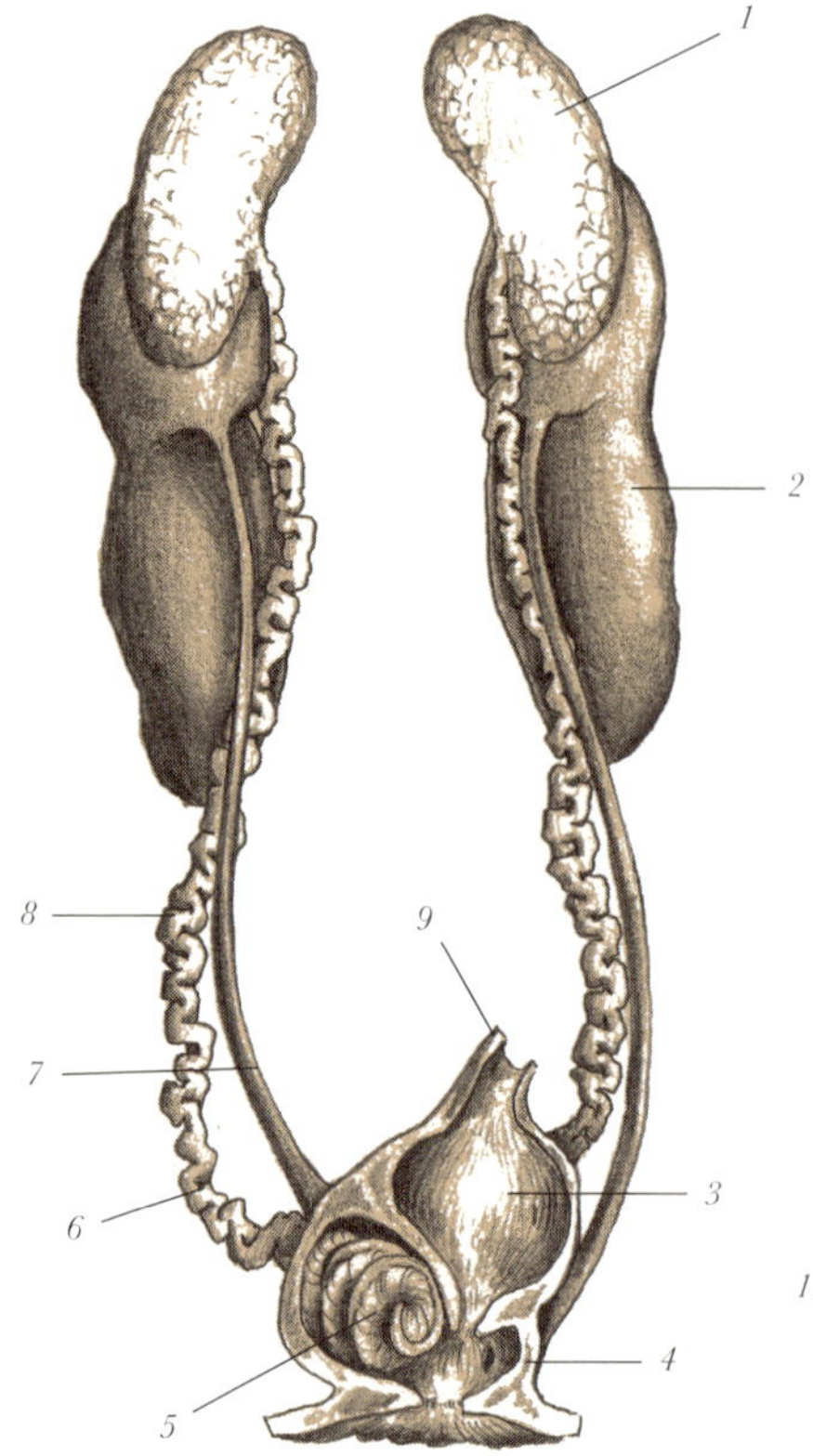

[図15]

1-精巣
2-腎臓
3-糞洞
4-総排出腔
5-陰茎
6-精嚢
7-尿管
8-精管
9-大腸

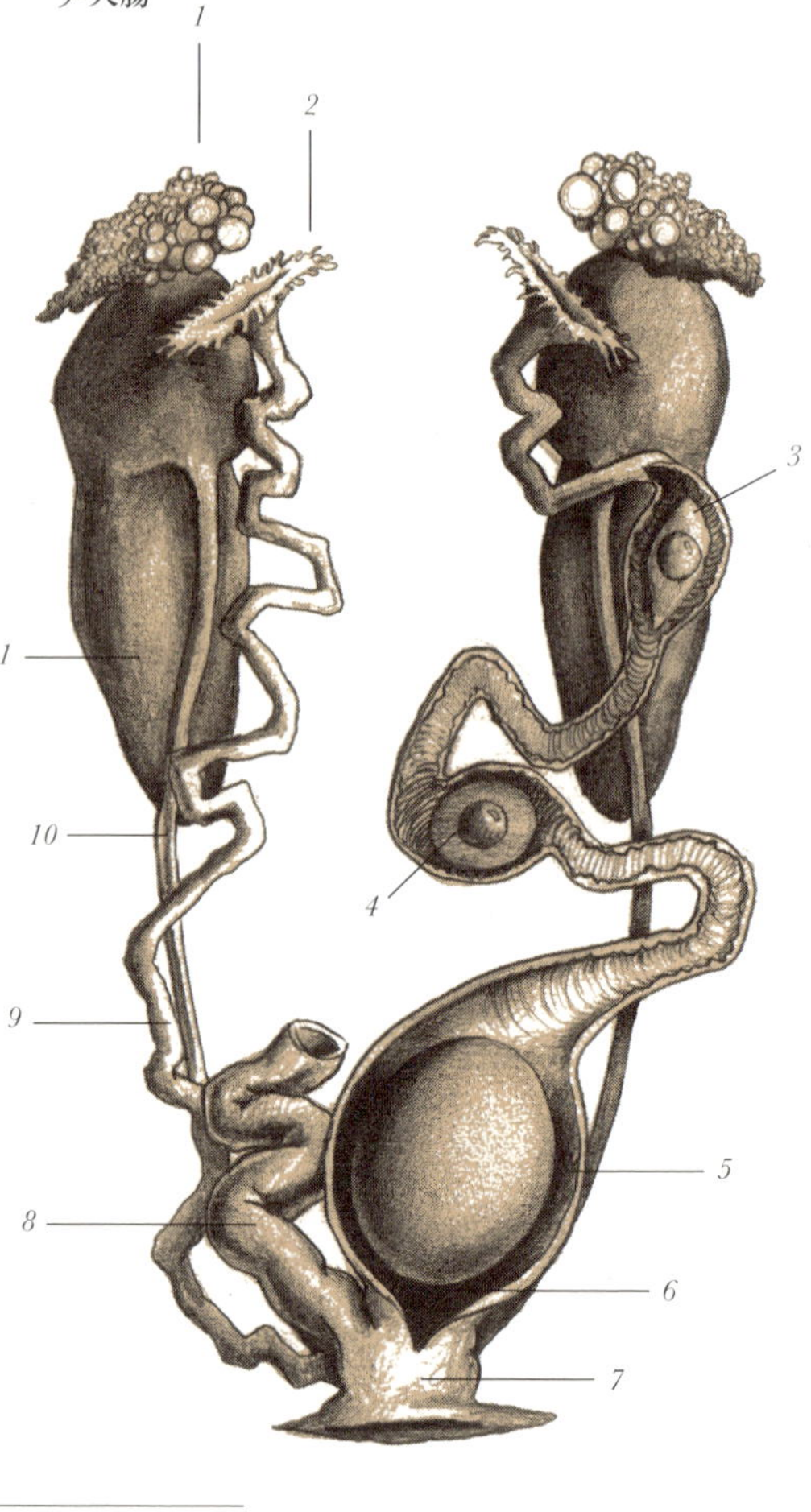

[図16]

1-卵巣
2-漏斗
3-卵白
4-卵
5-子宮
6-膣
7-総排出腔
8-大腸
9-卵管
10-尿管
11-腎臓

［図17］

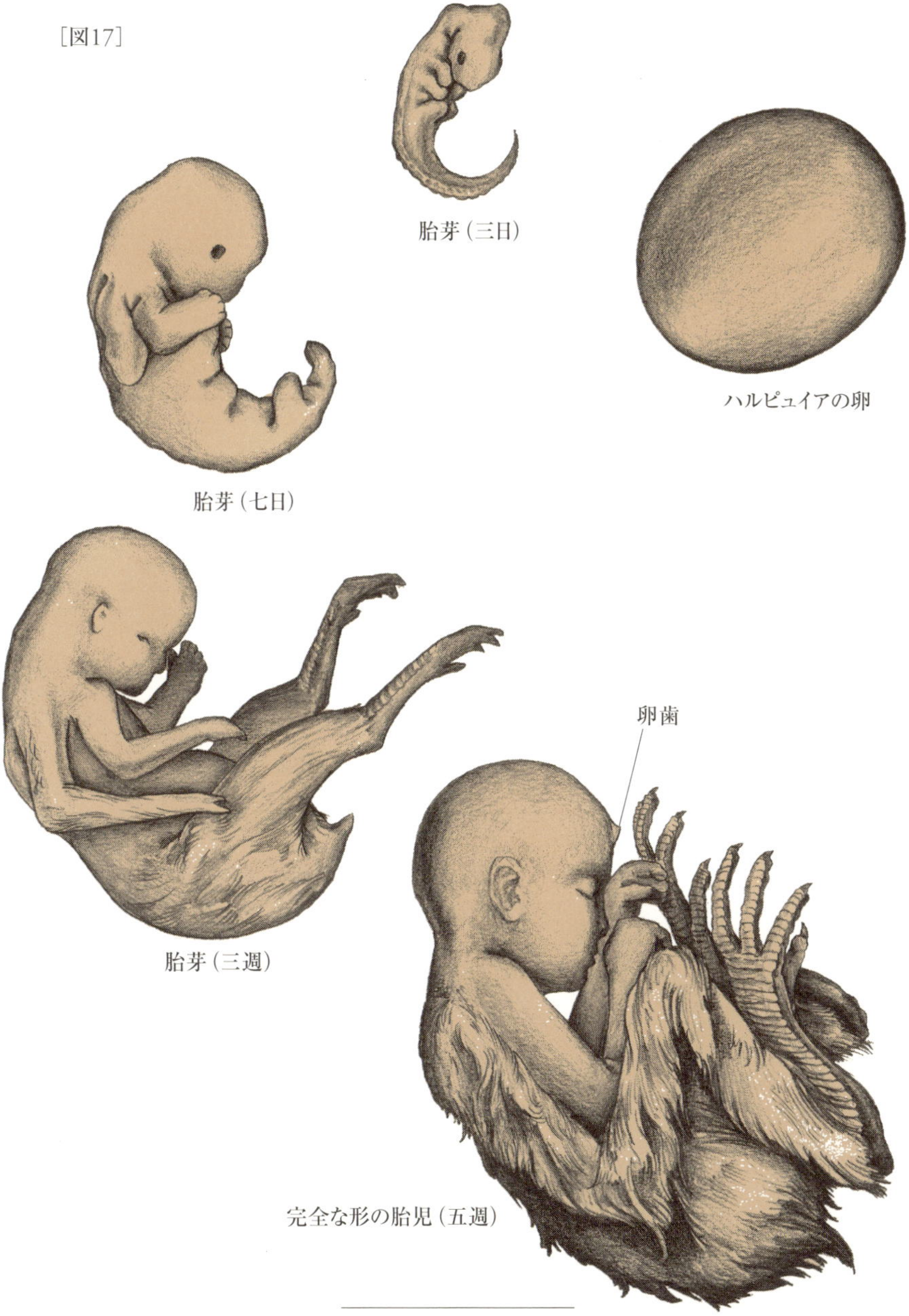
胎芽（三日）
ハルピュイアの卵
胎芽（七日）
卵歯
胎芽（三週）
完全な形の胎児（五週）

［図18］

ハルピュイア・アヴェロ　翼開長19フィート

ハルピュイア・エリニュス　翼開長12フィート

ハルピュイア・ストロファデス
翼開長6フィート

ハルピュイア・ピオラム
翼開長8フィート

［図19］

Library of Congress Cataloging in Publication Number: 2012934523
Japanese translation rights arranged with Quirk Productions, Inc.
doing business as Quirk Books through apan UNI Agency, Inc., Tokyo

【著者】エリック・ハズペス（Eric Hudspeth）
作家。米国ニュージャージー在住。本書が第一作。

【訳者】松尾恭子（まつお・きょうこ）
英米翻訳家。おもな訳書にセリグマン他『写真で見る ヒトラー政権下の人びとと日常』、ルイス『写真でみる 女性と戦争』、ワーナー他『写真で見るヴィクトリア朝ロンドンの都市と生活』など。

異形再生《いぎょうさいせい》

付《ふ》『絶滅動物図録《ぜつめつどうぶつずろく》』

●

2014年5月30日　第1刷
2023年12月20日　第6刷

著者…………エリック・ハズペス
訳者…………松尾恭子《まつおきょうこ》

装幀・本文AD…………岡孝治

発行者…………成瀬雅人
発行所…………株式会社原書房
〒160-0022 東京都新宿区新宿1-25-13
電話・代表03（3354）0685
http://www.harashobo.co.jp
振替・00150-6-151594

印刷…………シナノ印刷株式会社
製本…………東京美術紙工協業組合

ISBN978-4-562-05074-1, Printed in Japan